리턴
RETURN

リターン RETURN

리턴

RETURN

이가라시 다카히사 장편소설

이선희 옮김

RHK
알에이치코리아

· 차례 ·

일러두기

옮긴이주의 경우 괄호 안에 '옮긴이' 표기를 함께 넣어 표기하였습니다.

프롤로그

발견

미야노 다이스케는 올 3월에 일흔 번째 생일을 맞이했다.

예순다섯 살에 다니던 회사를 그만두고, 그 이후 도쿄 하치오지의 아파트에서 아내와 둘이 살고 있다. 슬하에 아들 하나, 딸 하나를 두었는데, 지금은 둘 다 독립해서 자신의 가정을 꾸렸다.

몇 달에 한 번 아들과 딸이 손자와 손녀를 데리고 집으로 놀러 온다. 그것만이 유일한 즐거움으로, 이제 늙은 아내와 둘이 서로를 의지하며 생을 마감하는 일만 남았다.

다행히 아파트 대출금은 전부 갚았다. 딱히 사치도 하지 않고, 돈을 쓸 일도 없다. 죽을 때까지 연금만으로 충분히 살아갈 수 있다.

특별한 지병은 없다. 구태여 말하자면 당뇨 기미가 조금 있지만 심각하지는 않다. 술은 마시지 않는다. 담배도 피우지 않는다. 내장 비만

수치도 아직은 정상이다. 이미 일흔에 접어들었지만 건강에는 누구보다 자신이 있었다.

그런 그에게 유일한 취미는 등산이다. 일주일에 한 번 전철을 타고 다카오에 가서 산에 오른다. 처음에는 허약해지는 다리와 허리를 관리하려고 시작했지만 어느새 걷는 것 자체가 즐거움이 되었다.

4월 13일 금요일 아침, 그는 가벼운 차림으로 집을 나섰다. 아내에게는 다카오에 다녀오겠다고 말했다.

마음이 내키면 다카오 산에 오르기도 하지만 그날은 날씨가 좋지 않았다. 아침에 들은 일기예보에서도 비가 올지 모른다고 말했다. 그래서 전철역에서 가까운 게이마 산에 오르기로 계획을 바꾸었다. 만약에 비가 오면 도중에 되돌아오면 된다.

게이마 산은 '산'이라는 이름이 붙긴 했지만 실제로는 언덕에 가깝다. 길은 포장되어 있어서 차를 타고 갈 수도 있다. 노인과 어린이를 위한 하이킹 코스라고나 할까?

'비가 올까?'

그는 걸으면서 하늘을 올려다보았다. 아침 7시, 태양은 떠올랐으나 두터운 구름이 뒤덮고 있어서 햇살은 느낄 수 없었다. 비 올 확률은 40퍼센트라고 했지만 산의 날씨가 얼마나 변덕이 심한지는 경험을 통해서 알고 있다.

'갈 수 있는 곳까지 갔다가 비가 오면 돌아오지 뭐.'

그는 걸음을 내디딜 때마다 지팡이 대신 가져온 비닐우산을 짚었다.

차가 추월해도 걸음을 멈추지 않았다. 길가에 우두커니 서 있는 나무들이 너무도 아름다웠다. 몇 년 전부터 꽃이나 나무의 아름다움에 눈길을 빼앗기는 일이 많아졌다. 늙기 시작한 증거라고 스스로 생각했다.

'정말 아름답군.'

그는 이따금 멈추어 서서 꽃을 바라보았다. 눈이 시릴 만큼 아름다웠다. 꽃의 이름은 잘 모르지만 그런 것은 아무래도 상관없었다.

그대로 걸어가서 30분 만에 산의 정상에 도착했다. 정상은 평평했다. 특별히 눈에 띄는 것은 없었다. 오늘은 차가 두 대 있을 뿐이다. 이제 내려가기만 하면 된다. 그는 서두르기로 마음먹었다.

구름이 더욱 두터워지기 시작했다. 얼굴에 닿는 공기도 차가워졌다. 비가 올 징조다.

우산을 손에 들고 산을 내려가기 시작했다. 비가 오기 전에 내려가야 한다. 그의 걸음걸이가 빨라졌다. 걸음을 내디딜 때마다 구름이 점점 더 어두워졌다.

'큰일이군. 비가 오기 전에 내려가야 하는데……'

그는 마음속으로 혀를 찼다. 산을 완전히 내려가기 전에 비가 쏟아질지도 모른다.

오늘은 면바지에 플란넬 셔츠, 그 위에 골프용 점퍼를 걸치고 있다. 비를 맞아도 되는 복장이 아니었다.

'서둘러야겠어.'

그의 발길이 더욱 빨라졌다. 산허리에 도착했을 때, 길에서 조금 떨어진 곳에 있는 여행 가방이 눈에 들어왔다. 올라갈 때는 보지 못한 것이다.

'또 누가 버렸나 보군.'

최근에 게이마 산에 쓰레기를 불법 투기하는 사람이 많아졌다는 이야기를 뉴스에서 본 적이 있다. 자연을 사랑하는 사람으로서 그런 짓을 하는 사람들을 용서할 수 없었다. 그와 동시에 쓰레기를 발견한 경우, 그것을 가져가는 게 자신의 역할이라고 생각했다.

'어떡하지?'

비는 올 것 같고 갈 길은 멀다. 빨리 산을 내려가고 싶었다. 하지만 그는 보고야 말았다. 분명히 불법 투기한 쓰레기다.

'할 수 없군.'

쓰레기를 보고도 못 본 척할 수는 없었다. 산을 사랑하는 사람으로서 도저히 그냥 지나칠 수 없는 일이었다.

경사면을 내려갔다. 길에서 3미터쯤 떨어진 곳에 여행 가방이 놓여 있었다. 그렇게 크지 않은 하얀색 여행 가방이었다.

그는 여행 가방의 손잡이를 잡고 길로 끌어올렸다. 뜻밖에도 무거웠다. 30~40킬로그램은 족히 되지 않을까? 이런 걸 누가 버렸을까? 화가 나서 견딜 수 없었다. 여행 가방은 게이마 산의 아름다운 경치와 너무도 어울리지 않았다.

그나저나 꽤 무겁다. 대체 무엇이 들어 있을까.

그때 아이들이 옆을 지나갔다. 아이들은 나란히 줄을 지어 신나게 떠들면서 산을 올라갔다. 보호자도 없이 아이들끼리 온 걸까?

그는 고개를 가로저었다. 그런 것은 아무래도 상관없다. 지금은 가방 안에 무엇이 들어 있는지 확인하는 것이 먼저다.

가방에는 다이얼식 자물쇠가 붙어 있었지만 지퍼를 당기자 순순히 열렸다. 가방을 잠그지 않았나 보다. 지퍼를 전부 내리고 가방을 활짝 열었다. 다음 순간, 그는 자신의 눈을 믿을 수 없었다.

가방 안에 있는 것은 사람이었다. 옷은 입지 않았다. 실오라기 하나 걸치지 않은 알몸이었다. 언뜻 보기에는 마네킹 같았지만 그것은 분명히 사람이었다. 사람의 시신이다.

그는 반사적으로 가방을 덮고 눈을 깜빡였다. 지금 무엇을 본 걸까. 하지만 나시 확인할 필요는 없었다. 그것은 분명히 사람의 시신이었다.

'어떡하지? 어떡하면 좋지?'

그는 멈칫거리며 다시 가방을 열었다. 손발이 없는 몸뚱이가 여행가방 안에서 조용히 누워 있었다. 속이 메슥거린다. 토할 것 같다. 어쨌든 누군가에게 연락을 해야 한다. 그는 휴대전화를 꺼냈다. 어디로 전화해야 할까. 아내에게 전화할까. 아니, 아내에게 전화해봤자 무슨 소용 있으랴.

'경찰이다.'

110번(일본의 경찰 범죄 신고 번호 – 옮긴이)에 신고해야 한다. 그는 떨리는 손으로 휴대전화의 버튼을 눌렀다.

"네, 경시청입니다. 사건인가요, 사고인가요?"

한순간 상대가 무슨 말을 하는지 이해할 수 없었다. 그는 잠시 생각에 잠겼다. 이건 사건일까, 사고일까?

"모르겠소…… 뭐가 뭔지 하나도 모르겠소."

그는 혼잣말처럼 중얼거렸다.

상대가 "무슨 일이 있었나요?"라고 물었다.

그는 지금 본 것을 그대로 이야기했다. 비가 내리기 시작했다.

Click 1

수사

1

입술 끝에서 침이 흘러내렸다.

나는 손수건으로 침을 닦아주었다. 하지만 소용이 없었다. 침은 끊임없이 흘러내려 손수건을 흠뻑 적셨다.

"우메모토 씨."

하얀 가운을 입은 남자가 말했다.

남자의 이름은 사카이, 직업은 의사다.

"네."

사카이는 키가 컸다. 여자치고는 키가 큰, 170센티미터인 내가 올려다보는 걸 보면 그의 키는 180센티미터가 넘으리라.

"매달 한 번도 거르지 않는군요."

"네에."

나는 살짝 고개를 숙였다.

한 달에 한 번, 후추 시의 병원에 와서 그 사람을 만난다. 벌써 10년째다. 그건 내게 하나의 의식 같은 것이었다.

"이제 와서 이런 말을 하기는 좀 그렇지만 스가와라 씨는 아마……평생 이대로 살 것 같습니다."

스가와라라는 사람은 지금 멍한 표정으로 침을 흘리고 있는 파자마 차림의 남자를 말한다. 작은 몸이 더욱 쪼그라든 것처럼 보였다.

"……그렇겠죠."

나는 고개를 끄덕였다.

지난 10년간, 그는 한 번도 제정신으로 돌아온 적이 없었다. 언제 만나도 흐리멍덩한 눈으로 나를 물끄러미 쳐다볼 뿐이다. 내가 우메모토 나오미란 걸 아는지 모르는지도 분명하지 않다. 아니, 아마 누구인지 모를 것이다.

"어떻게 안 될까요?"

나는 한 달에 한 번 입에 담는 말을 했다.

"어떻게 안 됩니다."

사카이의 대답도 매번 똑같았다. 우리는 한 달에 한 번 판에 박힌 대화를 나누었다.

"경찰관으로서, 형사로서 스가와라 씨가 어떤 사람이었는지는 들었습니다."

"네에."

나는 다시 고개를 끄덕이며 말했다.

"상당히 훌륭한 형사였다고 하더군요."

"훌륭한 건 물론이고 아주 좋은 선배였어요."

그 말도 다른 때와 똑같았다.

나와 스가와라는 선배와 후배 사이다. 경시청에 들어가고 약 1년 동안, 나는 그의 밑에서 일했다. 그때 그는 경찰에 대해 하나에서 열까지 전부 가르쳐주었다. 경찰이란 무엇인가. 경찰은 무엇을 위해 존재하는가. 그런 기초적인 것부터 실무에 이르기까지 전부 가르쳐준 것이다.

똑똑한 학생은 아니었다. 오히려 신통치 않은 편이었으리라. 그래도 그는 포기하지 않고 내가 깨우칠 때까지 인내심 있게 지켜보았다. 내게는 어느 누구보다 신뢰할 수 있는 훌륭한 스승이었다.

그 이후 10년이란 세월이 흘렀다.

지금도 한몫을 해내는 당당한 형사가 되었다곤 할 수 없다. 누구에게도 부끄럽지 않은 형사가 되었다고 가슴 펴고 말할 수는 없다. 하지만 지난 10년간, 경시청에서 가장 힘들다는 수사1과에서 누구에게도 뒤처지지 않았다. 그렇게 만들어준 사람은 바로 지금 침대에 누워 있는 스가와라였다. 그런 의미에서 볼 때 그는 내게 아버지 같은 존재라고 할 수 있다.

우리 아버지는 내가 어릴 때 세상을 떠났다. 그가 그런 사실을 알았는지 몰랐는지는 알 수 없다. 하지만 알았어도 몰랐어도 내게 다정하게 대해주었으리라.

타고난 경찰관. 선량한 시민을 위해 일하는 경찰관. 그는 그런 사람이었다.

1년차 신출내기 형사였던 나는 그를 전적으로 의지했다. 그를 신뢰하고 항상 같이 다녔다. 남의 이야기를 좋아하는 사람들이 우리의 관계가 수상하다고 뒤에서 쑥덕거린다는 것도 알고 있었다. 하지만 신경 쓴 적은 한 번도 없었다. 그와 나의 관계는 아버지와 딸이나 마찬가지였다. 실제로 나이 차이도 스무 살이 넘었다.

훌륭한 경찰관이었던 그가 왜 이런 모습으로 병원 침대에 누워 있을까. 그 사건 때문이다. 그 사건 때문에 그는 이렇게 되었다.

그 사건이 일어났던 10년 전, 나는 당시 그의 밑에 있었지만 그는 아무 말도 해주지 않았다. 나를 그 사건에 관여하게 해서는 안 된다는 직감이 작용했기 때문이리라. 내가 관여하면 나도 위험에 빠질 수 있다고 생각하지 않았을까? 그래서 나는 그 사건에 대해 아는 바가 없었다. 모든 사실을 안 것은 수사가 시작된 다음이었다.

그가 받은 마음의 충격을 생각하면 지금도 온몸이 떨리고 피가 거꾸로 솟는다. 그에게는 도망칠 곳이 없었다. 미치는 것 말고 길이 없었던 것이다.

"우메모토 씨."

사카이가 무거운 입을 열었다.

시계를 보았다. 계속 여기에 있어봤자 소용없다. 그의 눈이 그렇게 말하고 있었다.

나는 손수건을 바지 주머니에 쑤셔 넣었다. 스가와라가 공허한 눈으로 그 모습을 바라보았다. 바라보기만 할 뿐 생각하지는 못하리라.

그는 이 세상의 어떤 일과도 관계가 없다. 다만 자기 안에 있는 누군가와 싸우고 있을 따름이다. 10년 전부터 오늘에 이르기까지 그것은 변함이 없다.

"그만 나가죠."

사카이가 앞장서서 병실 문을 열었고, 나는 그의 뒤를 따라갔다. 기다란 복도가 이어져 있다.

"우메모토 씨."

"네?"

"……다음 달에도 또 오실 건가요?"

지난 10년간 몇 번이고 되풀이한 말이다.

다음 달에도 또 오실 건가요…….

"그럴 거예요."

사카이가 헛기침을 했다.

"벌써 10년째입니다. 정말 대단해요. 지금은 당신 말고 아무도 찾아오지 않거든요."

"네에……."

"그런데 당신은 다음 달에도 또 온다고 하는군요. 아마 앞으로도 계속 오시겠죠?"

"그래요."

"왜죠?"

그 이유는 나도 모른다.

평소에 신세진 아버지 같은 사람의 병문안을 오는 건 그렇게 이상한 일이 아니다. 하지만 10년 동안 계속 온다고 하면 이야기가 달라진다.

왜 매달 한 번도 거르지 않고 계속 오는가? 그건 나 자신도 이해할 수 없었다.

"잘 모르겠어요."

"그렇군요."

사카이가 고개를 끄덕이고 걸음을 내디뎠다. 애초에 대답은 기대하지 않은 모양이다.

어두운 복도에 우리의 발소리만이 공허하게 울려 퍼졌다.

2

경시청 본부 청사.

수사1과는 청사의 16층에 있다. 나는 수사1과 콜드케이스 수사반 소속이다.

콜드케이스(Cold case) 수사반이란 간단히 말하면 과거의 미해결 사건을 취급하는 부서다. 10년 전, 20년 전에 일어난 사건이라도 우리는 포기하지 않는다. 과학수사가 발달하면서 과거에는 찾지 못한 증거를 찾을 수 있기 때문이다.

콜드케이스 수사반 형사는 전부 69명이고, 나는 그중 한 사람이다. 다만 현실은 한심하기 짝이 없었다. 콜드케이스 수사반에서 취급하는 것은 전부 과거에 일어난 사건이다. 그것도 1~2년 전이 아니다. 10년, 20년 전에 일어난 옛날 사건을 다시 조사하는 것이다.

개중에는 증인이 이미 사망한 사건도 있다. 뼈 빠지게 고생만 하고, 빛은 보지 못하는 부서라는 게 현실이다.

"좋은 아침!"

자리에 앉자마자 어깨를 두드리는 사람이 있었다. 뒤를 돌아보자 아오키 다카코가 서 있었다.

올해 서른세 살의 다카코는 콜드케이스 수사반에서 내 유일한 동기다. 우리는 경시청에 들어오고 나서 줄곧 수사1과에서 같이 일해왔다. 1과에서는 주로 살인사건을 다룬다. 솔직히 말해 여자에게는 맞지 않는 곳이다. 그래도 일단 발령 난 이상, 열심히 일할 수밖에 없다. 그리고 2010년에 콜드케이스 수사반이 독립 부서로 신설되었다. 그와 동시에 우리는 이곳으로 이동해서, 계속 여기서 일하고 있다.

"좋은 아침."

"생각보다 늦었네."

어떻게 대답해야 좋을지 몰라서 입을 다물고 있자 "후추에 다녀왔지?"라고 물어왔다.

"어떻게 알았어?"

"이거."

그녀는 그렇게 말하며 자신의 스마트폰을 꺼냈다. 나는 쓴웃음을 지었다.

얼마 전에 NTT(일본의 통신회사 – 옮긴이)로부터 새로 개발한 GPS의 실험 모니터가 되어달라는 의뢰를 받았다. GPS 기능이 있는 휴대전화에 다운로드만 하면 된다는 것이다. 그게 있으면 서로의 위치를 알 수 있다고 한다. 콤비로 일하는 형사들에게는 매우 편리한 기능이라서 나와 그녀는 협조하겠다고 했다.

분명히 편리한 기능이긴 하지만 개인적으로 어디에 갔는지도 전부 알려진다. 사용하기 어렵지 않을까 싶었지만 다카코는 그걸 이용해 내가 어디에 갔는지 안 모양이었다.

내가 한 달에 한 번 스가와라에게 다녀온다는 사실은 그녀도 알고 있다. 그녀는 이마를 찡그리며 "힘들지?"라고 말하더니, 다시 내 어깨를 토닥이며 옆자리에 앉았다.

키는 160센티미터로, 나보다 10센티미터쯤 작다. 둘 다 의자에 앉자 그녀의 앉은키가 내 머리의 절반 정도까지밖에 오지 않았다.

그녀가 목소리를 낮추며 물었다.

"좀 어때?"

"여전해. 한마디 말도 없이 멍하니 침대에 누워 있어. 그저 그것뿐이야…… 말을 걸어도 대답도 하지 않고."

"그래……."

"스가 선배는…… 이제 돌아오지 않을 것 같아."

"그렇구나……."

나는 시선을 돌리며 말했다.

"가봤자 의미가 없다는 건 나도 알고 있어. 하지만 그렇기 때문에 가야 할 것 같아."

"그래, 넌 스가와라 선배의 사랑을 독차지한 애제자였으니까."

그 말은 틀림없는 사실이다. 그녀는 스가와라 밑에서 일한 적이 없다. 그래도 내가 형사로 살아가는 데 스가와라로부터 막대한 영향을 받았다는 사실은 알고 있다.

그때 힘찬 남자의 목소리가 들렸다.

"좋은 아침!"

나와 다카코는 동시에 소리 나는 쪽을 쳐다보았다. 우리 뒤에 서 있는 사람은 오쿠야마 지로라는 수사1과 형사였다.

"안녕하세요."

나는 소리 내어 인사를 하고 다카코는 살포시 미소만 지었다. 우리의 반응이 왜 다른가 하면, 다카코와 오쿠야마가 서로 사귀는 사이이기 때문이다.

두 사람은 사귄 지 벌써 5년째에 접어든다. 형사라는 것은 매우 특수한 직업으로, 둘 다 특수성을 너무도 잘 알기에 지금까지 싸운 적은 한 번도 없다고 한다.

내년 봄에는 결혼하기로 했다. 그것을 계기로 다카코는 경찰을 그만

둔다고 한다. 솔직히 말해 애인이 없는 내게는 부럽기 그지없는 이야기다. 물론 그녀의 행복을 진심으로 바라고 있다.

우리의 2년 선배인 오쿠야마는 올해 서른다섯 살이다. 키 175센티미터, 체중 70킬로그램. 균형 잡힌 탄탄한 몸매를 자랑한다.

잘생겼느냐고 물으면 답하기 곤란하지만, 경시청 형사들의 평균으로 보면 괜찮은 편이다. 형사로서의 능력도 우수한 편에 속한다.

"왜 그래? 둘 다 왜 이렇게 표정이 어두워?"

"나오미가 스가와라 선배님 병원에 다녀왔대."

"아아, 그랬어? 많이…… 힘들었겠구나."

"아니, 괜찮아요."

나는 고개를 흔들었다. 특별히 힘들지는 않다.

"스가 선배는 좀 어때?"

"그냥…… 예전과 똑같아요."

"의식은?"

"없어요."

"그렇구나."

더 이상 물어볼 것은 없는 모양이다. 그는 작게 기침을 하고 나서 덧붙였다.

"그나저나 사건이 일어난 모양이야."

"사건?"

다카코가 되묻자 그는 선 채 고개를 끄덕였다.

"응. 오늘 아침에 다카오의 게이마 산에서 시신이 발견됐대."

다카오라면 도쿄의 변두리다. 그런 곳에서 시신이 발견되었다는 건 예삿일이 아니다.

"상황은 어때?"

"아직 발표가 없어서 자세한 건 모르겠어. 금방 발표하긴 하겠지만."

"왠지 느낌이 안 좋아."

두 사람의 대화에 내가 끼어들었다.

"오늘은 13일의 금요일이잖아. 이상한 일이 일어날 만도 하지."

"뭐야? 그렇게 썰렁한 농담할 거야?"

다카코가 웃으면서 내 어깨를 가볍게 두드렸다. 나도 왠지 웃음이 나왔다.

"골치 아픈 사건이 아니면 좋겠는데."

"그러게."

3

콜드케이스 수사반 전원에게 소집 명령이 떨어진 것은 오후 1시였다. 소집 명령을 받은 사람은 우리만이 아니었다. 대회의실에 가보자 수사1과의 다른 형사들도 보였다.

"무슨 일이지?"

다카코에게 물어보자 그녀는 고개를 가로저었다.

"잘 모르겠어. 하지만 상당히 큰 사건임에 틀림없어."

그녀의 말을 뒷받침하듯 단상에는 형사부장과 수사1과장, 관리관 (경시청 각 과의 관리자로 과장과 이사관에 이은 넘버 3 – 옮긴이)까지 모두 모여 있었다.

"조용히! 여러분, 다들 조용히 해!"

수사1과장인 하세가와 경부가 마이크를 잡았다. 스피커를 통해 쩌렁쩌렁한 소리가 울려 퍼지자 200명이 넘는 형사들이 일제히 입을 다물었다. 주위가 조용해지자 하세가와가 다시 입을 열었다.

"그러면 회의를 시작하겠다. 개인적인 말은 삼가도록!"

형사들이 고개를 끄덕였다. 하세가와가 손에 있는 자료를 들여다보며 말을 이었다.

"오늘 아침 7시 45분경, 도쿄 하치오지 시에 있는 게이마 산의 중턱에서 여행 가방에 들어 있는 시신이 발견됐다."

사방에서 "시신?", "여행 가방에 시신이 들어 있었다고?"라는 중얼거림이 새어나왔다. 하세가와가 다시 "조용히!"라고 소리쳤다.

"시신을 발견한 사람은 하치오지 시에 사는 미야노 다이스케라는 70세의 남성이다. 미야노의 취미는 등산으로, 오늘도 게이마 산에 갔다가 내려오는 도중에 여행 가방을 발견했다고 한다."

하세가와가 고개를 들어 주변을 둘러보았다. 모두 입을 다물고 이야기에 귀를 기울였다.

"미야노는 처음에 불법 투기한 쓰레기라고 여기고 여행 가방을 끌어올렸다. 그런데 여행 가방은 의외로 무거웠다. 무엇이 들어 있는지 확인하기 위해 열었더니, 그 안에서 시신이 나온 거다. 그러면 사진을 보도록."

정면의 화면에 하얀색의 여행 가방이 나타났다.

"여행 가방의 크기는 세로 70센티미터, 가로 50센티미터, 깊이 28센티미터. 여행 가방 회사에 확인했더니 가장 많이 팔리는 사이즈라고 한다. 다음 사진."

사진이 바뀌자 여행 가방의 지퍼가 열려 있었다. 여기저기서 신음이 새어나왔다. 여행 가방 안에는 옷을 입지 않은 남성의 몸통이 들어 있었다.

다시 하세가와의 설명이 이어졌다.

"보다시피 시신은 여행 가방 안에 들어 있었다. 가장 큰 특징은 시신에 손발이 없다는 거다. 감식 결과, 두 팔과 두 다리는 절단되었다고 한다."

절단. 그 단어가 내포하고 있는 무거운 여운이 귓가에서 사라지지 않았다.

"더구나 두 팔과 두 다리는 최근에 잘린 게 아니다. 몇 년, 또는 10년쯤 된 것 같다고 한다."

사진이 다시 여행 가방으로 돌아갔다. 형사들의 입에서 한숨이 새어나왔다.

하세가와의 담담한 설명이 이어졌다.

"시신을 해부한 결과 뜻밖의 사실이 밝혀졌다. 이 시신은 살해된 게 아니다. 사인은 목에 음식이 막혀서 죽은 질식사, 즉 살인이 아니라 사고사다."

형사들이 의아한 표정으로 고개를 갸웃거렸다.

"이렇게 생각할 수 있다. 범인은—지금부터는 범인이란 말을 사용하겠다—이 시신을 유기한 범인은 몇 년, 또는 10년에 걸쳐 손발이 잘린 이 남자와 같이 생활한 거다."

웅성거림이 하나의 물결을 이루었다. 도저히 믿을 수 없다는 반응이었다.

하세가와가 오른손을 들고 "조용히!"라고 말했다.

"덧붙여서 말하자면 시신에는 눈도 없고 코와 혀, 귀도 없었다. 그것은 인간으로서 가장 기본적인 부분이지. 본인에게 살아 있다는 감각이 있었는지 없었는지는 모르지만, 어쨌든 이 남자는 살아 있었다. 아마 끼니때마다 식사를 주었을 거다. 부검한 결과, 영양 상태에는 문제가 없었다고 한다. 동시에 몸의 어디에서도 이상한 점은 찾아볼 수 없었다. 생리적으론 완전히 건강한 상태였다는 뜻이다."

하세가와가 잠시 말을 끊고 신호를 보냈다. 화면의 사진이 남자의 얼굴로 바뀌었다.

남자는 눈을 감고 있었다. 머리숱은 많았지만 전부 백발이었다. 코를 깊숙이 도려내서 뼈가 그대로 드러났다. 얼굴은 창백했지만 점이

나 검버섯 같은 것은 보이지 않았다.

나는 사진을 보자마자 다카코를 쳐다보았다. 그녀가 고개를 끄덕였다. 그런가. 역시 그런 것인가.

하세가와가 다시 입을 열었다.

"여러분, 이 사진을 주목하기 바란다! 이 남자를 본 사람도 있을 거다. 그렇다. 이 남자야말로 우리가 지난 10년간 그토록 찾아 헤매던 사람이다!"

남자의 이름이 뇌리를 가로질렀다. 그렇다. 그 남자다. 그 남자인 것이다.

하세가와가 남자의 이름을 말했다.

"남자의 이름은 혼마 다카오. 10년 전, 2002년 12월에 행방불명되었지."

사진이 바뀌었다. 입이 크게 벌어진 사진이다.

"우리는 도쿄의 치과를 샅샅이 조사하여 혼마 다카오의 주치의를 알아냈다. 다행히 치과의사는 혼마의 진료기록을 보관하고 있었다. 치형을 확인했더니 혼마의 것임이 틀림없다고 한다. 이 남자는 혼마 다카오다."

하세가와가 주먹으로 책상을 내리쳤다. 무거운 울림이 허공을 맴돌았다.

"여러분 중에는 혼마 다카오가 누구인지, 어떤 인물인지 모르는 사람도 있을 거다. 간단히 설명하겠다. 사건은 2002년 10월에 발생했다."

화면에 한 남자의 사진이 등장했다. 회색 양복을 입은 남자가 환하게 웃고 있다. 나는 그 사진을 몇 번이나 보았다. 혼마 다카오였다.

"사진은 10년 전의 혼마 다카오다. 당시 나이는 42세. 도요인쇄사에 근무하던 회사원이었다. 과거에 범죄를 저지른 적은 없다. 아내와의 사이에 딸 하나를 둔 매우 평범한 남성이었다."

그렇다. 혼마 다카오는 보통 남자였다. 어디서나 볼 수 있는 평범한 사회인이었던 것이다.

"그런 남자가 사건에 휘말렸다. 이유는 간단하다."

하세가와의 목소리가 어두워졌다. 화면에 컴퓨터 한 대가 나타났다.

"물론 지금도 있지만 2002년 당시에 인터넷상에서 서로 모르는 남녀가 만나는 사이트, 이른바 만남 사이트란 게 유행했다. 혼마는 그곳에 가입했지. 만남 사이트 회원이었던 거다."

그렇다. 혼마 다카오는 만남 사이트에 뻔질나게 드나들었다. 그게 불행의 시작이었다.

"그곳에서 혼마는 리카라는 이름의 여성과 메일을 주고받았다. 리카는 자칭 28세, 직업은 간호사, 독신이라고 했다. 혼마는 리카와 몇 번 메일을 주고받으면서 서로 호감을 가졌다. 여러분도 알다시피 만남 사이트의 최종 목적은 결국 만남이다. 두 사람도 만나기로 약속했다. 그런데 그 즈음부터 리카가 조금 이상해졌다. 두 사람은 휴대전화 번호를 교환했는데, 그 이후 리카로부터 시도 때도 없이 전화가 걸려오게 되었다."

하세가와의 설명은 절반은 맞고 절반은 틀리다.

실제로 혼마는 자신의 휴대전화 번호를 리카에게 가르쳐주었지만, 리카는 가르쳐주지 않았다. 전화는 항상 리카로부터 일방적으로 걸려올 뿐이었다.

내가 왜 이 사건에 대해 이렇게 자세히 아느냐 하면 대답은 간단하다. 콜드케이스 수사반이 담당하는 사건이기 때문이다.

다카코가 나를 쳐다보았다. "알고 있어"라고 말하며 나는 고개를 끄덕였다.

그 사건, 즉 리카 사건은 많은 사람들의 운명을 바꾸었다. 우리도 그중 한 사람에 속하리라. 혼마뿐만이 아니다. 수많은 사람들이 그 사건에 휘말렸다.

"어떻게 조사했는지는 지금도 오리무중이지만 어쨌든 리카는 혼마의 개인정보를 알아냈다. 혼마의 집 주소와 전화번호, 근무처, 기타 시시콜콜한 것까지…… 혼마는 이 시점에서 경찰에 신고했어야 할지도 모른다. 하지만 가족이나 회사에 알려질 걸 두려워하여 대학 동창인 하라다라는 탐정에게 털어놓았다."

화면의 사진이 바뀌었다. 선글라스를 낀 남자가 나타났는데, 하라다였다.

"하라다는 원래 경찰관이었다. 우리의 동료였다는 뜻이다. 하라다는 유능한 탐정으로, 리카에 대해 많은 걸 알아냈지만 결국 살해되었다. 이 건은 아직도 범인이 밝혀지지 않았지만 우리는 리카의 범행이라고 보고 있다.”

그렇다. 리카는 하라다를 죽이고 시신을 버렸다. 온몸을 토막 내서 마치 인형처럼 가지런히 늘어놓았다.

“다만 하라다는 리카에 대해 조사하는 와중에 경찰관 시절의 선배인 스가와라라는 형사에게 의논한 적이 있다. 본능적으로 위험을 느꼈기 때문일 거다. 그는 자신이 아는 사실을 전부 스가와라 형사에게 말했다. 리카라는 여자가 혼마를 노리고 있다는 것까지 전부. 그 기록은 지금도 남아 있다.”

오늘 만나고 온 스가와라. 그도 역시 리카로 인해 인생이 달라진 사람 중 한 사람이다.

“하라다가 살해되자마자 스가와라 형사는 혼마에게 연락했다. 의지할 곳이 없어진 혼마는 스가와라를 만나서 사건에 대해 전부 다 솔직하게 털어놓았다. 그 기록도 남아 있다. 읽어보면 알겠지만 혼마는 리카를 두려워하고, 리카를 공포의 대상으로 여겼다.”

하세가와가 잠시 입을 다물었다. 그러자 무거운 침묵이 대회의실을 뒤덮었다.

“그 후에도 리카는 혼마에게 연락해서 만나달라고 요구했다. 하지만 혼마는 리카를 피했고, 그러자 리카는 혼마의 딸을 유괴했다.”

다시 사진이 바뀌었다. 아직 어린 소녀의 사진이다.

아무것도 입지 않은 전라의 모습이었다. 소녀의 등에 붉은 페인트로 큼지막하게 십자가 모양이 그려져 있었다.

"유괴라는 말은 조금 과장일지 모르지만 어쨌든 리카는 혼마의 딸을 데려갔다. 그리고 등에 붉은 페인트로 십자가를 그리고 그대로 방치했다. 이 사건을 계기로 혼마는 완전히 냉정함을 잃어버렸다."

하세가와는 형사들의 얼굴을 둘러보고 나서 말을 이었다.

"혼마는 리카를 직접 만나기로 결심하고, 네리마 구에 있는 놀이공원인 도시마엔 주차장에서 리카를 만났다. 그곳에서 무슨 일이 있었는지는 모른다. 혼마는 리카를 만나기로 했다고 스가와라 형사에게 연락하려고 했지만, 불행하게도 그 전화는 연결되지 않았다. 그때 스가와라 형사에게 연락이 됐다면……."

감정에 북받친 듯 하세가와의 말이 잠시 끊어졌다.

그렇다. 만약 그랬다면 사태는 180도 달라졌으리라. 그때 스가와라에게 연락이 됐다면 하라다 살해 혐의로 리카를 체포할 수 있지 않았을까? 하지만 현실은 그렇지 않았다. 혼마는 스가와라에게 연락이 되지 않은 채 혼자 리카를 만나러 갔다.

"혼마의 이야기에 따르면 리카를 설득해서 경찰에 데려가려고 했다고 한다. 하지만 리카는 결코 만만한 상대가 아니었다. 혼마에게 마취제를 주사해서 의식불명 상태로 만든 뒤, 야마나시 현에 있는 어느 병원의 휴양시설에 데려간 거다."

하세가와가 신호를 보내자 사진이 바뀌었다.

어느 방의 사진이었다. 상당히 넓다. 여섯 평쯤 될까? 리카는 혼마를 그곳으로 납치했다.

"여기까지는 리카의 생각대로 되었다. 하지만 혼마가 리카를 만나러 갔다는 소식을 전해 들은 스가와라 형사는 재빨리 행동에 착수했다. 그는 매우 유능한 형사였다. 혼마의 차량 번호를 N시스템(컴퓨터로 차량번호를 자동으로 읽어내고 검색할 수 있게 만든 시스템 – 옮긴이)으로 조회해서 차가 야마나시 현으로 들어간 걸 알아냈다. 스가와라 형사는 곧장 야마나시로 달려갔다. 본래는 야마나시 현경에 연락해 복잡한 절차를 밟아야 하지만, 그는 혼마가 절체절명의 위기에 처한 걸 알고 독단적으로 수사를 시작했다. 다행히 차는 즉시 발견되었다. 스가와라 형사는 재빨리 안으로 들어갔다."

다시 사진이 바뀌었다.

키가 크고 빼빼 마른 여자가 등장했다. 잠옷을 입고 있다. 잠옷의 가슴 부분이 새빨갛게 물들어 있었다.

"리카는 갑자기 나타난 스가와라 형사를 방해꾼으로 여기고 공격했다. 하지만 스가와라 형사는 리카를 향해 재빨리 총을 쏘았다. 경고도 하지 않고 두 발이나 쏘았다. 다시 한 번 말하지만 스가와라 형사는 베테랑 중에서도 베테랑이다. 경고도 하지 않고 총을 쏘는 게 규칙 위반이라는 건 충분히 알고 있었다. 그래도 쏘았다. 그만큼 두려웠던 거다."

하세가와는 잠시 입을 다물었다. 하지만 이야기를 끝낸 것은 아니었다. 어떻게 말을 해야 좋을지 생각하는 것 같았다.

그는 다시 입을 열었다.

"사건은 끝났다. 혼마는 풀려나고 리카는 병원으로 이송되었다. 그것으로 모든 게 끝났다고 생각했다."

그렇다. 혼마는 간발의 차이로 위기에서 벗어나고, 리카는 죽었다. 그것으로 사건은 끝났다고 혼마도, 스가와라도 그렇게 생각했다.

물론 해피엔딩이라고 할 수는 없었다. 경고도 하지 않고 총을 쏜 이상, 스가와라 형사는 리카의 죽음에 책임을 져야 한다는 걸 알고 있었다. 그래도 모든 게 끝났다고 생각했다.

하지만 그렇지 않았다. 믿을 수 없는 일이 발생했다.

하세가와가 다시 말을 이었다.

"조금 전에 말한 것처럼 스가와라 형사는 리카를 향해 총을 쏘았다. 리카는 왼쪽 가슴과 복부에 각각 한 발씩 맞았다. 더구나 거리는 가까웠다. 치명상이라고 생각했지만 리카는 여전히 숨을 쉬고 있었다. 경찰관이라면 누구나 범인을 살아 있는 상태로 잡고 싶을 거다. 그래서 스가와라 형사는 리카를 병원으로 이송했다. 그런데 여기서 믿을 수 없는 일이 발생했다."

사진이 바뀌고 화면에 구급차가 한 대 나타났다.

"구급차에는 구급대원 두 명과 경찰관 한 명이 동승했다. 그런데 총을 두 발이나 맞은 리카가 그 세 명을 살해한 거다."

형사들의 입에서 동시에 한숨이 새어나왔다. 도저히 믿을 수 없다는 한숨이다. 하지만 나는 알고 있다, 그것이 사실이라는 걸……. 리카는 구급대원 두 명과 경찰관 한 명을 살해했다.

"그런 일이 일어나리라고 누가 상상이나 했겠는가. 구급차는 당연히 병원으로 가고 있다고, 연락할 필요도 없다고 생각했다."

하세가와가 고개를 가로저으며 말을 이었다.

"하지만 사태는 상상을 초월했다. 리카는 살아서 세 명을 살해한 뒤, 집으로 돌아가 있던 혼마 다카오에게 향했다."

병원으로 향했던 구급차와 함께 세 명의 시신이 발견된 건 그로부터 두 시간쯤 지난 무렵이었다. 그 두 시간 사이에 리카는 혼마의 집에 가서 혼마를 납치했다.

"리카가 갈 곳은 혼마의 집밖에 없다! 스가와라 형사는 그렇게 판단해서 경시청에 연락한 뒤, 혼마를 보호하기 위해 경찰관을 혼마의 집으로 보냈다. 하지만 이미 때는 늦었다. 리카는 혼마를 납치해서 도망친 후였으니까."

무거운 침묵이 회의실 전체를 감쌌다.

"혼마의 차가 발견된 건 다음 날 한밤중이었다. 그의 차는 폐허로 변한 하치오지 시의 병원에서 발견되었다. 그를 발견한 사람은 스가와라 형사였다. 그곳에서 그가 무엇을 보았는지는 사진을 보는 편이 빠르겠지."

나는 그 사진을 수도 없이 보았다. 하지만 볼 때마다 온몸에 소름이 끼치고 구토증이 솟구쳤다.

"조금만 더 크게…… 됐다."

하세가와가 레이저 포인터로 사진의 일부를 가리켰다.

"이건 잘라낸 몸의 일부다."

그건 팔이었다. 어깻죽지에서 깨끗하게 잘려 있다. 마치 마네킹의 부품 같았다.

"그것만이 아니다. 다리, 눈, 코, 혀, 귀 등 얼굴의 기관을 전부 잘랐다."

사진이 크게 확대되면서 두 다리와 안구, 코, 혀, 귀 등을 각각 비추었다.

"몸의 모든 기관에는 각각 생체반응이 있었다. 즉 이렇게 생각할 수 있다. 믿기 어려운 일이지만 리카는 살아 있는 혼마 다카오의 몸을 외과수술의 요령으로 잘라냈다. 물론 지혈은 했을 거다. 그리고 거의 원형을 알아볼 수 없는 혼마의 몸통만을 들고 모습을 감추었다."

그렇다. 리카는 혼마 다카오를 궁극의 형태로 자기 것으로 만들었다.

"이미 아는 사람도 있겠지만 이걸 발견한 스가와라 형사는…… 미쳐버렸다."

여기저기서 의미를 알 수 없는 신음이 새어나왔다.

"어쩌면 당연할지도 모른다. 스가와라 형사는 한번 혼마를 구했다. 하지만 완전히 구한 게 아니었다. 리카는 더 무서운 곳으로 혼마를 데려갔다. 사건을 가장 가까이에서 지켜봤던 사람으로서는 미치는 것밖엔 다른 방법이 없었을 거다. 이제 불을 켜라."

회의실에 환한 빛이 돌아왔다.

"이상이 리카 사건의 내용이다. 믿을 수 없겠지만 실제로 일어났던 사건이다."

그때 회의실 앞쪽에 있던 형사가 손을 들었다.

"뭔가?"

"그 후에 어떻게 되었습니까?"

아직 젊은 형사였다. 하세가와가 쓴웃음을 지었다.

"우리는 물론 리카와 혼마의 행방을 찾았다. 사건은 너무도 잔인했고, 경찰관도 한 명 살해되었으니까. 사태는 시시각각 변해서 잠시도 뒤로 미룰 수 없었다. 당시 경시청 간부들은 사건을 조기에 해결하기 위해 경찰관 1,000명을 동원해 리카를 찾았지. 하지만 그런 노력은 전부 물거품으로 돌아갔다. 오늘에 이르기까지 리카는 발견되지 않았다. 솔직히 말하면 생사도 확실하지 않았다. 경시청 간부 중에는 리카가 이미 죽은 게 아니냐고 의문을 제기하는 사람도 있을 정도였으니까."

"하지만 그렇지 않았던 거군요."

젊은 형사가 확인하듯 물었다.

"그렇게 되겠지. 어디에 숨어 있었는지는 모르지만 지난 10년간 리카는 혼마와 같이 살았다. 팔도 다리도 없는 혼마와 같이 말이야. 눈도 없고 혀도 없고 귀도 없는 혼마와 어떻게 대화를 했는지는 모르지만, 어쨌든 두 사람은 기묘한 동거생활을 이어갔다. 그리고 10년이 지났다. 자그마치 10년이……."

10년. 정신이 아득해질 만큼 오랜 세월이다.

"그리고 혼마 다카오는 죽었다. 부검 결과, 사망 시각은 어제 오후라고 한다. 사인은 질식사. 직접적인 사인은 음식이 기도에 막힌 거다. 여러분, 거듭 말하지만 오늘 아침에 발견된 시신은 살인사건의 피해자가 아니다. 어디까지나 시신유기 사건의 피해자일 뿐이다."

그렇다. 리카는 혼마를 죽이지 않았다. 오히려 혼마를 살리기 위해 발버둥을 쳤으리라. 지난 10년간 리카는 부질없는 노력을 계속했을 것이다.

하지만 결국 혼마는 죽었다. 리카에게 필요한 건 살아 있는 혼마일 뿐, 죽은 혼마가 아니다. 죽은 혼마에게는 아무런 관심이 없다. 그래서 버렸다. 아무 짝에도 쓸모없는 쓰레기를 버리듯이.

"또 질문할 사람이 있나? 궁금한 게 있으면 뭐든지 물어봐라."

하세가와가 좌우를 둘러보았다.

손을 드는 사람은 아무도 없었다. 사건이 너무도 기괴해서 모두 어안이 벙벙한 것 같았다.

"좋다. 그러면 본건의 수사본부를 니시하치오지 경찰서에 설치하기로 하겠다. 이번 사건은 매우 특수하므로 수사1과 강행범 3계와 콜드 케이스 수사반도 참여하도록 한다."

형사부장이 작은 목소리로 하세가와에게 뭐라고 말했다. 그러자 하세가와는 아니라는 식으로 고개를 가로저었다.

"자세한 사항은 각 계장에게 말해두겠다. 수사를 어떻게 배당했는지는 계장이 취합해서 보고하도록. 이상!"

하세가와가 마이크의 스위치를 끄는 것과 동시에 우리는 일제히 자리에서 일어났다.

4

자리로 돌아오자마자 즉시 모이라는 명령이 떨어졌다. 이번에는 콜드케이스 수사반뿐이다. 우리는 다른 회의실에 모였다.

"빠진 사람은 없지?"

콜드케이스 수사반 반장인 도다 경부가 말했다.

우리는 서로 얼굴을 확인했다.

"제1반 있습니다."

"제2반 전원 있습니다."

"제3반 전원 있습니다."

"제4반 전원 있습니다."

보고를 마치자 도다 경부는 "됐다"라고 하면서 고개를 끄덕였다.

"본건은…… 즉 리카 사건은 경시청의 가장 큰 골칫거리였지. 범인이 리카란 건 알고 있다. 하지만 어디에 있는지 짐작도 가지 않았다. 우리는 온갖 수단을 동원해서 조사했지만 아무런 수확도 없었던 게 현실이었지."

그렇다. 콜드케이스 수사반이 만들어지고 오늘에 이르기까지 몇 년간, 우리는 리카 사건을 철저하게 파헤쳤다. 그 결과, 10년 전에 무슨 일이 있었는지는 거의 다 파악했다. 혼마 다카오 본인의 진술과 사건을 조사했던 하라다라는 탐정이 남긴 보고서, 사건에 직접 관여했던 유일한 경찰관인 스가와라 형사가 남긴 증언을 토대로 사건을 재구축

했다.

모든 증거가 가리키는 방향은 하나였다. 문제의 근원은 리카라는 것이다. 즉 범인은 리카 말고는 있을 수 없다.

하지만 우리가 할 수 있는 일은 거의 없었다. 콜드케이스 수사반에서는 이번 사건을 공개수사로 돌리고, 리카의 얼굴 사진이 실린 지명수배서를 도쿄 도내와 간토 지역의 구석구석까지 붙였다.

리카에 관한 정보는 반드시 들어올 거다. 우리가 믿는 것은 그것 하나였다. 그러나 현실은 우리 뜻대로 되지 않았다. 비슷한 여자를 보았다는 정보는 끊임없이 들어왔지만, 깊이 파고 들어가면 전부 다른 사람이었다. 리카는 혼마를 데리고 감쪽같이 자취를 감추었다. 어디로 갔는지 상상도 할 수 없었다.

10년은 결코 짧은 세월이 아니다. 정보는 점점 빛이 바래고, 지금은 사람들의 머릿속에서도 잊혔다. 단서는 아무것도 없었다. 모두가 두 손을 들고 포기했다.

바로 그때 이번 사건이 발생했다. 솔직히 말해 콜드케이스 수사반 안에서도 리카와 혼마가 이미 죽은 게 아닐까 하는 설이 주류를 이루었다. 리카는 죽었다. 그렇지 않으면 어떻게 이리도 완벽하게 행방을 감출 수 있겠는가. 나도 그렇게 생각했다.

하지만 그렇지 않았다. 혼마의 시신을 버린 사람이 있었다. 그 사람이 리카가 아니면 누구란 말인가. 리카는 살아 있다. 살아 있다면 분명히 어딘가에 있다. 그것을 찾아내는 게 우리의 일이다.

도다 경부가 다시 입을 열었다.

"리카 사건에 대해선 새삼 말할 필요가 없을 거야. 다들 알고 있지?"

전원이 고개를 끄덕였다.

"리카는 적어도 네 명을 살해했어. 그리고 혼마 다카오의 손발을 잘라서 납치하고, 우리의 선배이기도 한 스가와라 형사를 미치게 만들었지. 믿기 힘들겠지만 이건 모두 사실이다."

스가와라 형사, 내가 오늘 아침에 만나고 온 사람이다.

"리카란 여자는 소름 끼치는, 그리고 가증스러운 범죄자다."

사람들은 모두 입을 다물고 도다의 다음 말을 기다렸다.

"……어쨌든 리카는 살아 있어. 무슨 수를 써서라도 어디에 있는지 찾아내야 한다. 1반과 2반은 리카 사건을 원점에서 재검토하도록."

"알겠습니다."

"3반과 4반은 현장으로 가봐. 3계와 협조해서 모든 증거를 다시 검토하고."

나는 옆에 앉은 다카코를 보았다. 나와 다카코는 3반 소속이다.

3반 반장인 시노자키가 손을 들었다.

"구체적으로 무엇을, 어디부터 조사하면 되죠?"

"어디부터 조사해야 한다고 생각하나?"

도다 경부가 반문하자 시노자키 반장이 머쓱한 표정을 지었다.

"리카가 게이마 산에 들어간 경로부터 조사해야 할 것 같은데요."

"바로 그거야. 조금 전에 들어온 정보에 따르면 게이마 산에는 산이란 이름이 붙어 있지만 실제론 언덕에 가깝다고 하더군. 차를 타고도 갈 수 있다고 한다. 아마 리카는 차를 타고 들어갔을 거다. 여행 가방을 끌고 올라가진 않았을 테니까.”

차의 뒷자리나 트렁크 안에 혼마의 시신이 들어 있는 여행 가방을 실었으리라. 그리고 게이마 산에 들어가 아무도 보지 않는 걸 확인하고 여행 가방을 버린 것이다.

“게이마 산 근처에 CCTV는 없습니까?”

도다 경부가 고개를 흔들었다.

“유감스럽지만 없어. 조금 전에도 말했듯이 게이마 산은 어린아이들이 소풍으로 자주 가는 나지막한 산이야. 그런 산에 드나드는 사람을 감시하기 위해 CCTV를 설치하겠어?”

“그렇다면 믿을 건 목격자밖에 없군요.”

“그렇겠지. 다행히 하치오지 형사들이 아직 첫 번째 발견자인 미야노란 남자의 신병을 확보하고 있어. 미야노는 뭔가를 봤을지도 몰라. 적어도 그럴 가능성이 있어.”

“미야노는 누가 조사하고 있습니까?”

“수사1과 형사야. 담당 형사가 누구인 것까지는 듣지 못했다.”

말이 끝나기도 전에 시노자키 반장이 일어섰다.

“그럼 지금 당장 하치오지 경찰서로 가보겠습니다.”

“그래. 정보는 항상 이쪽으로 보내도록. 다시 한 번 말하지만 이건 매우 중요한 사건이야. 그래서 우리 콜드케이스 수사반도 이례적으로 수사에 참가하게 됐지. 그런 의미에서도 모든 정보를 공유할 필요가 있어. 3반과 4반은 즉시 현장으로 가도록."

그 말을 끝으로 우리는 자리에서 일어섰다.

5

3반과 4반의 인원은 각각 열 명이었다. 우리는 순찰차를 타고 현지로 향했다. 말할 필요도 없지만 사쿠라다몬에서 하치오지까지는 결코 가깝지 않다.

나와 다카코는 순찰차 뒷자리에 나란히 앉았다. 우리 이외의 동승자는 두 명이었다. 운전하는 마치야마라는 순사부장과 조수석에 있는 고다이라라는 순사부장이었다.

"길이 많이 막힐까?"

마치야마의 질문에 고다이라가 대답했다.

"글쎄, 금요일이니까 막히지 않을까?"

"음."

순찰차가 고속도로로 들어갔다. 안내 전광판을 보자 특별히 많이 막히지는 않는 것 같았다. 차 안은 조용했다. 나를 포함해 그 누구도 말을 하지 않았다. 가장 먼저 침묵을 깨뜨린 사람은 고다이라였다.

"전 리카 사건에 대해 아직 잘 모르는데요."

그는 뒤를 돌아보며 그렇게 운을 띄웠다. 1년 전에 콜드케이스 수사반으로 이동한, 아직 서른이 채 안 된 형사였다.

다카코가 가볍게 웃으며 대답했다.

"리카 사건에 대해선 얘가 제일 잘 알아."

'얘'라는 건 나를 가리킨다. 조수석의 고다이라가 내 쪽을 향했다.

"우메모토 선배가 제일 잘 아세요?"

"아마 그럴걸."

스가와라 형사 일도 있어서, 나는 리카 사건에 대해 콜드케이스 수사반의 누구보다 많은 정보를 알고 있다. 지난 10년간 모든 걸 내던지고 리카에 대해 조사해왔다. 그것 말고도 담당한 사건은 한두 가지가 아니었지만, 동시에 진행하는 형태로 틈만 있으면 리카의 행방을 쫓아왔다. 보통 집념이 아니라고 스스로도 생각한다. 왜 그렇게까지 하느냐고 주변 사람들이 이상하게 여길 정도였지만 이유는 나 자신도 알 수 없었다. 반드시 리카를 찾아내 체포해야 한다는 신념과도 비슷한 오기가 온몸을 가득 메웠다.

"손발을 자르다니, 도저히 믿을 수가 없군요."

나는 나지막한 목소리로 대답했다.

"사실이야."

"현장을 보셨어요?"

"그래."

지금도 똑똑히 기억하고 있다. 이미 폐쇄된 낡은 병원의 수술대 위에 나란히 놓여 있던 두 팔과 두 다리. 그리고 그 옆에 놓여 있던 두 개의 안구와 코와 혀와 귀.

리카는 외과수술의 요령으로 혼마의 두 팔과 두 다리를 잘랐다. 혼마가 살아 있는 상태에서 엄청난 수술을 해치운 것이다.

"무엇 때문에 그런 짓을 했을까요?"

나는 고개를 가로저었다.

"그건 나도 몰라. 본인이 아니면 이유를 모르겠지."

"그건 그렇지만요."

나는 앞쪽에 시선을 고정한 채 말했다.

"다만 이렇게 말한 사람이 있어. 리카가 원한 건 자기 마음대로 할 수 있는 혼마 다카오라고. 그러기 위해선 팔도 다리도 필요 없고, 눈도 코도 혀도 귀도 필요 없다고…… 즉 다시 말해 인형이 된 혼마가 필요했던 거라고……"

"누가 그랬는데요?"

그렇게 말한 사람은 스가와라였다. 그는 리카 사건에 대해 누구보다 많이 알고 있었다. 수술대 위에 늘어놓은 두 팔과 두 다리를 발견한 사람도 그였다. 그리고 제정신을 잃어버리기 직전에 자신의 생각을 동료들에게 전했다.

하지만 고다이라에게는 그런 말을 하고 싶지 않았다. 설명을 하면 길어진다. 나는 그냥 그런 의견이 있었다고만 말했다. 고다이라의 시선이 나에게 향했다.

"그게 사실이라면 리카라는 여자는 상식적으로 생각해서는 안 되겠군요."

그렇다. 리카는 분명히 정상이 아니다. 그녀는 우리가 사는 세계와 멀리 동떨어진 곳에 존재한다. 너무도 기이하고 이질적인 마계의 여자. 그게 리카였다.

마치야마가 조심스럽게 입을 열었다.

"……이런 걸 여쭤봐도 되는지 모르겠는데요."

"무슨 말인데 그렇게 뜸을 들여?"

고다이라가 물었다.

"혼마 다카오는…… 의식이 있었을까요?"

그 질문에 정확하게 대답할 수는 없다. 다만 이 말만큼은 할 수 있었다.

물리적으로 보면 혼마는 두 팔과 두 다리가 잘리고 두 눈의 안구가 도려내졌으며 코와 혀와 귀가 잘렸다. 하지만 뇌에는 손상이 가해진 흔적이 없다.

리카에게 살해된 하라다라는 탐정의 보고서에 따르면 리카는 예전에 간호사였다고 한다. 아마 수술하는 현장에 들어간 적도 있었으리라.

리카는 혼마의 손발을 자를 때 마취를 했다. 현장에는 마취에 사용한 주사기 같은 것도 남아 있었다. 그렇게 세심하게 신경을 써서 혼마의 각 기관을 잘라낸 걸 보면, 혼마에게는 의식이 있지 않았을까?

스가와라 형사가 제정신을 잃어버린 가장 큰 이유는 바로 그것이었다. 믿을 수 없을 만큼 강력한 리카의 악의에 압도되어서 미치는 수밖에 없었던 것이다.

"만약 의식이 있었다면…… 그야말로 지옥이었겠네요."

마치야마의 말을 끝으로 차 안에는 침묵이 자리했다. 순찰차는 계속 달렸다.

6

니시하치오지 경찰서에 도착한 것은 저녁 무렵이었다. 수사본부로 들어가자 이미 1과의 강행범계 형사들이 도착해 있었다. 처음 보는 얼굴도 많았는데 그들은 니시하치오지 경찰서 형사들이리라. 우리는 빈자리에 앉았다.

책상에는 각각 컴퓨터가 놓여 있었다. 켜져 있는 화면을 쳐다보자 지친 기색이 역력한 한 노인의 모습이 보였다.

"누구지?"

다카코의 질문에 나는 어깨를 살짝 들썩였다.

"글쎄."

"취조실 같은데?"

"그러게."

10분쯤 기다리자 갑자기 굵은 목소리가 들렸다.

"다들 주목!"

마이크를 잡은 사람은 경시청 수사1과 강행범 3계장인 후지마키 경부였다. 소란스러웠던 실내가 단번에 조용해졌다.

"지금부터 첫 번째 발견자인 미야노 다이스케를 신문하겠다."

컴퓨터 화면이 움직이고 남자 두 명이 들어왔다.

한 명은 모르는 사람이었고, 또 한 명은 오쿠야마 지로였다. 다카코를 쳐다보자 쑥스러운지 얼굴이 빨개졌다.

"모두 이어폰을 꽂아라."

우리는 컴퓨터에 연결된 이어폰을 귀에 꽂았다. 화면 안에서 오쿠야마가 책상을 사이에 두고 노인의 맞은편에 앉았다.

"경시청의 오쿠야마라고 합니다."

오쿠야마가 아무런 서두도 없이 말했다. 노인이 지친 표정으로 그를 올려다보았다.

"성함을 여쭤봐도 될까요?"

"……미야노 다이스케요."

"연세는 어떻게 되시죠?"

"올해 딱 일흔이오."

"그러세요? 신분을 증명할 수 있는 걸 가지고 계십니까?"

"……운전면허증이 있다오."

"보여주십시오."

미야노가 바지 뒷주머니의 지갑에서 운전면허증을 꺼내 내밀었다.

오쿠야마는 운전면허증을 살펴보더니 "됐습니다"라고 말하며 돌려주었다.

"미야노 씨, 피곤하시겠지만 어떻게 된 건지 자세히 말씀해주지 않겠습니까?"

"……도대체 몇 번을 말하란 거요? 벌써 몇 번이나 말했잖소?"

"죄송합니다, 이번이 마지막입니다."

오쿠야마가 달래듯이 말했다.

미야노는 불만스러운 표정을 지으며 입술을 삐죽거렸다. 하지만 오쿠야마는 아랑곳하지 않고 다시 입을 열었다.

"미야노 씨, 취미가 등산이라고 하던데요."

"취미라…… 뭐 그렇지."

"오늘도 그래서 외출하셨나요?"

"……그렇소."

"댁에선 몇 시쯤 나오셨죠?"

"……6시쯤이었을 거요."

"상당히 일찍 나오셨군요."

"늙으면 아침잠이 없어지니까."

그렇게 말하면서 미야노가 작게 기침을 했다. 그러자 오쿠야마가 재빨리 "차 좀 드시죠"라고 말했다. 미야노가 책상 위에 있던 페트병의 뚜껑을 열고 차를 한 모금 마셨다.

"그런데 미야노 씨…… 게이마 산을 선택하신 특별한 이유라도 있나요?"

"……아침에 뉴스를 들으니 오늘은 날씨가 안 좋다고 하더군."

"아아, 그러셨군요. 그러고 보니 오전에는 도심에도 비가 왔습니다. 이 주변에도 비가 왔나요?"

"그렇소."

"그래서 가까운 게이마 산을 선택하신 거군요."

"그렇소, 금방이라도 비가 쏟아질 것 같았지."

미야노는 다시 페트병의 차를 한 모금 마셨다. 잠시 기다렸다가 오쿠야마가 질문을 계속했다.

"산을 오르기 시작한 건 몇 시쯤이었죠?"

"……아마 7시쯤이었을 거요."

"저는 게이마 산에 가본 적이 없어서 잘 모르겠는데요, 정상까지 가려면 얼마나 걸립니까?"

"……늙은이 다리론 30분쯤 걸리지 않을까?"

"별로 높지 않은가 보군요."

"산이라기보다 언덕이지. 그래서 소풍을 가는 사람도 많다오."

오쿠야마가 부드러운 미소를 지었다.

"아아, 그렇군요. 그리고 미야노 씨는 정상에 도착하셨죠. 7시 반쯤이었나요?"

"아마 그 정도 됐을 거요."

"혹시 정상까지 올라가는 사이에 산에서 내려오는 사람이나 차가 있었나요?"

"글쎄…… 기억이 안 나는구려."

"다시 한 번 생각해보십시오. 이건 매우 중요한 문제입니다."

미야노가 팔짱을 끼고 잠시 생각에 잠겼다. 그러고는 나지막한 목소리로 말했다.

"글쎄, 아무리 머리를 쥐어짜도 기억이 안 나는구먼."

"전혀 안 나시나요?"

"……미안해요."

미야노가 고개를 숙이는 걸 보고 오쿠야마가 황급히 말했다.

"미안하긴요. 기억이 안 나시면 어쩔 수 없죠. 어쨌든 미야노 씨는 정상까지 올라가셨습니다. 그곳에서 뭔가 보신 게 있나요?"

미야노가 오쿠야마를 물끄러미 쳐다보며 말했다.

"……차를 두 대 봤어요. 그래, 분명히 두 대였소."

"차종은 기억나시나요?"

"……글쎄."

"어떤 차였죠?"

"그게 그러니까…… 기억이 잘 안 나는구려."

"크기는요?"

"그냥 보통 승용차였을 거요."

"색깔은요?"

"한 대는 하얀색 같았고…… 또 한 대는 기억이 안 나는구먼."

"잘 생각해보십시오. 한 대는 하얀색 같았고, 또 한 대는요?"

기나긴 침묵이 이어지고, 이윽고 미야노가 깊이 한숨을 쉬었다.

"미안해요. 도저히 기억이 안 나네."

오쿠야마가 작게 미소를 지었다.

"괜찮습니다. 기억이 안 나는 건 아무리 생각해봤자 어쩔 수 없죠. 저희도 마찬가집니다."

"미안해요."

미야노가 다시 고개를 숙였다.

"그럼 다음으로 넘어가죠. 정상까지 올라간 후에 그곳에서 몇 분 정도 계셨나요?"

"……5분인가, 그 정도 있었을 거요. 비가 올 것 같아서 빨리 내려오고 싶었지."

"그때는 아직 비가 안 왔나요?"

"그렇소."

"정상으로 올라오는 사람이나 차는 없었고요?"

"……아마 그랬을 거요."

"좋습니다. 그리고 미야노 씨는 산에서 내려오셨습니다. 서두르기는 했지만 주변을 둘러볼 여유는 있었죠. 그런가요?"

"그래요."

오쿠야마가 손가락으로 책상을 가볍게 두들겼다. 규칙적인 소리가 이어졌다.

"그리고 문제의 여행 가방을 발견했습니다. 산중턱이었죠."

"……그래요."

미야노는 눈을 감고 몸을 가늘게 떨었다.

"산에 올라갈 때는 못 보셨나요?"

"못 봤다고 할까…… 있다는 것 자체를 몰랐소."

"저희가 조사한 바에 따르면 여행 가방은 등산로에서 3미터쯤 떨어진 곳에 있었더군요."

"그래요. 그 정도 떨어져 있었소."

"그게 여행 가방이란 걸 인지하셨나요?"

"여행 가방이란 걸 인지하다니, 그게 무슨 뜻이오?"

"거기에 있는 게 여행 가방이란 걸 아셨느냐는 말씀입니다."

"아아…… 그래요, 그건 금방 알았소."

"산에 여행 가방이 있다니, 어쩐지 어울리지 않는군요."

"나도 그렇게 생각했지."

"그런 곳에 왜 여행 가방이 있을까 의아해하셨나요?"

"……그렇다기보다 쓰레기라고 생각했소."

"쓰레기요?"

"게이마 산에 쓰레기를 버리는 사람이 많거든. 차를 타고 올라갈 수 있기 때문인지, 큼지막한 쓰레기도 흔히 볼 수 있다오."

오쿠야마가 손가락의 움직임을 멈추었다.

"그래요? 흔히 볼 수 있는 광경이었군요."

"그럼, 그것 말고도 이런저런 물건들은 본 적이 있소."

"예를 들면 어떤 거죠?"

"TV라든지 컴퓨터라든지…… 자전거도 있었고."

"여행 가방을 보고 그런 쓰레기 중 하나라고 생각하셨군요."

"그래요."

"그래서 그걸 주우러 일부러 등산로에서 경사면으로 내려가셨다는…… 그런 말씀이죠?"

"쓰레기를 발견하면 되도록 가져오지. 그것이 내 의무라고 생각하니까."

"산을 사랑하는 사람의 의무란 말씀인가요?"

"그렇소."

오쿠야마가 똑바로 쳐다보자 미야노는 "그렇다오"라고 다시 한 번 강조했다.

"그런데 문제는 거기부터입니다…… 미야노 씨께서는 여행 가방을 등산로까지 끌어올리셨습니다. 무거웠죠?"

"굉장히 무겁더군."

"안에 뭐가 들어 있다고 생각하셨나요?"

"……잘은 모르지만 책이나 잡지가 아닐까 싶었소."

"그렇군요. 책이나 잡지는 무거우니까요."

"그래요."

"미야노 씨께서는 여행 가방을 열려고 하셨죠? 안의 내용물을 확인하기 위해서요."

"그렇다오."

"그리고 결국 여행 가방의 지퍼를 열었습니다. 그런데 안에 들어 있던 건……."

미야노가 절레절레 머리를 흔들었다.

"설마…… 그런 게 들어 있을 줄이야……."

"그런 게 들어 있을 줄은 꿈에도 모르셨겠죠."

잠시 침묵이 이어졌다. 고개를 숙인 미야노를 보고 오쿠야마가 말을 이었다.

"보시자마자 시체란 걸 아셨나요?"

"처음에는…… 마네킹인 줄 알았지."

"아하, 그랬을 수도 있겠네요."

"……그럼."

"시체란 건 언제 아셨나요?"

'언제'라는 말에 미야노가 얼굴을 찡그렸다.

"언제라니…… 그냥 보는 사이에 이건 마네킹이 아니라고 생각했다오."

"사람의 시체라고 생각하셨나요?"

"그래요."

"그때 무슨 느낌을 받으셨나요?"

"믿을 수 없다고 할까…… 머릿속이 새하얘지더군."

"그래서 어떻게 하셨죠?"

"······일단 누군가에게 알려야 한다고 생각했소."

"누군가가 누구죠?"

"경찰이든 병원이든, 어쨌든 누군가요."

"미야노 씨는 휴대전화를 가지고 계시죠? 그걸로 경찰에 전화하셨고요?"

"그렇소."

"그때 뭐라고 하셨는지 기억하시나요?"

"······아니, 어쨌든 온몸이 떨리고 다리가 후들거려서······."

다시 침묵이 흐르고 오쿠야마가 입을 열었다.

"비는 언제 왔나요?"

"전화······ 경찰에 전화를 건 직후에 내리기 시작했다오."

"그리고 관할서 경찰관이 현장에 도착할 때까지 30분쯤 걸렸어요."

"30분? 이상하다, 더 한참 걸린 것 같았는데······."

미야노가 혼잣말처럼 중얼거렸다.

"길게 느껴지셨나요?"

"그래요."

"그 이후의 일은 기억나시나요?"

"솔직히 말해 잘 기억나지 않아요."

"그러시겠죠. 미야노 씨에겐 충격적인 사건이었으니까요. 솔직히 말하면 저희에게도 충격적인 사건입니다."

오쿠야마가 팔짱을 낀 채 입을 다물었다. 그로부터 한동안 두 사람은 서로를 바라본 채 아무 말도 하지 않았다.

다시 오쿠야마가 입을 열었다.

"다시 한 번 묻겠습니다. 이게 마지막 질문입니다…… 혹시 게이마 산에서 누군가를 만나지 않으셨나요?"

"누군가를…… 만나요?"

오쿠야마가 미야노의 얼굴을 똑바로 쳐다보았다.

"조금 전에 산의 정상에 차가 두 대 있었다고 하셨죠? 그렇죠?"

"그렇소."

"운전자는 어디에 있었습니까?"

"운전자는 못 봤소."

"차 안에 없었나요?"

"잠시만…… 없었던 것 같구려."

"차가 두 대 있었다면, 당연히 누군가가 운전해서 거기까지 갔겠죠. 그렇죠?"

"그래요."

"그런데 정상에 운전자가 없었다……. 미야노 씨는 지금 차 안에도 없었다고 하셨습니다. 그럼 어디에 있었을까요?"

미야노가 쓴웃음을 지었다.

"형사님, 아까 형사님은 게이마 산이 어떤 산인지 잘 모른다고 했지? 하지만 난 잘 안다오. 거긴 차를 타고 정상까지 올라가서 그 일대를 산책하는 사람이 아주 많거든."

"그러면 차의 운전자가 둘 다 산책하고 있었다는 말씀인가요?"

"……아마 그렇지 않을까?"

"아침 7시에요?"

"그런 사람도 있겠지, 뭐."

오쿠야마는 입을 다물었다. 잠시 생각에 잠기는 듯했다.

"차를 운전했던 사람들은 미야노 씨보다 먼저 정상에 도착해 있었나요?"

"그랬을 거요."

"산에 올라가실 때, 차가 추월한 적은 없었고요?"

"글쎄…… 잘 기억나지 않는구려."

"산에 올라가실 때, 또는 내려오실 때라도 상관없지만 혹시 다른 차를 못 보셨나요?"

"그것도…… 기억나지 않는군."

"그러면 누군가와 지나친 적은 없으셨나요?"

미야노가 팔짱을 낀 채 잠시 생각에 잠겼다. 그렇게 얼마나 있었을까, 그의 입에서 "그러고 보니……"라는 말이 새어나왔다.

"뭔가 있었나요?"

"내려올 때였는데…… 아이들이 많이 있었던 것 같구려."

"아이들이요?"

"그래, 아이들." 미야노는 눈을 반짝이며 덧붙였다. "그게 그러니까…… 맞아, 여행 가방을 발견한 직후였다오."

"미야노 씨, 이건 굉장히 중요한 포인트입니다. 자세히 기억해보십시오. 아이들이 산을 올라갔다는 건가요?"

"그렇소…… 조금씩 기억이 나는구려. 스무 명쯤 됐을까, 아이들이 산으로 올라갔소. 그때 난 여행 가방을 등산로까지 끌어올리는 참이었고."

"아이들은 몇 살쯤 되었나요?"

"아마 초등학교 저학년이나…… 어쩌면 유치원생이었을지도 모르겠군."

"보호자는요? 아이들을 인솔하는 어른은 없었나요?"

"그게 좀 이상한데…… 없었던 것 같소. 적어도 난 못 봤다오."

"아이들끼리 산에 올라갔다는 말씀인가요?"

"……그런 것 같군."

오쿠야마가 숨을 크게 토해냈다.

"아이들 말인데요…… 무슨 옷을 입었는지 기억이 나시나요?"

"글쎄…… 무슨 옷을 입었더라?"

미야노가 고개를 갸웃거리는 걸 보고 오쿠야마가 다시 파고들었다.

"잘 생각해보십시오. 교복을 입었다든지, 체육복을 입었다든지, 뭔가 특징이 없었나요?"

"……기억이 나지 않는구려. 어쨌든 '아아, 아이들이 참 많구나'라고 생각했다오."

"말을 나누지는 않으셨나요?"

"그러지 않았소."

"아이들은 뭔가 말을 하던가요?"

"그래요. 다들 어찌나 시끄럽게 떠드는지 귀청이 따갑더군."

"무슨 말을 했는지 기억나시는 게 없나요?"

"전혀, 전혀 기억이 안 난다오."

"귀찮으시겠지만 다시 한 번 확인하겠습니다. 미야노 씨는 산에서 내려오는 도중에 등산로 옆에 버려져 있던 여행 가방을 발견했습니다. 산중턱이었죠. 그걸 등산로로 끌어올릴 때 아이들을 만나셨고요. 그렇죠?"

"그렇소."

"아이들 말고는 아무도 못 보셨고요?"

"못 봤소."

"그 이후 여행 가방의 내용물을 확인하고 경찰에 전화를 걸었습니다. 경찰관이 산에 도착한 건 그로부터 30분 후, 산 전체에 비상선을 친 건 그로부터 다시 30분 후인 9시가 지나서였고요. 하지만 그때는 이미 아이들도 없었고, 두 대의 차도 모두 사라진 후였습니다. 미야노 씨는 이걸 어떻게 생각하시나요?"

"글쎄…… 아마 산 반대쪽으로 내려가지 않았을까?"

오쿠야마가 고개를 크게 끄덕였다.

"아하, 그렇군요! 혹시 또 생각나는 건 없으신가요?"

63

미야노가 고개를 푹 떨구었다.

"……이제 너무 힘들구먼. ……온몸이 축 늘어지는구려. 집에 가고 싶소."

"물론 피곤하시겠죠."

"……그래요, 피곤해서 견딜 수 없군. 집에 가고 싶소. 집에 가게 해 주구려."

오쿠야마가 미야노를 똑바로 쳐다보았다.

"알겠습니다. 장시간 협조해주셔서 감사합니다."

오쿠야마는 그렇게 말하면서 자리에서 일어섰다. 그것이 참고인 조사의 끝을 알리는 신호였다. 미야노가 천천히 일어나서 취조실 밖으로 나왔다.

7

우리는 각자 귀에 끼우고 있던 이어폰을 빼냈다. 여기저기서 작은 한숨소리가 들렸다.

잠시 후 시노자키 반장이 안으로 들어왔다.

"제3반 전원, 잘 들어. 지금 참고인 조사를 통해 새로운 사실을 알아 냈다. 아이들이 산으로 올라갔다고 하는군."

"네."

전원이 고개를 끄덕였다.

시노자키가 손에 든 종이를 들고 말을 이었다.

"그래서 이걸 가져왔어. 인근 유치원과 어린이집, 초등학교의 연락처가 적혀 있는 리스트다. 각자 몇 군데씩 나눠서 연락해봐. 오늘 아침 7시 전후에 게이마 산에 올라간 아이들을 찾는 거야!"

"알겠습니다."

부반장인 오구라 경부보가 리스트를 받아 들고 명령했다.

"누가 가서 복사해와!"

형사 한 명이 리스트를 들고 밖으로 나갔다.

다카코가 손을 들었다.

"미야노 씨는 인솔자가 없었다고 말했습니다. 사실일까요?"

시노자키가 머리를 흔들었다.

"그건 모르지. 정말로 없었는지, 아니면 미야노가 못 봤는지…… 둘다 가능성이 있어."

복사하러 간 형사가 돌아왔다. 리스트에는 유치원과 어린이집, 초등학교의 이름과 전화번호가 적혀 있었다. 전부 30여 군데다.

오구라 경부보가 복사해온 리스트에 도장을 찍어서 한 사람에게 한장씩 나눠주었다.

나는 전화를 걸기 위해 휴대전화를 꺼냈다. 다카코가 나를 보고 말했다.

"어떻게 생각해? 유치원생일까?"

"확인해보면 알겠지."

내 담당은 유치원 한 군데와 초등학교 두 군데였다. 나는 도장이 찍혀 있는 리스트의 맨 위에 있는 유치원에 전화를 걸었다. 상대는 즉시 전화를 받았다.

"네, 나카요시 유치원입니다."

"경시청의 우메모토라고 합니다."

"경시청이요?"

"경찰입니다." 나는 얼른 고쳐 말하고 나서 정중하게 덧붙였다. "바쁘신데 죄송합니다만 잠시 협조해주실 수 있나요?"

"무슨 일이죠?"

상대가 갑자기 목소리를 낮추었다. 나는 아까보다 조금 더 크게 말했다.

"오늘 아침에 사건이 일어나서 목격자를 찾고 있는 중입니다. 오늘 아침 7시쯤에 그쪽 유치원 아이들 스무 명 정도가 게이마 산에 올라갔는지 확인하고 싶은데요."

"……무슨 사건인데요?"

"자세한 건 말씀드릴 수 없습니다. 아직 수사 중이라서요. 그런데 매우 중요한 일입니다. 그쪽 유치원 아이들 중에 오늘 아침에 게이마 산에 올라간 아이들이 있나요?"

"……게이마 산요?"

"그렇습니다. 게이마 산입니다."

대답을 기다리고 있자 조금 지나서 나지막한 소리가 들렸다.

"……그런 산에는 올라가지 않았어요."

"확실한가요?"

"……그런 얘기는 못 들었거든요."

"실례했습니다."

나는 전화를 끊고 나서, 리스트의 나카요시 유치원 부분에 가위표를 했다.

"틀렸어. 그쪽은 어때?"

다카코는 "협조해주셔서 감사합니다"라고 말한 뒤 전화를 끊는 참이었다. 그리고 나를 향해 고개를 가로저었다.

"여기도 아니야. 다음에 걸어보자."

"응."

그리고 나는 리스트의 두 번째에 적혀 있는 호토 초등학교에 전화를 걸었다.

"네, 호토 초등학교입니다."

"경시청의 우메모토라고 합니다."

전화기 너머에서 깜짝 놀라는 상대의 목소리가 들렸다.

"경찰이 우리 학교엔 어쩐 일로…… 무슨 일이 있었나요?"

"오늘 아침에 사건이 있었거든요. 죄송하지만 한 가지 여쭤볼 게 있는데, 혹시 오늘 아침 7시쯤에 그 학교 학생이 게이마 산에 올라가지 않았나요?"

"······잠깐만 기다리세요."

잠시 대기음이 이어졌다. 나는 손톱을 깨물며 상대가 나오기를 기다렸다. 옆에서는 다카코가 수화기에 대고 뭐라고 말하는 중이었다.

그때 전화기 건너편에서 남자의 목소리가 들렸다.

"이 학교 교장인 모토무라입니다. 우리 학교 학생에게 무슨 일이 있었나요?"

모토무라? 어떤 한자를 쓸까?

남자의 목소리는 매우 침착했다. 목소리로 짐작컨대 50대 후반쯤 됐을까?

나는 정중하게 용건을 말했다.

"저는 경시청의 우메모토라고 합니다. 그 학교 학생은 아무 관계가 없지만 오늘 아침에 어떤 사건이 일어났습니다. 어쩌면 학생 중에 사건을 목격한 사람이 있지 않을까 해서요."

교장이 긴장된 목소리로 되물었다.

"사건요? 어떤 사건이죠?"

"그건 아직 수사 중이라서 말씀드릴 수 없습니다. 저희가 알고 싶은 건 그 학교 학생들이 오늘 아침 7시쯤 게이마 산에 갔느냐는 겁니다."

"그런가요? 잠시만 기다리세요."

이윽고 종이를 넘기는 소리가 들렸다. 전화기 너머에서 교장의 긴장된 목소리가 들렸다.

"신청서가 있군요. 우리 학교 2학년 학생들이 오늘 아침에 게이마 산에 갔습니다."

나는 휴대전화 든 손을 바꾸고 벌떡 일어나서 오른쪽 엄지손가락을 치켜세웠다. 빙고!

"틀림없습니까?"

"틀림없습니다. 골든위크(4월 말부터 5월 초에 걸친 황금연휴 – 옮긴이)가 끝나면 다카오 산으로 소풍을 가기로 했는데, 그 예행연습으로 오늘 게이마 산에 간다는 신청서가 있습니다. A반 학생이군요."

나는 리스트에 동그라미를 그렸다.

"인솔자는 있었나요?"

"……물론이죠. 담임인 가토 선생이 같이 갔습니다."

"교장선생님, 한 가지 부탁이 있습니다. 가토 선생님과 A반 학생을 교실에 모아주실 수 있을까요?"

"네에? ……뭐 불가능한 일은 아니지만……."

"부탁드립니다. 지금 즉시 그쪽으로 가겠습니다."

"경찰분이 직접 오신다고요? 우리 학교에요?"

"네, 부탁합니다. 중요한 사건이라서 그렇습니다."

"네…… 정 그렇다면야…… ."

"협조 부탁합니다."

"그러죠 뭐."

"지금 즉시 출발하겠습니다."

나는 전화를 끊고 보고했다.

"시노자키 반장님, 찾았습니다. 하치오지 시내의 호토 초등학교 학생들이 오늘 아침에 게이마 산에 갔다고 합니다."

시노자키 반장이 자리에서 벌떡 일어섰다.

"그래? 그럼 지금 당장 그 학교로 가봐. 자네와 저쪽도."

'저쪽'이란 건 다카코를 가리킨다.

"3계에도 말해서 한 명 보내달라고 해. 길은 관할서 형사가 안내해 줄 거야."

"알겠습니다."

내 대답이 끝나기도 전에 다카코가 일어섰다.

8

그로부터 5분 후, 나와 다카코, 3계의 오쿠야마를 태운 순찰차가 니시하치오지 경찰서를 나왔다. 운전석에 앉은 사람은 관할서의 오와다라는 형사였다. 오와다는 마흔 살쯤 됐을까, 유달리 말수가 적은 남자였다. 호토 초등학교로 가달라고 하자 고개를 한 번 끄덕인 뒤 순찰차를 출발시켰다.

조수석에 앉아 있던 오쿠야마가 몸을 돌려 뒷좌석의 우리를 쳐다보았다. 얼굴에는 기분 좋은 웃음이 매달려 있었다.

"초등학생이라…… 난 어린애들하곤 궁합이 안 맞는데."

나도 어린아이 다루는 것은 익숙하지 않다. 형사가 된 지 10년이 넘었지만 초등학생에게 뭔가를 물은 적은 거의 없다.

"걱정 마. 그건 나한테 맡겨."

다카코가 자신만만하게 말하자 오쿠야마가 미소를 지었다.

"그래, 자기만 믿을게. 자기는 아이를 좋아하잖아. 난 아이를 보면 무슨 말을 해야 좋을지 모르겠어."

"걱정 붙들어 매. 내가 있는데 무슨 걱정이야?"

나는 운전석에 있는 오와다에게 물었다.

"호토 초등학교는 여기서 가까운가요?"

그러자 "10분쯤 걸립니다"라는 짧은 대답이 돌아왔다.

잠시 후, 오쿠야마가 혼잣말처럼 중얼거렸다.

"미야노 씨는 어른을 못 봤다고 했는데, 실제로는 어떨까?"

그 말에 대꾸한 사람은 역시 다카코였다.

"못 본 게 아닐까? 설마 산에 가는데 아이들만 보냈겠어? 어른이 앞장서서 갔든지, 아니면 뒤에서 갔겠지. 그런 일은 있을 수 있잖아."

"하긴 그래."

순찰차 안에서 대화를 나누는 사람은 오쿠야마와 다카코뿐이었다. 거기에 나와 오와다가 끼어들 틈은 없었다.

시노자키 반장이 호토 초등학교에 나를 보낸 건 내가 알아본 학교이기 때문이다. 그리고 내가 가는 곳에는 항상 다카코가 같이 간다. 나와 다카코는 콜드케이스 수사반 안에서 늘 콤비를 이루고 있다.

나와 다카코 콤비에 오쿠야마를 딸려 보내는 것은 윗사람의 순수한 배려였다. 오쿠야마와 다카코가 사귀는 것은 콜드케이스 수사반에서 나와 시노자키 반장밖에 모른다. 3계의 사정도 비슷하다. 오쿠야마는 후지마키 3계장에게만 말하고 다른 사람들에게는 아직 비밀로 하고 있다. 괜히 말했다가 동료들의 놀림감이 될 수도 있기 때문이다.

어쨌든 오쿠야마와 다카코를 같이 보낸 것은 두 사람 사이를 아는 시노자키 반장과 후지마키 계장의 배려이리라.

오쿠야마와 다카코의 이야기는 끊어질 줄을 몰랐다. 가끔 웃음소리도 들렸다. 밝은 웃음소리를 듣고 있노라니 나까지 덩달아 마음이 따뜻해졌다.

이번 사건은 너무나 엽기적이고 그로테스크하다. 손발이 없는 시신이 발견된 것이다. 범인은 분명히 정신이상자다. 반면에 오쿠야마와 다카코의 대화는 너무도 밝고 따뜻했다. 엽기적인 사건을 일으킨 사람과 그 사건을 담당하는 사람 사이에 이렇게 온도 차이가 있는 경우는 그렇게 많지 않으리라.

"이제 곧 도착합니다."

오와다의 말을 계기로 두 사람은 대화를 멈추었다. 눈앞에 커다란 교문이 나타났다.

"이대로 안으로 들어갈까요?"

오와다의 질문을 듣고 우리는 서로 얼굴을 마주 보았다.

대답을 한 사람은 오쿠야마였다.

"아니, 순찰차는 밖에 두는 편이 좋겠습니다. 괜히 공포 분위기를 조성할 필요는 없으니까요."

오쿠야마의 의견은 우리의 의견이기도 했다. 순찰차는 밖에서 대기하는 편이 좋으리라.

"알겠습니다."

우리는 순찰차에서 내린 뒤 교문으로 향했다.

9

교장이 미리 수위실에 지시를 해놓은 것 같았다. 교문 안으로 들어가 수위실에 이름을 말하고 신분증을 보여주자 즉시 교장실로 안내해주었다. 교장실에서는 남자 두 명이 기다리고 있었다.

교장실 문이 닫힘과 동시에 오쿠야마가 신분을 밝혔다.

"경시청의 오쿠야마입니다."

우리도 각자 이름을 말했다. 백발의 남자가 긴장된 표정으로 우리를 보면서 자리에서 일어섰다.

"모토무라 교장입니다."

교장이 내민 명함에는 모토무라 히로오라고 이름이 적혀 있었다.

"이쪽은 2학년 A반 담임인 가토 선생입니다."

검은색 저지 차림의 남자가 고개를 숙였다. 나이는 오쿠야마와 비슷하지 않을까?

오쿠야마가 먼저 입을 열었다.

"즉시 본론으로 들어가겠습니다. 오늘 아침 7시쯤 가토 선생님이 학생들을 데리고 게이마 산에 갔습니까?"

"그렇습니다."

가토가 대답했다. 거침없이 시원한 말투였다.

"정확히 몇 시경이었습니까?"

"게이마 산 등산로 입구에서 7시에 모였습니다. 늦게 온 아이는 한 명도 없었죠. 7시 반에 산을 오르기 시작했습니다."

"선생님도 같이 가셨나요?"

"물론입니다."

"선생님 말고 같이 간 어른은 없었습니까?"

"없었습니다. 어른은 저 혼자였습니다."

오쿠야마가 머리를 긁적이며 나지막한 소리로 말했다.

"흐음, 왜 그렇게 아침 일찍 게이마 산에 가셨나요?"

그 말에 대답한 사람은 옆에서 듣고 있던 모토무라 교장이었다.

"그건 내가 설명하죠. 골든위크가 끝나면 우리 학교 전교생이 다카오 산으로 소풍으로 갑니다. 매년 하고 있는 연례행사죠."

"그러신가요?"

"그 행사를 앞두고 이때쯤에 게이마 산에 갑니다. 이것도 역시 매년 하고 있는 예행연습이죠."

오쿠야마가 고개를 끄덕였다.

"그렇군요. 그러면 각 학년의 학생들이 모두 게이마 산에 가는 거군요."

이번에는 가토가 대답했다.

"그렇습니다. 전원이 다 같이 갈 수 없으니까 학년별로 날짜를 바꾸어서 가죠. 오늘은 우연히 2학년이 가는 날이었습니다."

대답은 간단하고 이해하기 쉬웠다.

"7시 30분에 산을 오르기 시작했다고 하셨죠? 그런 다음에 어떻게 하셨나요?"

"아이들을 인솔해서 산을 오르기 시작했습니다. 그런데 즉시 한 아이가 발을 삐는 바람에……."

가토가 쓴웃음을 지으며 말을 이었다.

"그 아이가 뭐랄까, 굉장히…… 뚱뚱한 아이거든요."

"그래서 어떻게 했죠?"

"다른 아이들에게 먼저 가라고 하고 저는 그 아이가 어떤지 상태를 봤습니다. 그리고 그 아이를 업고 산을 올라갔어요."

"이런! 많이 힘드셨겠군요."

"그러게 말입니다. 나중엔 다리가 후들거리더라고요."

"아이들에겐 먼저 가라고 말씀하셨고요?"

"게이마 산의 등산로는 외길이죠. 샛길은 없습니다. 아이들끼리도 얼마든지 정상에 갈 수 있다고 판단했습니다."

오쿠야마가 시계를 보았다.

"선생님은 얼마나 뒤처졌죠?"

"10분이나 15분쯤이었을 겁니다."

"아이들은 자기들끼리 산을 올라갔군요. 혹시 선생님이 아이를 업고 올라가실 때 누군가를 못 보셨나요?"

"글쎄요…… 기억이 안 나네요."

"선생님을 추월해간 사람이나 차도 기억나지 않습니까?"

다카코가 옆에서 덧붙였다.

"아니면 위에서 내려온 사람이나 차라도 괜찮아요. 혹시 지나친 사람이 없었나요?"

"……죄송합니다."

기억나지 않는 모양이다. 오쿠야마가 작게 헛기침을 했다.

"그러면 질문을 바꿔보죠. 선생님은 아이를 업고 산을 올라갔습니다. 혹시 산중턱에서 노인 한 명을 못 보셨나요?"

"봤습니다."

나와 다카코의 시선이 마주쳤다.

"어떤 노인이었죠?"

"어떻게 생겼느냐면…… 머리는 백발에다 키는 160센티미터 정도였을 겁니다. 제가 170센티미터인데, 저보다 작았으니까요."

"노인은 뭘 하고 있었나요?"

가토가 고개를 갸웃거렸다.

"……그러고 보니 뭘 하고 계셨던 걸까요? 그냥 서 있었던 것 같은데요."

"이상하다고 생각하진 않으셨나요?"

"이상하다고 생각했습니다. 가랑비가 오기 시작했으니까 빨리 산을 내려가시는 게 좋을 텐데…… 그렇게 생각하면서 지나쳤던 기억이 납니다."

오쿠야마가 '잠깐!'이라고 하듯이 오른손을 들었다.

"그때 혹시 여행 가방을 못 보셨나요?"

"여행 가방요?"

"그렇습니다. 여행갈 때 들고 가는 가방이요."

"……아뇨, 기억이 안 납니다."

"못 보셨어요?"

"솔직히 말하면 그런 거에 신경 쓸 겨를이 없었습니다. 30킬로그램이나 되는 아이를 업고 앞에 간 아이들을 따라잡기 위해 헉헉거리며 올라갔으니까요. 노인이 있었던 건 기억이 나지만 다른 걸 쳐다볼 정신은 없었죠."

"그렇군요."

"더구나 비가 내리기 시작했습니다. 게이마 산은 산이라고 할 수 없을 만큼 완만하지만 그래도 먼저 간 아이들이 걱정돼서 안절부절못했죠. 어떻게든 따라잡기 위해 헐레벌떡 쫓아갔습니다. 노인이 무엇을 하든, 그런 거에 신경 쓸 때가 아니었어요."

"그랬겠군요."

오쿠야마가 고개를 끄덕이는 걸 보고, 나와 다카코도 고개를 끄덕였다.

"그런 다음엔 어떻게 했죠?"

"아이들에게 정상에서 기다리라고 말해두어서, 전 아이를 업고 정상까지 올라갔어요. 아이들은 제가 시킨 대로 거기서 기다리고 있더군요."

"정상에서 누군가를, 또는 뭔가를 못 보셨나요?"

"누군가요?"

가토가 고개를 갸웃거리고 나서 대답했다.

"아니요, 못 봤는데요."

"혹시 차가 없었나요?"

"그러고 보니…… 차가 한 대 있었던 것 같네요."

"한 대요? 두 대가 아니라요?"

"글쎄요…… 한 대였던 것 같은데요."

"거기서 아이들과 합류했군요. 그런 다음에는요?"

"원래 거기서 아이들과 한 시간쯤 있을 예정이었지만, 비가 오기 시작해서 즉시 내려왔습니다."

"올라갔을 때와 다른 루트로 말인가요?"

"그렇습니다. 산의 반대편으로 내려왔어요. 그리고 가까운 버스 정류장에서 버스를 타고 학교로 돌아왔습니다."

"학교에 도착한 시간은요?"

"9시쯤이었을 겁니다."

"내려오는 도중에 사람이나 차는 못 보셨나요?"

"……못 본 것 같은데요. 잘 기억나지 않습니다."

가토가 절레절레 고개를 흔들었다. 오쿠야마가 처음으로 입을 다물고 대신 다카코가 질문을 했다.

"혹시 달리 기억나는 건 없나요? 뭐라도 좋아요. 뭔가 기억나는 게 있다면……."

"……글쎄요. 특별히 기억나는 건……."

가토가 가볍게 어깨를 들썩였다. 오쿠야마가 교장 쪽으로 시선을 돌렸다.

"교장선생님, 아이들은 모두 한 곳에 모여 있나요?"

"네. 지금 교실에 있습니다."

"아이들의 이야기를 듣고 싶은데 괜찮을까요?"

"그건 괜찮은데요…… 그나저나 형사님, 무슨 일인지 말씀해주시면 안 되나요?"

"죄송하지만 아직 말씀드릴 수 없습니다. 지금 수사 중인 사건이라서요."

교장은 포기한 듯 고개를 숙였다. 오쿠야마가 가토를 향해 말했다.

"그럼 교실로 안내해주시겠습니까?"

"이쪽으로 오십시오."

가토는 그렇게 말하고 앞장서서 걷기 시작했다.

10

2학년 A반 교실은 교장실에서 가까웠다. 애초에 학교 자체가 워낙 작았다.

가토가 뒤를 돌아보며 변명하듯 말했다.

"저출산의 영향입니다. 아이들이 줄어드는 바람에 한 학년이 두 반밖에 안 되고, 한 반은 스무 명밖에 안 되죠. 이쪽입니다."

가토가 교실 앞에서 걸음을 멈추었다. '2학년 A반'이라는 팻말이 걸려 있었다.

"들어가도 될까요?"

"네."

가토가 문을 열자 아이들의 모습이 보였다. 모두 제자리에 앉아 있었지만 친구들과 떠드느라 시끌벅적했다.

가토가 큰 소리로 말했다.

"조용히! 조용히 하세요!"

소란스러움이 일시에 멈추었다. 가토가 앞으로 한 걸음 나섰다.

"다들 주목! 이제 조용히 하고 선생님을 보세요."

"네~에~."

아이들이 앙증맞게 대답했다. 초롱초롱한 눈망울이 우리 세 사람을 향했는데 눈에는 호기심이 가득 담겨 있었다.

"여러분, 잘 들으세요. 선생님과 같이 온 분들은 경찰관들이에요."

'경찰'이라는 단어에 아이들의 눈이 한층 커졌다.

"여러분도 TV에서 본 적이 있죠? 그래요, 나쁜 사람들을 체포하는 분들이에요."

갑자기 찬물을 끼얹은 듯 조용했다. "와아!" 하는 환호성이나 "헉!" 하는 장난기 어린 목소리도 나지 않았다. 다들 겁먹은 표정을 지었다.

"오늘 다 같이 산에 올라갔죠?"

"네에!"

"산에 올라갈 때, 선생님은 야마다 군을 업고 가느라 여러분과 조금 떨어져 있었어요."

교실 전체에서 쿡쿡거리는 웃음소리가 새어나왔다. 야마다라는 남자아이가 누구인지는 금방 알 수 있었다. 맨 뒷줄에 혼자 앉아 붕대 감은 발을 내밀고 있는 아이이리라. 가토의 말처럼 상당히 뚱뚱했다.

"그런 다음에 정상에서 여러분을 다시 만났는데, 그사이에 선생님이 못 본 걸 여러분은 봤을지도 몰라요. 경찰분들이 그걸 확인하러 오셨고요."

여기저기에서 수군거림이 퍼져나갔다. 뭐 봤어? 아니, 아무것도 못 봤어. 넌 봤어? 아니, 아무것도 없었어.

"경찰분들이 여러분에게 물어볼 게 있대요. 아는 게 있으면 대답해주세요. 알았죠?"

"네에!"

똑똑하고 활기찬 아이들이다. 내가 초등학교 때 이런 일이 있었다면 마구 떠들기만 했으리라. 요즘 아이들은 참 침착하다는 생각이 들었다.

"애들아, 안녕."

오쿠야마가 인사를 하자 "안녕하세요!"라는 대답이 돌아왔다. 오쿠야마가 약간 곤란한 표정을 지었다.

"지금 가토 선생님께서 말씀하신 것처럼 우린 경찰이에요. 제복은 안 입었지만요."

"형사인가 봐."

한 아이가 말했다. 아이들의 정보력은 무시할 수 없다.

"그래요, 형사예요. 그런데 여러분에게 몇 가지 물어볼 게 있어요. 괜찮을까요?"

오쿠야마는 거기까지 말하고 낮은 목소리로 다카코를 불렀다. 다카코가 한 걸음 앞으로 나섰다. "부탁해"라고 말하며 오쿠야마가 다카코의 어깨를 가볍게 토닥였다.

다카코가 아이들과 시선을 맞추며 입을 열었다.

"여러분, 안녕하세요? 전 아오키 다카코예요. 만나서 반가워요."

올리브그린색 원피스를 입은 다카코는 형사라기보다 선생님처럼 보였다. 애초에 선생님이 더 어울리는 사람이었다.

"여러분은 오늘 게이마 산이라는 산에 갔어요. 그렇죠?"

"네에!"

아이들이 힘차게 대답했다.

"가토 선생님보다 먼저 산에 올라갔다고 들었어요. 그때 혹시 뭔가

본 게 없을까 해서 물으러 왔어요."

그러자 맨 앞줄에 앉아 있던 여자아이가 손을 번쩍 들었다.

"뭔가가 뭐예요?"

"모르는 사람이나 모르는 차 같은 거예요."

여자아이가 손을 내렸다. "뭔가 봤어?"라는 속삭임이 파도처럼 퍼져 나갔다.

"정상에 도착하고 나서 선생님이 오실 때까지 몇 분쯤 걸렸나요?"

아이들은 고개를 갸웃거리며 잘 모르겠다는 표정을 지었다.

"10분? 20분?"

"10분 정도일걸."

"그래, 금방 오셨잖아."

다시 다카코의 질문이 이어졌다.

"그동안 무슨 일이 있었죠?"

"무슨 일이 있었더라?"

"글쎄, 잘 모르겠어."

"저요!"

그때 교실 한가운데에 앉아 있던 여자아이가 손을 들었다. 초등학생 시절에는 남자아이보다 여자아이가 더 야무지고 똑똑한 법이다.

"기억나는 게 있어요?"

"네, 차가 두 대 있었어요."

다카코가 고개를 끄덕였다.

"그렇군요. 그리고요?"

"그리고, 그리고요…… 한 대가 갔어요. 하얀색 차였어요."

여자아이의 표정은 더할 수 없이 진지했다.

"누가 타고 있었죠?"

"몰라요. 모르는 아줌마였어요."

아줌마. 다카코의 시선이 우리 쪽을 향했다.

"얼굴은 기억나요?"

"아니요. 마스크를 했어요."

"어떤 아줌마였어요?"

"키가 컸어요. 우리 엄마보다 컸어요."

"그 아줌마가 운전을 했어요?"

"네."

"아줌마 말고 차에 탄 사람은 없었나요?"

"으음, 기억이 안 나요." 여자아이가 웃으면서 덧붙였다. "잘 모르겠어요."

"또 본 사람 없어요?"

그 자리에 있던 아이들 중 절반 정도가 손을 들었다. 여자아이가 여덟 명, 남자아이가 두 명이었다.

"본 사람들 중에 뭔가 기억나는 사람이 있나요?"

남자아이 하나가 손도 들지 않고 말했다.

"장갑을 꼈어요. 하얀 장갑요. 이상하다고 생각했어요."

"하얀색 차가 어떻게 생겼는지 기억나는 사람이 있어요?"

초등학교 2학년 아이에게는 어려운 질문이라서 그런지 모두 입을 다물었다.

"큰 차였어요? 작은 차였어요?"

"작았어요."

조금 전의 남자아이가 그렇게 말하고 주변을 돌아보았다.

"그렇지? 작았지?"

"그랬던가?"

"그래, 작은 차였어."

"어느 쪽으로 내려갔나요?"

이번에는 여자아이가 대답했다.

"산의 반대쪽이요. 올라온 쪽과 반대쪽이에요."

다른 아이가 말했다.

"무지무지 빨랐어요. 부웅~ 하고 엄청 빨리 달려갔어요."

"하얗고 작은 차가 빨리 달려갔군요."

"네"라고 하면서 아이들은 일제히 고개를 끄덕였다. 오쿠야마가 나를 쳐다보며 속삭였다.

"리카일까?"

"아마 그렇겠죠."

다카코가 다시 아이들을 향해 말했다.

"혹시 차 번호를 기억하는 사람이 있나요?"

모두 입을 다물고 고개를 흔들었다.

당연하다. 우연히 본 차 번호를 기억하는 초등학교 2학년생이 어디 있으랴. 그건 다카코도 알고 있다. 혹시나 해서 물어본 것뿐이다.

"가토 선생님이 오신 건 그다음이었나요?"

"네! 선생님이 야마다를 업고 왔어요!"

"그리고, 다른 차는 어떻게 됐나요?"

"몰라요."

모두 고개를 흔들었다.

이제 슬슬 싫증이 나는 눈치였다. 초등학교 2학년의 집중력은 오래 지속되지 않는다. 그건 당연한 일이다.

"알았어요. 여러분, 아주 잘했어요. 많은 도움이 됐어요. 고마워요!"

다카코가 한 걸음 뒤로 물러났다.

그때 한 아이가 손을 번쩍 들었다.

"질문이 있어요! 그 아줌마는 나쁜 사람이에요?"

"그건 아직 몰라요. 그걸 조사하는 중이에요."

"그렇구나!"

아이들이 일제히 고개를 끄덕였다. 그 말 한마디로 모든 걸 이해한 듯했다.

아이들이 제각기 떠들기 시작했다. 우리는 아무 말도 하지 않고 다시 고개를 숙였다. 교실 안은 소란스러움에 휩싸였다.

Click 2

살인

1

우리는 다시 니시하치오지 경찰서로 돌아갔다. 그곳에서 오쿠야마는 3계 사무실로 가고, 나와 다카코는 보고를 하기 위해 시노자키 반장에게 향했다.

"어땠나?"

나는 고개를 한번 끄덕이고 나서 대답했다.

"미야노의 말이 틀림없었습니다. 아이들의 증언에 따르면 아이들이 정상에 올라가자마자 하얀색 차 한 대가 산을 내려갔다고 합니다."

"하얀색 차?"

"네. 하얀색의 작은 차였다고 하더군요. 운전한 사람은 키가 큰 여자이고, 마스크를 쓰고 장갑을 착용했다고 합니다."

"리카인가?"

"잘은 모르지만 그런 것 같습니다."

시노자키가 작은 목소리로 중얼거렸다.

"하얀색 차라…… 차종이 뭘까?"

"잘 모르겠습니다. 크기가 작다는 것 말고는 아무것도요."

"경차일까?"

"글쎄요."

"3계에선 뭐래?"

"3계에서는 오쿠야마 형사가 동행했습니다. 오쿠야마 형사도 하얀색 차를 운전한 사람이 리카가 아닐까 하더라고요."

"아이들이 산에 올라간 건 몇 시지?"

"7시 30분입니다."

"그런 다음엔?"

"8시에 정상에 도착했습니다. 차가 내려간 건 그 직후입니다."

"미야노 씨가 경찰에 연락한 건 7시 45분경이었지?"

"그렇습니다."

"그리고 30분 후에 경찰관이 도착했어. 경찰관은 즉시 본서에 연락해서 8시 반에는 산을 봉쇄했고."

"네."

"그렇다면 8시에서 8시 반 사이에 리카로 보이는 범인이 차를 타고 산을 내려간 게 되는군."

"그렇죠."

시노자키가 말없이 전화기를 끌어당겨 버튼을 눌렀다. 스피커폰에서 목소리가 들렸다.

"3계입니다."

"콜드케이스 수사반의 시노자키인데요."

"네."

"사와노 경부보 부탁합니다."

"네."

시노자키가 수화기를 들어 귀에 갖다 대고, 재빨리 용건을 말하기 시작했다. 그리고 "그럼 그렇게 하겠습니다"라고 말한 뒤 수화기를 내려놓았다.

"3계도 움직이고 있어. 게이마 산에는 미야노가 내려온 길 말고 길이 하나 더 있는데, 문제의 하얀색 차가 내려간 그 길은 국도와 이어져 있다더군. 그곳으로 나오면 바로 교차점이 있고, 그곳에 N시스템이 설치돼 있대."

"그렇다면……"

"등산로에서 내려온 차는 전부 그곳을 통과하게 돼 있는 거지. 즉, 하얀색 차의 데이터는 반드시 남아 있다는 뜻이야."

"그 데이터는 어디에 있죠?"

시노자키가 쓴웃음을 지었다.

"서두르지 마. 경찰청에서 받아 지금 니시하치오지 경찰서로 보내는 중이니까. 자네들에게도 확인해달라고 하더군."

"알겠습니다."

다카코가 일어서는 걸 보고 나도 그녀의 뒤를 따랐다.

2

우리는 3계가 있는 별실로 향했다. 안으로 들어가자 형사들이 서른 명 정도 앉아 있었다.

"이쪽이야!"

소리가 나는 쪽을 쳐다보자 오쿠야마가 손을 흔들었다.

"이쪽으로 가자."

우리는 그를 따라 사무실 한쪽으로 갔다. 그곳에는 컴퓨터와 모니터가 몇 대 놓여 있었다. 오쿠야마가 파이프 의자를 가져와서 컴퓨터 앞에 앉았다.

"두 사람도 적당히 앉아."

우리도 각각 가까이 있는 의자를 가져와서 모니터 앞에 앉았다.

오쿠야마가 모니터를 가리켰다.

"7시부터 8시, 8시부터 9시 사이의 데이터가 지금 막 도착했어."

모니터에는 전원이 들어와 있었다. 소리는 들리지 않았다. 오쿠야마가 키보드에 손을 올리고 컴퓨터를 조작했다. 화면에 교차점의 영상이 나타났다. 오른쪽 위에 시간이 표시되어 있었다.

"시간이 일러서 차가 별로 없어."

그의 말대로 그 시간대에는 차가 거의 없고, N시스템은 차가 지나갈 때만 영상이 찍힌다. 현재 찍힌 영상의 시각은 7시 1분.

"아이들이 정상에 도착한 건 8시야. 문제의 하얀색 차는 아이들이 정상에 도착한 직후에 산을 내려갔고. 즉, 하얀색 차를 운전한 사람은 최소한 8시가 넘어야 여기를 지날 거야."

다카코의 말투에서 조급함이 묻어나왔다. 그러자 오쿠야마가 웃으면서 대꾸했다.

"서두르지 말고 순서대로 보는 게 어때?"

그의 말이 맞는다. 어쩌면 무엇인가가 나올지도 모른다. 우리는 화면을 뚫어지게 쳐다보았다. 트럭이 나타났다. 업무용 트럭이다. 정면에서 찍혀 차 번호와 운전자의 얼굴을 알아볼 수 있었다.

"작은 하얀색 차. 빨리 나왔으면 좋겠는데……."

"서두르지 말라니까. 아, 택시다."

화면에 택시가 등장했다. '빈 차'라는 빨간색 표시가 보인다.

오쿠야마가 팔짱을 낀 채 말했다.

"이런 시간에 손님이 타리라고 생각한 걸까?"

"밤새 운전하고 집에 가는 길이겠지 뭐. 아니면 손님을 내려주고 돌아오는 길이라든지."

"이런 시간에?"

"이런 시골에?"

나와 오쿠야마가 동시에 소리치자 다카코가 가볍게 웃으며 손을 흔들었다.

"뭘 그렇게 놀라? 예를 들면 그렇다는 거야. 계속 트럭뿐이네."

"그러게."

오쿠야마가 맞장구를 치며 고개를 끄덕였다. 나는 화면 오른쪽 위의 시간 표시를 뚫어지게 쳐다보았다. 차의 영상이 나타날 때마다 시간도 바뀌었다.

내가 말했다.

"스톱! 이제 곧 8시야."

시간이 8시를 가리켰다. 화면에는 짙은 감색의 BMW가 나타났다.

차의 통행량이 늘어나면서 화면에 등장하는 차도 많아졌는데, 주로 트럭이었지만 가끔 승용차도 있었다.

"이제 슬슬 나타날 때가 됐는데……."

오쿠야마가 몸을 앞으로 내미는 걸 보고 다카코가 말했다.

"눈 크게 뜨고 잘 봐."

"알았어."

다카코가 사랑스런 눈빛으로 그의 어깨에 살며시 손을 얹었다.

"택시다!"

나는 택시의 번호를 메모했다.

그로부터 10분 동안은 그런 일이 반복되었다. 차가 등장할 때마다 번호를 메모하는 것은 그렇게 어려운 일이 아니다. 나는 한마디도 하지 않고 기계적으로 그 작업을 반복했다.

오쿠야마가 이마의 땀을 닦았다.

"8시 10분이야. 이제는 나타나야 하는데……."

화면 오른쪽 위의 시간을 보았다. 정확히 8시 10분이었다.

"게이마 산에서 여기까지 차로 얼마나 걸릴까?"

다카코가 물어보자 오쿠야마가 어깨를 살짝 들썩였다.

"그건 나도 모르지. 아까 아이들이 그랬잖아. 차가 꽤 빠른 속도로 산을 내려갔다고. 걸어서 30분쯤 걸리면 차로는 얼마나 걸릴까?"

내가 처음으로 입을 열었다.

"하지만 산길이에요. 좁은 곳도 있고 커브 길도 있을 거예요. 그렇게 빨리 달릴 순 없지 않을까요?"

오쿠야마가 나와 다카코를 번갈아 쳐다보았다.

"얼마나 걸리는지 잠시 후면 알겠지 뭐. 범인은 반드시 이 길을 지날 거야. 이 길을 지나지 않으면 어디로도 갈 수 없으니까."

"그건 그래."

다카코의 말을 끝으로 우리는 입을 굳게 다문 채 화면에 시선을 고정했다.

그 순간은 너무도 갑자기 찾아왔다. 느닷없이 하얀색 경차가 등장한 것이다.

"잠깐!"

내가 말하기도 전에 오쿠야마가 컴퓨터를 조작했다. N시스템의 카메라가 하얀색 경차를 정면에서 포착했다. 운전하는 사람은 여자였다. 하얀 마스크와 선글라스를 썼다. 핸들을 잡은 손에는 하얀 장갑을 끼고 있다.

내가 말했다.

"현재 시각 8시 15분. 문제의 차 발견."

차 번호를 다른 종이에 써서 오쿠야마에게 주었다. 그는 고개를 끄덕인 뒤 화면으로 시선을 돌렸다.

"키가 큰 것 같아."

그렇다. 경차의 차체에 비해 여자의 앉은키는 상당히 커 보였다. 적어도 175센티미터는 되지 않을까? 게다가 여자는 나뭇가지처럼 야위었다.

"리카인가?"

"그런 것 같아요."

나는 리카의 사진을 여러 번 보았다. 지금 보고 있는 모습은 그 사진과 매우 흡사했다.

"무슨 옷을 입었지?"

오쿠야마의 이번 질문에 대답한 사람은 다카코였다.

"블라우스인가? 저기 봐, 버튼이 보여. 노란색 블라우스야."

"밑에는?"

"이 화면만으론 모르겠어."

"어디로 가고 있어?"

"하치오지 시내 방면."

오쿠야마가 컴퓨터를 조작하자 차가 크게 확대되었다. 화면에는 앞쪽에서 오는 차도, 뒤에서 따라가는 차도 없었다. 신호는 파란색이었다.

차가 확대됨과 동시에 운전하는 여자의 얼굴도 확대되었다. 해상도가 좋아서 영상은 선명했지만 큰 마스크와 선글라스를 쓰고 있어서 얼굴의 생김새는 알아볼 수 없었다.

내 개인적인 생각으로는 리카였지만 경찰의 처지에서는 섣불리 판단할 수 없으리라. 아마 전체적인 모습은 비슷하지만 단정할 수는 없다고 발표하지 않을까?

내가 말했다.

"어쨌든 지금은 이걸 인쇄하는 수밖에 없어요. 수배용 사진으로 사용할 수 있겠죠."

오쿠야마가 고개를 끄덕이고 나서 컴퓨터와 연결되어 있는 프린터를 조작했다. 곧 기계음이 들리고 프린터가 작동하기 시작했다.

오쿠야마가 모니터를 바라보며 말했다.

"이 여자가…… 범인일까?"

"틀림없을 거예요. 시간적으로도 맞고, 무엇보다 아이들의 증언과도 일치해요."

"선글라스에 대해선 말하지 않은 것 같은데?"

그 질문에는 다카코가 대답했다.

"운전하면서 썼겠지 뭐. 하지만 이래선 얼굴을 알아볼 수 없겠어."

나는 오쿠야마를 쳐다보며 재촉했다.

"일단 이 차를 수배하는 게 먼저가 아닐까요?"

"그렇겠군."

"차는 하치오지 시내 방향으로 간 것 같아요. 그렇다면 범인의 집도 그쪽에 있지 않을까요?"

다카코가 눈을 깜빡이며 대답했다.

"그럴 가능성이 높긴 하지만……."

"하지만 100퍼센트 그런 건 아니야. 어쨌든 일단 차부터 찾는 게 좋겠어. 내가 교통부 육운국(陸運局)에 연락해서 차의 소유주가 누군지 조사해달라고 할게."

오쿠야마가 그렇게 말하면서 일어섰다.

"데이터는 어떻게 할까?"

"둘이 끝까지 봐줘. 이것 말고 비슷한 차가 나오면 말해주고."

"알았어."

잰걸음으로 사라지는 그의 뒷모습을 바라보고 나서 다카코가 컴퓨터를 조작했다.

"그럼 계속 보자."

우리는 다음 데이터를 보았다. 하얀색이나 하얀색에 가까운 자동차가 몇 대 등장했지만 운전자가 남성이거나 차의 크기가 다르거나 기타 이유 등으로 범인으로 예상되는 차는 한 대도 없었다. 8시부터 9시

데이터까지 전부 확인했지만 비슷한 차량은 찾을 수 없었다.

다카코가 맥 빠진 목소리로 말했다.

"그 차밖에 없어."

그렇다. 아이들의 증언에 맞는 차량은 그 차밖에 없다.

우리는 콜드케이스 수사반 사무실로 돌아가서 시노자키에게 보고했다.

"잠시만 기다려. 3계에서도 연락이 왔어. 문제의 차에 대해 조사하고 있다더군."

이번 사건의 명령 계통은 하나였다. 수사1과 강행범 3계와 콜드케이스 수사반이 합동수사를 하고 있지만 명령을 내리는 건 3계였다. 항상 3계가 위에 있지만 그건 어쩔 수 없는 일이었다.

이번 사건에 대해서만 보자면 다행히 정보 교환은 원활한 편이었다. 이런 경우에는 보통 정보 교환이 소홀해지기 쉽지만 이번에는 그런 일이 없었다. 그만큼 형사들의 머릿속에 이번 사건이 중요하다는 인식이 깔려 있는 것이다.

약 30분 후에 3계에서 연락이 왔다. 정보에 따르면 문제의 여자가 운전했던 차는 도난차량으로 밝혀졌다. 차 주인은 히노 시에 사는 회사원으로, 오늘 아침에 주차장에 차가 없는 걸 발견하고 도난신고를 했다고 한다.

다시 한 시간 뒤, JR 하치오지 역 근처에서 불법 주차되어 있는 하얀색 경차를 발견했다는 연락이 들어왔다. 수배된 차를 찾고 있던 관할서 경찰관이 발견했다고 한다. 열쇠가 꽂힌 채 시동은 꺼져 있었다고 한다.

그 즉시 니시하치오지 경찰서 수사본부에서 수사회의가 열렸다. 3계와 콜드케이스 수사반을 포함한 전체 회의다. 우리도 회의에 참석했다.

처음에 후지마키 3계장이 앞에 서서 범인이 탄 걸로 보이는 차가 발견되었다고 말했다. 정면의 화면에 차량 사진이 나타났다. 3계장이 레이저 포인터로 사진을 가리켰다.

"이게 문제의 차량이다. 도난 차량이라고 한다. 도난당한 시간은 어젯밤 8시에서 오늘 아침 6시 반 사이. 히노 역 근처에 있는 공단주택 주차장에서 도난당했다."

회의실 전체가 술렁이기 시작했다.

"조용히! 피해자는 히라누마 유지, 40세. 중견 제조업체에 다니는 회사원이다. 어젯밤 8시에 집에 왔을 때는 분명히 차가 있었다고 한다. 히라누마의 아내도 똑같이 증언했다. 그런데 오늘 아침 6시 반에 출근하기 위해 집을 나섰을 때, 주차장에서 차가 사라진 걸 알았다. 즉시 경찰에 신고했다고 하는데, 이번 사건의 범인이 훔쳐간 게 틀림없다."

3계장이 잠시 말을 끊고 주변을 둘러보았다. 형사들은 모두 침묵을 지켰다. "계속하게"라고 하세가와 수사1과장이 말했다.

"감식반의 조사에 따르면 차에서는 아무런 증거도 발견되지 않았다. 지문 하나, 머리칼 한 올도 남아 있지 않았다. 범인은 차를 훔친 뒤,

상당히 조심스럽게 운전한 걸로 보인다. 또한 미리 말하자면 주차장에는 CCTV 종류가 없었다. 우연인지, 아니면 그걸 알고 훔쳤는지는 분명하지 않지만 아마 그걸 알고 훔쳤을 거다."

그때 한 형사가 손을 들었다. 3계 형사였다.

"그렇다면 범인이 사전에 조사를 했다는 겁니까?"

3계장이 고개를 끄덕였다.

"그랬을 가능성이 크다. 다른 질문은 없나?"

"범인이 주차장까지 여행 가방을 끌고 왔을까요?"

3계장이 머리를 흔들었다.

"그건 모른다. 물론 그럴 가능성도 있다. 하지만 차만 훔쳐서 아지트로 돌아갔을 가능성도 있다. 지금으로선 어느 쪽이라고 확실히 단정할 수 없다."

"공단 부근에는 N시스템이 없습니까?"

"공단 주변에는 없다."

3계장이 회의실을 둘러보며 말을 이었다.

"어쨌든 범인의 아지트는 그렇게 멀지 않을 거다. 히노, 하치오지 부근임이 틀림없다. 지금부터 담당 구역을 배당하겠다. 아파트, 빌라, 단독주택의 빈집, 건축 중인 집 등을 이 잡듯이 샅샅이 뒤져라. 지금부터 수사1과장님께서 그 이후 범인의 발자취에 대해 말씀하시겠다."

하세가와 수사1과장이 마이크를 잡았다.

"범행에 사용한 걸로 보이는 히라누마의 차는 하치오지 역 부근에서 발견되었다. 범인이 전철역을 이용했는지 확인하기 위해 JR과 게이오 선 하치오지 역에 요청해 CCTV 영상을 받았지만 지금까지는 어디에서도 보이지 않는다. 전철역을 이용하지 않았다면 어디로 어떻게 도망쳤을까? 버스인가, 택시인가, 아니면 도보인가. 어쨌든 목격자 정보는 없다."

오쿠야마가 손을 들었다.

"전철역 주변의 CCTV에도 범인의 모습이 찍히지 않았습니까?"

"현재 조사 중이다."

"하치오지 역에 가본 적이 없어서 잘은 모르지만 JR 주오 선이 다니는 걸 보면 제법 크지 않을까요? 상점들도 많이 있을 것 같습니다. 문제의 여자가 CCTV에 찍혔을 가능성이 있을 것 같은데요."

"우리도 그렇게 생각해서 지금 조사하고 있다."

오쿠야마가 자리에 앉았다.

1과장이 목소리를 조금 높였다.

"그러면 자료를 나눠주겠다. 지금부터 범인을 밝혀내기 위한 빈집 롤러 작전(수사를 할 때 롤러를 밀듯이 남김없이 샅샅이 조사하는 방식 – 옮긴이)을 시작하겠다."

한 형사가 자료를 나누어주었다. 형사들은 자료를 받자마자 재빨리 내용을 확인했다.

3

나와 다카코가 맡은 구역은 하치오지의 외곽 지역이었다. 당연한 것처럼 3계에서는 오쿠야마가 배정되었다. 우리는 관할서의 안내를 받기 위해 순찰차를 탔다. 운전석에 있는 사람은 제복을 입은 경찰관이었다.

"위쪽에서 신경을 써주고 있군."

오쿠야마가 조수석에 앉으며 그렇게 말하자 다카코가 민망한 웃음을 지었다.

"고마운 일이잖아."

"나도 그렇게 생각해."

"진짜?"

"진짜."

오쿠야마가 안전벨트를 매고 뒤를 돌아보았다. 얼굴에 다정한 미소가 떠올라 있었다.

"이렇게 큰 사건이 일어나면 나는 거의 수사본부에 틀어박혀 있잖아. 그러면 자기 얼굴도 볼 수 없고……."

"그건 그래."

"그런데 콜드케이스 수사반과 합동수사를 하는 덕분에 매일 얼굴을 볼 수 있어서 얼마나 좋은지 몰라."

나는 지시를 기다리는 운전석의 경찰관에게 "가주세요"라고 말했다. 경찰관은 "네"하고 고개를 끄덕인 뒤 순찰차를 출발시켰다.

"여기서 가까운가요?"

"제가 지시받은 곳은 전철역에서 20분쯤 걸리는 곳입니다."

경찰관의 목소리에는 긴장감이 잔뜩 배어 있었다.

오쿠야마가 말했다.

"하치오지는 상당히 넓은 곳이야. 전부 살펴보려면 시간이 꽤 걸릴 거야."

경찰관이 룸미러를 통해 뒷좌석을 쳐다보았다.

"그렇습니다. 지금 가는 곳만 해도 비어 있는 단독주택과 빌라, 아파트에 폐건물까지 상당히 많습니다."

"폐건물요?"

"백엔숍이 있었던 건물인데, 거기가 이전하면서 현재는 비어 있습니다. 그것 말고도 이걸 보십시오."

경찰관이 대시보드 위에 있는 종이다발을 가리켰다. 오쿠야마가 손을 내밀어 종이다발을 들었다.

"팩스네요."

"부동산 중개소에서 빈집에 관한 정보를 보내줬는데, 이렇게 많지 뭡니까?"

다카코가 눈을 반짝이며 물었다.

"이 안에 리카가 살고 있을까?"

나는 고개를 끄덕였다.

"가능성은 있어."

리카는 예전에 야마나시 현에 있는 어느 병원의 휴양시설을 자기 집처럼 이용했다. 하치오지에 아지트가 없다곤 할 수 없다.

오쿠야마가 경찰관을 격려하듯 어깨를 토닥거리며 말했다.

"일단 그 폐건물로 갈까요? 왠지 마음에 걸리는군요."

"알겠습니다."

경찰관이 액셀을 밟자 차의 스피드가 올라갔다.

"그나저나 정말 끔찍한 사건이야."

다카코가 맞장구를 쳤다.

"그러게 말이야."

"빨리 잡았으면 좋겠어."

나는 말없이 고개를 끄덕였다.

리카를 잡고 싶다, 그것은 경시청의 모든 형사들이 간절히 원하는 일이다. 리카는 도망칠 때 구급대원 두 명과 경찰관 한 명을 살해했다. 경찰은 동료에 대한 범죄에는 가차 없다. 동료를 살해했다면 두말할 필요도 없다.

나 역시 리카를 잡고 싶은 마음은 어느 누구에게도 뒤지지 않는다. 스가와라 형사 때문이다. 나를 어엿한 형사로 키워준 은혜는 절대로 잊을 수 없다. 그런 스가와라 형사가 지금은 폐인이 되었다. 그를 그렇게 만든 건 바로 리카다.

순찰차는 순조롭게 달렸다. 경찰관은 질문에 대답하는 것 말고는 줄

곧 침묵을 지켰다. 나는 원래 말이 없는 편이다. 따라서 순찰차 안에서 끊임없이 말을 하는 사람은 오쿠야마와 다카코였다.

두 사람은 말이 많았다. 사건에 대한 이야기, 사회에 대한 이야기, 그리고 일상적인 이야기. 어쩌면 이렇게 화제가 다양할까, 고개를 갸웃거릴 만큼 이야기가 끊이지 않았다. 그들은 순찰차 안에서 두 사람만의 공간을 만들었다. 나와 운전하는 경찰관은 끼어들 자리가 없었다.

"이제 곧 도착합니다."

경찰관이 그렇게 말하자 두 사람은 그제야 이야기를 그쳤다. 차가 오른쪽으로 크게 커브를 틀면서 스피드가 떨어졌다.

"이 건물입니다."

나와 다카코, 오쿠야마는 순찰차에서 내렸다. 눈앞에 3층짜리 건물이 있었다. 간판에 크게 '백엔숍'이라고 쓰여 있었다. 하지만 건물의 1층은 휑하니 비어 있었다.

오쿠야마가 경찰관에게 순찰차에서 기다리라고 하고 나서 나와 다카코를 쳐다보았다.

"들어가자."

우리는 오쿠야마의 뒤를 따라갔다. 문은 열려 있었다. 안으로 들어가자 하얀 나무 선반이 빼곡히 늘어서 있었다.

"먼지투성이군. 사람이 있었던 흔적은 없어."

"안쪽에 계단이 있어."

다카코의 말을 듣고 우리는 그쪽으로 향했다. 다카코가 계단에 발을 올리며 말했다.

"사람의 흔적은 없는 것 같아. 허탕일까?"

"그런 것 같아. 하지만 일단 확인해보자. 내 뒤를 따라와."

오쿠야마는 2층에 도착해서 우리를 한번 돌아본 뒤, 그대로 문을 열었다. 그곳에는 사무용 책상이 열 대 정도 놓여 있었다. 컴퓨터는 보이지 않았다.

오쿠야마가 책상 사이를 지나갔다.

"사무실이었나 보군. 아무것도 없어."

내가 벽의 스위치를 눌렀지만 불은 들어오지 않았다.

"어떻게 생각해?"

나와 다카코는 동시에 머리를 흔들었다.

"사람이 있던 느낌은 없어."

"3층으로 가보자."

오쿠야마가 앞장서서 계단을 올라갔다. 계단 위에는 철제문이 있었다.

"열릴까?"

오쿠야마가 손잡이를 돌리자 문은 순순히 열렸다. 한순간 긴장감이 온몸을 휘감았지만 안에는 아무도 없었다. 오쿠야마가 허탈한 표정으로 말했다.

"그렇지 뭐. 이럴 줄 알았어."

형사라는 직업은 끊임없이 헛걸음을 하고, 끊임없이 허탕을 친다.

하루 종일 돌아다녀도 아무런 성과가 없는 경우가 허다하다. 그게 현실이었다.

오쿠야마가 한쪽 눈을 찡긋 감으며 말했다.

"처음부터 찾아내는 게 더 이상하지 않겠어?"

그러자 다카코가 어깨를 들썩이며 맞장구를 쳤다.

"그건 그래. 할 수 없지 뭐. 가자."

밖으로 나오자 순찰차가 비상 깜빡이를 켠 채 기다리고 있었다.

"어떠셨어요?"

경찰관의 질문에 오쿠야마가 "아무것도 없었어요"라고 말하며 고개를 흔들었다.

우리는 순찰차에 올라탔다.

"다음으로 가보죠."

경찰관이 순찰차의 시동을 켰다.

4

3주가 지났다.

롤러 작전이 계속되면서 범위는 점점 더 넓어졌다. 도요타 역과 다카오 역 주변의 빈집이 수사 대상이었다. 하지만 찾아낸 건 아무것도 없었다. 유일한 수확은 히노 시내의 낡은 아파트에 노숙자 한 명이 몰래 살고 있다는 사실을 밝혀낸 것뿐이었다.

하치오지의 역 앞에서 발견된 차를 철저하게 조사했지만, 그곳에서도 수확은 없었다.

차가 있었던 근처에 은행이 있었다. 은행의 CCTV가 한순간 차에서 내리는 키 큰 여성을 포착했지만, 여자는 마치 그걸 알고 있었던 것처럼 카메라의 사각지대로 들어갔다. 그 후에는 전철역으로 갔는지 다른 곳으로 갔는지조차 알 수 없었다.

JR과 게이오 선 하치오지 역의 CCTV 자료를 전부 회수해 담당 형사가 일일이 확인했으나 여자의 모습은 어디에서도 찾을 수 없었다. 여자가 차를 버린 시간대에 운행했던 버스와 택시 운전사에게도 일일이 물어봤지만 이쪽에서도 아무것도 나오지 않았다. 선글라스에 하얀 마스크, 하얀 장갑을 낀 키 큰 여자를 본 사람은 아무도 없는 것이다.

그 시간에 하치오지 역 부근을 지나간 사람도 철저하게 조사했지만 여자를 본 사람은 결국 나타나지 않았다. 선글라스와 하얀 마스크, 하얀 장갑의 키 큰 여자라면 분명히 눈에 띌 터인데 목격자가 나오지 않은 것이다.

차를 도난당한 히노 시 공단주택에서도 수상한 사람을 못 봤느냐고 주민들에게 물어보았는데, 키 큰 낯선 여자를 보았다는 사람은 결국 나타나지 않았다. 리카는 미리 공단주택을 돌아봤을 테지만 누구에게 물어도 고개를 가로저을 뿐이었다. 그렇다면 아무도 보지 못한 환상의 여자였다는 말인가?

그동안 우리는 니시하치오지 경찰서의 수사본부에 틀어박혀 있었다. 집에 가는 것은 갈아입을 옷을 가지러 갈 때뿐이고, 그 이외의 시간은 오직 리카를 찾는 데 전념했다.

혼마 다카오의 시신을 여행 가방에 넣고 게이마 산에 버린 범인은 알고 있다. 리카다. 리카 말고는 생각할 수 없다. 그리고 경찰은 리카의 사진과 목소리, 기타 여러 가지 정보를 가지고 있다.

일본의 경찰은 결코 무능하지 않다. 오히려 우수한 편에 속한다. 그리고 경시청은 동원할 수 있는 모든 인원을 동원해서 이 사건을 수사하고 있다. 이런 상황에서는 리카를 찾지 못하는 게 더 이상하지만 현실은 반대였다. 아무리 뒤지고 아무리 찾아봐도 리카는 나오지 않았다. 리카는 어디서 왔을까. 그리고 어디로 갔을까. 3주간 철저하게 수사했지만 사건은 점점 더 미궁에 빠질 뿐이었다.

그때 본청에서 명령이 떨어졌다. 롤러 작전은 3계에 맡기고 콜드케이스 수사반은 본청으로 돌아오라는 것이다. 그것은 수사본부의 축소를 의미한다. 현장에서는 롤러 작전에 계속 참가하고 싶다는 목소리도 있었지만 경찰 조직의 특성상 상부의 명령은 절대적이다. 우리는 어쩔 수 없이 본청으로 돌아왔다.

우리가 받은 다음 명령은 10년 전 사건의 재검증이었다. 리카 사건을 원점에서 다시 조사하라는 것이다.

우리는 시노자키 반장의 지시에 따라 리카 사건을 다시 파헤쳤다. 리카는 어떻게 혼마를 알게 되었는가? 리카는 왜 그렇게 혼마에게 집착했는가. 리카는 왜 탐정인 하라다를 살해했는가. 리카는 왜 혼마의 딸을 유괴했는가. 리카는 왜 혼마를 납치해서 도망쳤는가. 리카는 혼마와 지금까지 어디서 살았는가.

이미 철저한 수사가 이루어졌지만 이번 재수사는 그걸 검증하는 차원이었다. 그런데 수사를 하면 할수록 리카를 이해할 수 없었다. 재수사를 통해 알아낸 것은 리카의 생각과 행동은 보통 사람과 너무도 다르다는 것이다. 그렇다. 리카는 보통 범죄자와 다르다. 어느 누구도 이해할 수 없는 거무칙칙한 마음을 껴안고 있다.

그리고 다시 일주일이 지났다. 3계에서 들어온 정보에 따르면 리카의 아지트는 아직 알아내지 못했다고 한다. 수사 범위를 더 확대할지 위에서 검토하고 있다는 이야기가 들렸다.

다카코가 우울한 목소리로 말을 건 것은 수요일이었다.

"잠깐 시간 있어?"

"왜?"

"잠깐이면 돼."

나는 보던 자료를 그대로 두고 그녀의 뒤를 따라갔다.

그녀가 가까운 회의실 문을 열었다. 그곳에는 아무도 없었다.

"들어와."

"무슨 일이야?"

불길한 예감이 들었다. 다카코의 표정이 너무도 어두웠기 때문이다.

"……그 사람이 전화를 안 받아."

"난 또 뭐라고."

나는 그렇게 말하며 미소를 지었다.

지금 그럴 때가 아니지 않은가.

"물론 우리 일을 하다 보면 전화 받을 수 없을 때가 있다는 건 나도 알고 있어. 하지만 여느 때와 달라."

"어떻게 다른데?"

"메일을 보내도 답장이 없어."

나는 쓴웃음을 지었다.

"그렇게 사랑해도 상대를 못 믿어? 불안해서 그런 거야?"

그러자 다카코의 목소리가 높아졌다.

"농담할 때가 아니야! 이런 일은 지금까지 한 번도 없었어. 무슨 일이 있어도 메일은 꼭 보냈거든. 그런데 전화도 메일도 없이 감감무소식이야."

"요즘 다들 정신없는 거 알잖아. 이럴 땐 어쩔 수 없지 뭐."

"벌써 이틀이야."

"겨우 이틀? 그것 가지고 뭘 그래?"

"우리에게 이틀은 겨우가 아니야."

그녀의 불안한 얼굴을 보고 나는 처음으로 진지한 표정을 지었다.

"어떻게 하고 싶은데?"

"그 사람의 집에 가보고 싶어. 같이 가주지 않을래?"

"그렇게 불안하면 같이 가줄게."

오쿠야마의 집이 어디에 있는지는 모르지만 그렇게 멀지는 않으리라. 같이 가주는 것은 그리 어렵지 않다.

우리는 말없이 서로를 바라보았다.

5

오쿠야마가 사는 빌라는 고엔지에 있다고 한다. 우리가 있는 경시청 청사에서 그렇게 멀지 않다. 한 시간이면 도착하고도 남는다. 다카코는 한시라도 빨리 오쿠야마의 집에 가보고 싶어 했지만 아직 둘 다 할 일이 남아 있다. 지금 즉시 청사를 나갈 수는 없었다.

우리는 각자 맡은 일을 처리했다. 물론 리카 사건에 대해서다. 일이 끝난 건 오후 6시 무렵이었다.

"갈 수 있어?"

다카코가 내 자리에 와서 말했다. 이미 퇴근할 준비를 하고 왔다. 나는 가볍게 미소를 지었다.

"잠시만 기다려. 거의 다 했어."

"6시야."

"알아. 조금 남았으니까 거기 앉아서 기다려."

미제 사건을 담당하는 콜드케이스 수사반의 성격상 1분 1초를 다투는 일은 없다. 나를 포함해 수사관들의 귀가시간은 보통 7시 전후였지만 6시에 퇴근한다고 해도 이상하지는 않다.

다카코는 초조한 모습으로 나를 기다렸다.

나는 컴퓨터에 자료를 입력하면서 물었다.

"다카코, 일은 다 끝났어?"

"오늘 일은 끝냈어."

"나도 다 했어. 이제 인쇄만 하면 돼."

"알았어."

나는 엔터키를 누른 뒤 마우스를 움직이고 인쇄 버튼을 눌렀다. 프린터가 움직이는 소리가 났다. 나는 재킷을 입었다.

"몇 장인데?"

"스무 장."

나는 프린터 앞으로 가서 인쇄된 종이가 나오기를 기다렸다. 그리고 스무 장이 맞는지 확인하고 클립으로 고정했다.

"시노자키 반장님께 갖다드리고 올게."

"그래, 기다릴게."

나는 자료를 들고 반장에게 향했다.

"수고했어."

반장이 자료를 훑어보기 시작했다. 내용을 자세히 읽어보는 게 아니라 형식이 틀리지 않았는지 확인하는 것뿐이다.

"그래, 됐어."

"그럼 먼저 퇴근하겠습니다."

"웬일이야? 무슨 일 있어?"

"아뇨, 아무 일도 없습니다. 일이 끝나서 가는 겁니다."

"수고했어."

반장이 부드럽게 미소를 지었다.

나는 다카코 곁으로 돌아갔다.

"됐어. 이제 가도 돼."

"그럼 가자."

그녀가 스마트폰을 쳐다보았다.

"메일 왔어?"

"아니, 계속해서 보내는데 답장이 없어. 이런 일은 지금까지 한 번도 없었는데……."

나는 가방을 어깨에 멨다.

"그래?"

"응."

그녀는 고개를 끄덕이면서 걸음을 내디뎠다. 그녀의 뒤를 따라 긴 복도를 걸으며 엘리베이터 홀로 나왔다.

"3계에는 물어봤어?"

그녀는 말없이 엘리베이터 버튼을 눌렀다. 나는 다시 "누구에게 물어봤어?"라고 물었다.

"3계의 마루야마 씨에게 물어봤어."

마루야마는 오쿠야마의 동기이고, 3계의 형사 중에서는 오쿠야마와 가장 친하다.

"뭐래?"

"그러고 보니 요즘 못 봤대. 완전히 천하태평이라니까."

"언제부터?"

"사흘 전에 열린 수사회의에는 참석했는데 그 후로는 한 번도 못 봤대."

"다른 사람들은?"

"안 물어봤어."

다카코와 오쿠야마가 사귄다는 건 내부에서도 몇몇 사람밖에 모른다. 공식적으로 말하기는 아직 이르다는 게 오쿠야마의 의견으로, 다카코도 그것에 동의했다. 쑥스럽고 멋쩍어서 그랬으리라. 따라서 대놓고 물어볼 수 없는 마음은 충분히 이해할 수 있었다.

"그다음에 또 전화해봤어?"

"그래. 전화를 받지 않아서 메시지도 남겼어. 그래도 감감무소식이야. 지금까지 이런 일은 한 번도 없었거든."

"짐작 가는 건 없어?"

"없어."

우리는 내려온 엘리베이터에 올라탔다. 사무직 사람들의 퇴근 시간이라서 그런지 엘리베이터는 몹시 혼잡했다. 나와 다카코는 더 이상 아무 말도 하지 않았다.

엘리베이터는 모든 층에 멈추고 그때마다 사람들이 올라탔다. 겨우

1층에 도착했다. 우리는 답답한 상자 안에서 밖으로 나왔다.

"어서 가자."

나는 고개를 끄덕이고 나서 시계를 보았다.

6시 20분이었다.

6

고엔지로 가는 전철 안은 콩나물시루처럼 발 디딜 틈이 없었다. 우리는 전철 손잡이에 매달려 이야기를 나누었다.

"무슨 일이지? 왜 전화를 안 받는 걸까?"

나는 고개를 갸웃거리며 물었다.

"신호는 가는데 즉시 부재중 음성 메시지로 넘어가."

"몇 번이나 걸었어?"

"글쎄…… 대여섯 번쯤."

"지금까지는 그런 일이 없었어?"

다카코가 마지못해 인정했다.

"물론…… 전혀 없었다곤 할 수 없어. 큰 사건이 일어났을 때는 일주일 동안 통화를 못 한 적도 있으니까."

"이번에도 그런 거 아니야?"

다카코가 입술을 삐죽거리며 말했다.

"하지만 그런 때도 메일은 보내줬거든."

나는 일부러 농담처럼 말했다.

"그러세요? 어떤 내용이었는데?"

"별다른 내용은 아니었어. 살아 있다든지, 밥은 먹었다든지 그런 것들……."

"형사 애인은 참 힘들다."

그녀는 쓸쓸하게 웃었다.

"그렇지 뭐. 여러모로 신경 쓸 게 많은 건 사실이야."

"다카코, 정말로 형사 그만둘 거야?"

"결혼하면."

"선배는 그래도 괜찮대?"

"자기는 아무래도 상관없대. 그만둬도 좋고, 계속 다녀도 좋고."

나와 다카코는 자타가 공인하는 절친이다. 콜드케이스 수사반이라는 특수한 부서에서 누구보다 서로를 신뢰하고 있다. 오쿠야마와 사귄다는 사실도 나에게 가장 먼저 알려줬다. 우리 사이에는 비밀이 없었다.

열차가 오른쪽으로 크게 흔들렸다. 나는 발에 힘을 주며 손잡이에 매달렸다.

"메일도 없다는 건 좀 이상하네."

다카코가 고개를 끄덕였다.

"그래. 아무리 바빠도 하루에 최소한 한 통은 보내기로 약속했거든.

물론 정신없이 바쁠 때도 있지만 그래도 메일 보낼 시간은 있을 거라면서 말이야. 그렇게 말한 건 그 사람이었어."

"아무에게도 말할 수 없는 극비 임무를 맡았나?"

"그런 얘기는 못 들었어."

"당연하지. 극비 임무를 어떻게 말해? 우리도 그런 경우가 있잖아."

"그래도 메일 정도는 보낼 수 있잖아."

그녀가 부루퉁한 얼굴로 대답했다. 나는 가능성 있는 이야기를 해보았다.

"휴대전화를 잃어버렸다든지……."

"그런 얼간이로 보여?"

"사람은 누구나 실수할 때가 있어."

"휴대전화를 잃어버렸으면 다른 걸 사면 되잖아."

"그럴 시간이 없었을지도 몰라."

다카코가 세차게 고개를 흔들었다.

"아니야."

"긴급을 요하는 수사가 있어서 선배가 차출되었어. 그와 동시에 휴대전화를 잃어버렸고. 그래서 연락을 할 수 없었던 게 아닐까?"

"그 사람은 지금 리카 사건에 빠져 있어. 그건 너도 알잖아. 지금은 다른 사건에 고개를 들이밀 때가 아니야."

그녀의 말이 맞는다.

오쿠야마는 지금 리카 사건의 수사본부에서 리카의 행방을 쫓고 있다. 3계의 마루야마 형사에 따르면 사흘 전에 열렸던 수사회의에는 참석했다고 한다.

"3계장님에겐 물어봤어?"

"그런 걸 어떻게 물어?"

그녀는 입 안으로 중얼거렸다.

그건 그렇다. 3계장은 오쿠야마와 다카코가 사귄다는 걸 알고 있다. 하지만 이틀간 메일이 없어서 걱정한다고 말했다가 오쿠야마가 단지 휴대전화를 잃어버려서 연락을 못 했을 경우, 앞으로 놀림을 당하리란 건 불을 보듯 훤하다.

"하긴 나라도 묻기 힘들 거야."

열차가 다시 크게 흔들렸다.

"최근에 얘기한 건 언제야?"

그녀는 힘없이 어깨를 들썩였다.

"최근에는 거의 얘기를 하지 못했어. 사건이 발생한 뒤 3계와 콜드 케이스 수사반이 합동수사를 했을 때는 이야기를 하긴 했지만 최근엔 거의……."

"하지만 메일은 주고받았지?"

"응."

"하루에 몇 통 정도?"

"글쎄…… 열 통쯤 될까?"

"열 통이라고!?"

나는 손잡이에서 손을 떼고 그녀의 어깨를 찔렀다.

"첫사랑에 빠진 여고생도 아니고, 나이를 먹을 만큼 먹은 사람들이 하루에 열 통이나 메일을 주고받다니."

"그럼 안 돼? 우리의 경우엔 커뮤니케이션할 방법이 그것밖에 없단 말이야."

형사라는 직업은 매우 특이하다. 때로는 시간이 남아돌아서 주체할 수 없는가 하면 때로는 밥 먹을 시간도 없이 며칠 밤을 꼬박 새우기도 한다.

오쿠야마와 다카코는 지금 그런 일을 하고 있다. 메일로 대화를 나누고, 메일로 사랑을 속삭이는 것도 무리가 아니다(일본에서는 휴대전화를 개통할 때 휴대전화용 메일 주소를 받는다 – 옮긴이).

나는 미소를 지으며 말했다.

"아무리 그래도 그렇지. 사건 지 5년쯤 됐나?"

"5년 반."

"그렇게 오래 만났는데 아직도 확인이 필요해?"

"넌 뭘 몰라서 그래."

"그래, 난 뭘 모른다 어쩔래?"

나는 어깨에서 흘러내린 가방을 다시 메며 물었다.

"그렇게 불안해?"

"불안이라……."

그녀는 한숨을 쉬며 말을 이었다.

"우리는 괜찮아. 콜드케이스 수사반은 대부분 서류 작업, 즉 책상 앞에서 하는 일이니까. 하지만 그 사람은 달라. 강행범 3계는 수사의 최전선이잖아. 때로는 범인을 체포해야 하는 경우도 있고, 때로는 범인이 흉기를 들고 있는 경우도 있어. 언제 어떤 일이 벌어질지 아무도 몰라. 그 사람이 하는 일은 그런 거야."

"그건…… 네 말이 맞아."

3계와 콜드케이스 수사반을 비교해 누가 더 위인지 따지는 게 아니다. 다만 콜드케이스 수사반의 주된 업무는 증거 수집이라서, 범인과 직접 대결하는 일은 거의 없다.

반면에 3계 형사는 위험한 국면에 처하는 일이 많다. 최종적으로 범인을 체포하는 사람은 현장의 형사인 오쿠야마와 그의 동료들이다. 그들은 무슨 일이 일어날지 모르는 곳에 가야 한다. 어떤 위험이 도사리고 있어도 가야 한다. 그것이 그들의 일이다.

"그 사람은 좋은 형사야. 끈기도 있고 직감도 예리하고 분석력도 뛰어나. 무엇보다 경험이 풍부한 데다 지금 일하기 딱 좋은 나이고. 하지만 아무리 훌륭한 형사라도 안심할 수 없잖아. 형사에겐 언제 무슨 일이 일어날지 모르니까. 난 그 사람을 믿어. 하지만 불안하지 않다고 하면 거짓말일 거야. 아니, 마음 한쪽엔 항상 불안이 똬리를 틀고 있어."

그때 전철 안에 "다음은 나카노, 나카노 역입니다" 하는 안내방송이 흘러나왔다.

"아마 걱정할 만한 일은 없을 거야. 우리 내기할까? 선배는 분명히 휴대전화를 잃어버렸어. 그리고 일에 정신이 팔려 연락하는 걸 깜빡했을 거야. 내 말을 믿어."

나는 억지로 이야기를 마무리했다. 그만큼 그녀는 불안한 표정을 짓고 있었다.

다카코가 고개를 끄덕였다.

"그렇겠지? 분명히 그럴 거야."

7

이윽고 열차가 고엔지 역에 도착했다. 다카코가 앞장서서 개찰구를 빠져나갔다.

"여기서 멀어?"

"걸어서 15분쯤 걸려."

"꽤 걸리네."

나는 다카코와 나란히 걸었다. 그녀의 발걸음이 빨라졌다.

"그렇지 뭐. 아무리 형사라도 결국은 공무원이잖아. 공무원 월급으론 그렇게 좋은 곳에 살 수 없어."

세상 사람들이 어떻게 생각할지 모르지만 형사의 월급은 의외로 적지 않다. 하지만 그래봤자 어차피 공무원이다. 파격적으로 엄청나게 많이 받는 건 아니다. 고엔지 역에서 15분 걸린다면 경시청 형사로서는 평균적인 주거지라고 할 수 있다.

"빌라라고 했지?"

"응."

"샀어?"

"설마." 다카코가 씁쓸한 미소를 지으며 덧붙였다. "월세야."

"이 근처의 집값은 얼마나 될까?"

"글쎄, 어쨌든 그 사람의 한 달 집세는 14만 엔이야. 주차료를 포함한 금액이니까 비교적 저렴한 편에 속하겠지."

오쿠야마에게 차가 있다는 건 그녀에게 들었다. 가끔 쉬는 날이 겹치면 드라이브를 한다고 한다. 오쿠야마의 취미가 운전이라는 것도 예전에 들어서 알고 있었다.

"생각보다 싸네."

"지은 지 30년 된 오래된 빌라니까."

"방은 몇 개야?"

"2LDK(방 두 개에 거실, 주방, 욕실이 딸린 주택 구조 - 옮긴이)."

"꽤 크네…… 혼자 살면서."

"크면 뭐 해? 집이 워낙 낡았는데."

"결혼하면 어떻게 할 거야? 거기서 같이 살 거야?"

"생각 중이야. 처음에는 그렇게 할지도 몰라."

큰 길에서 구부러지자 갑자기 길이 좁아졌다.

"2LDK라면 둘이 살기에 충분하잖아."

"하지만…… 솔직히 말해 너무 낡았더라고. 신혼집으론 최악이야."

"다카코 님께선 꿈의 신혼집을 어떻게 생각하고 계신데요?"

나는 농담처럼 가볍게 말했다.

"그야 가능하면 새집이 좋겠지. 경시청과 좀 멀어도 말이야."

"집을 살 거야?"

"대출을 받을 순 있어. 공무원이니까 은행에서도 흔쾌히 대출해주겠지. 집은 젊었을 때 사는 편이 나중에 편할 것 같기도 하고."

"굉장하다! 서른세 살에 집을 사다니!"

"나 참, 그 정도가 뭐가 굉장해? 그 정도 꿈은 있어도 되잖아."

"아이는?"

"아이는…… 갖고 싶어." 그녀의 눈이 반짝반짝 빛났다. "가능하면 두 명. 아들 하나, 딸 하나."

"이상적이네."

"이상이라기보다 꿈이야. 그렇게 되면 좋겠다는 거지."

"아이가 둘이면 계속 일하긴 힘들겠다."

"그렇겠지…… 역시 그만둬야 할까?"

"벌써 쓸쓸해진다."

"그러면 내 마음이 아프잖아. 우리 집으로 놀러 와."

그녀의 웃는 얼굴이 너무도 해맑고 아름다웠다.

"당연히 가야지. 오지 말라고 해도 쳐들어갈 거야."

그녀가 갑자기 걸음을 멈추고 내 얼굴을 쳐다보았다.

"넌 어떡할 거야? 사귀는 사람 없어?"

"현재 모집 중."

그녀가 다시 걸음을 내디뎠다. 나는 그녀의 뒤를 따라갔다.

"이런 말은 하고 싶지 않지만 남자를 만나려면 적당한 선에서 타협하지 않으면 안 돼."

"뭐야? 선배가 타협의 산물이라는 거야?"

"그런 건 아니지만…… 위를 보면 끝이 없다는 뜻이야."

"선배에게 소개해달라고 하지 뭐."

"너라면 분명히 소개해줄 거야. 다 왔어, 여기야."

우리의 눈앞에 6층짜리 빌라가 있었다.

지은 지 30년이 됐다고 하더니, 언뜻 보아도 상당히 낡아 보였다. 이 정도면 허물고 새로 지어야 할 정도다. 오랜 세월 비바람에 시달린 탓에 벽이 몹시 지저분했다.

"여기야?"

"그래."

다카코가 앞장서서 걷기 시작했다. 건물 안으로 들어가는가 싶었는데 뒤쪽으로 돌아갔다. 그곳은 주차장이었다. 그녀가 파란색 세단을 가리켰다.

"차는…… 있네."

"선배 차야?"

"응."

"새 거네."

"차만 그래. 어쨌든 차를 가져가지 않았네."

그녀는 가방에서 휴대전화를 꺼내며 말을 이었다.

"잠시만 기다려."

그러더니 휴대전화 버튼을 누르고 나서 귀에 댔다.

"어디에 거는 거야?"

"그 사람에게."

마음이 급한지 단답형으로 대답했다. 잠시 그대로 있다가 "역시"라고 중얼거리며 휴대전화를 다시 가방 안에 넣었다.

"안 받아?"

"그래, 부재중 음성 메시지로 넘어가."

빌라의 정면으로 돌아가자 현관문이 활짝 열려 있었다. 자동으로 닫히는 문이 아닌 모양이다.

"몇 층이야?"

"6층 605호."

그녀가 건물 안으로 들어갔다. 현관 입구에 우편함이 있었다. 그녀는 605호실 우편함을 가리키며 말했다.

"전단지가 잔뜩 들어 있네."

"며칠째 집에 들어오지 않은 것 같아."

"그러게."

형사의 집에서는 흔히 볼 수 있는 광경이다. 사건이 발생하면 형사는 수사본부에 틀어박히게 된다. 가장 중요한 일은 사건의 해결이다. 그로 인해 수사본부에서 쪽잠을 자는 일도 드물지 않다. 이번 리카 사건이 좋은 사례로, 우편함에 우편물이 넘치는 건 흔히 있는 일이었다.

"들어갈까?"

그녀는 몹시 걱정된 표정을 지으며 엘리베이터 버튼을 눌렀다. 시계를 보니 7시 20분이었다.

"도대체 어디를 갔기에 집에도 안 들어온 거야?"

그녀가 화난 사람처럼 말했다.

그만큼 걱정된다는 증거였다. 엘리베이터가 내려왔다.

"우리도 힘들지만 3계는 더 힘들 거야."

엘리베이터가 1층에 도착하고 문이 열렸다.

그녀는 익숙한 손놀림으로 6층 버튼을 누른 뒤 닫힘 버튼을 눌렀다. 즉시 문이 닫히고 엘리베이터가 올라가기 시작했다.

"가봤자 소용없을 거야. 집에 있으면 우편함이 저렇겠어?"

"그럴지도 모르지."

대화는 그것뿐이었다. 엘리베이터가 6층에 도착했다. 문이 열리고 그녀가 먼저 내렸다.

긴 복도를 잠시 걸어가다 이윽고 걸음을 멈추었다. 605호 앞이었다.

"신문이야."

현관문 아래쪽 구멍에 신문이 쑤셔 넣어져 있었다. 한 부가 아니다. 빼내서 세어보자 세 부였다.

"오늘, 어제, 그제 거야."

"어디 가서 아직 집에 안 왔나 봐."

"그런가?"

그녀가 초인종을 눌렀다. 대답이 없다. 아무도 없는 것이다. 그러자 그녀는 가방에서 열쇠고리를 꺼내, 몇 개의 열쇠 중 하나를 열쇠구멍에 끼웠다.

"주인도 없는 집에 들어가도 괜찮아?"

"맨날 그러는데 뭐."

잠금쇠가 돌아가는 소리가 났다. 그녀가 손잡이를 잡고 그대로 문을 열었다.

안은 캄캄했다. 그녀가 벽을 더듬어 스위치를 눌렀다. 불이 켜지고 눈앞에 복도가 나타났다.

"지로?"

다카코가 안에 대고 오쿠야마의 이름을 불렀다. 대답이 없었다.

"집에 없나 봐."

"들어가자."

그녀가 신발을 벗었다. 나도 그녀를 따라서 신발을 벗었다. 그녀가 성큼성큼 복도를 걸어갔다. 나도 그녀를 따라 안으로 들어갔다. 거실이 있고, 그 옆에 주방이 붙어 있다.

"지로?"

그녀가 다시 오쿠야마의 이름을 부르며 스위치를 눌러서 불을 켰다.

커튼은 쳐져 있었다.

"아무도 없어. 외출했나 봐."

나도 모르게 목소리가 떨렸다. 그녀는 아무 말도 하지 않고 복도로 돌아왔다. 현관 옆에 방이 있었다. 그녀가 "지로?"라고 부르며 방문을 열고 벽의 스위치를 눌렀다. 불이 켜졌다. 침대가 보였다. 이불이 깔려 있다.

침대 위에 머리가 짧은 남자가 누워 있었다. 다음 순간, 그녀는 어깨가 축 처질 만큼 크게 한숨을 토해냈다.

"아이, 뭐야? 자고 있었어?"

그녀가 침대로 다가가 이불 위에서 남자의 어깨를 두드렸다. 순간 남자의 머리가 침대에서 굴러 떨어졌다. 무슨 일이 일어났는지 이해할 수 없었다.

침대에서 떨어진 머리가 데굴데굴 굴러서 내 앞에서 멈추었다. 얼굴이 나를 향하고 있다.

얼굴에는 눈이 없었다. 눈만이 아니었다. 코도, 입술도, 귀도 없었다. 머리칼에 검붉은 피가 덕지덕지 달라붙어 있었다.

나는 무너지듯 그대로 바닥에 주저앉았다. 남자의 얼굴에서 눈을 뗄 수 없었다. 남자의 얼굴을 뚫어지게 쳐다보았다. 그것은 틀림없이 오쿠야마의 잔해였다.

다카코가 말없이 침대의 이불을 들추었다. 침대에 누워 있는 건 머리가 없는 남자의 몸뚱이였다. 두 손과 두 발에는 수갑이 채워져 있고,

몸뚱이의 바로 옆에는 눈알과 코, 입술, 귀가 놓여 있었다.

침대 시트는 피로 새빨갛게 물들어 있었다. 구토를 유발하는 역한 냄새가 코를 찔렀다.

그렇게 얼마나 있었을까? 몇 초일까, 몇 십 초일까, 몇 분일까. 굉장히 긴 시간처럼 여겨졌다.

"……지로."

그녀가 속삭이듯 말했다.

대답은 없었다. 당연하다. 오쿠야마는 이미 살해됐으니까…….

"……다카코."

내 눈에서 눈물이 흘러내렸다.

그녀가 조용히 말했다.

"나오미, 1과로 연락해줘. 오쿠야마 형사가 살해됐다고……."

나는 꼭두각시 인형처럼 그녀가 시키는 대로 가방에서 휴대전화를 꺼냈다. 수사1과의 직통번호를 찾아서 버튼을 눌렀다. 상대가 즉시 전화를 받았다.

"네, 1과입니다."

"콜드케이스 수사반의 우메모토 나오미입니다."

상대 목소리에서 긴장이 사라지고 웃음기가 묻어나왔다.

"안녕하세요. 우리 쪽에 직접 전화를 주다니, 무슨 일이 있나요? 전 야마오카입니다."

야마오카 형사의 얼굴은 어렴풋이 기억이 난다. 아직 젊은 형사다.

"저기…… 그게…… 엄청난 일이 일어나서요……."

"무슨 일인데요?"

"……3계의 오쿠야마 형사가…… 살해됐어요."

"여보세요? 그게 무슨 말씀이세요?"

나는 눈앞의 머리를 바라보았다. 눈이 있었던 곳에는 검은 구멍만이 자리했다. 코는 없고 입은 귀까지 찢어져 있다.

"……3계의 오쿠야마 형사가…… 살해됐어요."

나는 똑같은 말을 반복했다. "무슨 뜻이죠?"라고 야마오카 형사가 되물었다.

"……살해됐어요. 저와…… 아오키 형사가 집에서 발견했습니다."

"누구 집에서 말입니까?"

"오쿠야마 형사의 빌라입니다."

"두 분이 왜 오쿠야마 형사님 빌라에 갔죠?"

"그, 그건…… 이런저런 일이 있어서……."

"잠시만 기다리십시오."

나는 휴대전화를 오른손에서 왼손으로 바꿔 들었다.

"다카코…… 다카코, 뭐 하는 거야?"

다카코가 오쿠야마의 몸을 어루만지고 있었다. 오쿠야마는 와이셔츠에 바지 차림이었다. 넥타이는 매지 않고 똑바로 누워 있었다.

"여보세요, 후지마키 3계장이다."

굵은 목소리를 듣고 나는 다시 정신을 차렸다.

"콜드케이스 수사반의 우메모토입니다."

"알고 있다. 무슨 일이지? 어떻게 된 거야?"

그때 목구멍 안쪽에서 뜨거운 덩어리가 솟구쳤다. 나는 고개를 옆으로 돌렸다. 입을 벌리자 엄청난 양의 구토물이 쏟아져 나왔다.

"여보세요. 우메모토, 내 말 듣고 있나?"

구토물은 끊임없이 쏟아져서, 내 주변에는 오늘 낮에 먹은 미트소스가 수북이 쌓였다.

"우메모토, 왜 그래?"

나는 소매로 입을 닦았다. 위액이 치밀어 올라왔다.

"……우메모토입니다."

"어떻게 된 거야? 도대체 무슨 일이지?"

"……급히 와주십시오…… 오쿠야마 형사가 자택 빌라에서…… 살해된 걸 발견했습니다."

"자택에서? 누구 짓인가?"

"……그건 아직 모르겠습니다."

"어떤 상황이지? 살해됐다는 걸 어떻게 알았나?"

"……머리가……잘려져 있습니다."

다시 샛노란 위액이 입에서 터져 나와 휴대전화를 적셨다.

"머리가 잘려져?"

"……네."

"……알았다. 즉시 사람을 보내겠다. 그동안 자네는 현장을 보존해

133

주게. 또 누가 있나?"

"……아오키 형사가 있습니다."

"알았다. 오쿠야마의 집이란 말이지?"

"……그렇습니다."

"즉시 가겠다. 자네들은 거기서 기다려. 어떤 것에도 손대지 말고. 알았지?"

"……알겠습니다. 빨리 와주십시오."

"그래, 잠깐만 기다려."

3계장이 전화를 끊었다. 나는 슬로비디오처럼 느린 동작으로 휴대전화를 가방에 넣었다.

"……다카코?"

"……리카야."

그렇다. 이런 짓을 할 사람은 한 명밖에 없다.

리카다. 그녀의 짓이다.

눈알을 도려낸 것, 코와 귀를 잘라낸 것, 그리고 그것들을 가지런히 늘어놓은 것 등 혼마 다카오가 당한 일과 똑같다. 다른 점은 오직 한 가지, 혼마는 죽이지 않았지만 오쿠야마는 죽였다는 것뿐이다. 그것은 곧 리카가 오쿠야마를 사랑하지 않았다는 걸 의미한다.

다카코는 똑바로 누워 있는 오쿠야마의 바지 뒷주머니에서 휴대전화를 꺼냈다.

"……다카코?"

그녀가 휴대전화를 열고 버튼을 조작했다. 뭘 확인하려는 걸까? 나는 영문을 몰라 눈만 깜빡일 뿐이었다.

그녀가 휴대전화 버튼을 눌렀다. 전원을 끄는 것 같았다. 그리고 그대로 자기 가방에 집어넣었다.

"……다카코, 뭐 하는 거야?"

그녀는 토해내듯 말했다.

"……이 사건은 3계 사건이 아니라 내 사건이야. 내가 해결하겠어."

"……다카코."

"내가 반드시 원수를 갚겠어."

그녀가 입술을 깨물었다. 눈물은 흘리지 않았다.

"……다카코, 하지만 그건……."

"다른 사람에게는 말하지 마. 부탁이야. 내 손으로 직접 리카를 잡고 싶어."

"……다카코."

"……죽여버리겠어."

나는 아무 말도 할 수 없었다. 눈앞에 있는 오쿠야마의 머리. 그건 분명히 리카의 짓이다. 마치 어린아이가 잠자리의 머리를 떼어내듯 리카는 오쿠야마의 머리를 잘랐다.

"어떻게 이런 일이……."

나도 모르게 그런 중얼거림이 새어나왔다. 멀리서 사이렌 소리가 들렸다.

8

현관문에서 노크 소리가 들린 건 그로부터 5분 후의 일이었다.

나는 현관으로 가서 잠그지 않은 문을 열었다. 제복을 입은 경찰관이 서 있었다. 아직 젊은 경찰관이 겁먹은 눈길로 바라보았다.

"고엔지 경찰서의 사카타입니다. 여기서 무슨 일이 있었다고 하던데요……."

나는 안으로 들어오라고 했다. 사카타가 멈칫거리면서 안으로 들어왔다.

"왼쪽 방입니다."

방 안으로 들어갔던 사카타가 즉시 다시 나왔다.

"……저건 뭡니까?"

"경시청 수사1과의 오쿠야마 형사입니다."

"어떻게…… 저런……. 어떻게 저렇게……."

사카타가 오른손으로 입을 막았다. 구토증이 치밀어오르는 듯했다.

"그건 나도 모르겠어요."

사카타가 무전기를 들고 뭐라고 말을 했다. 나는 사카타를 그곳에 남겨둔 채 방으로 들어갔다. 다카코가 방의 한가운데에 서서 연신 주변을 두리번거렸다.

"……다카코, 뭐 하는 거야?"

그녀는 혼잣말처럼 중얼거렸다.

"리카가 이 방에 왔었어. 분명히 흔적이 남아 있을 거야."

"흔적이라면……."

"그래, 시간이 없어."

그녀는 웅크리고 앉아 오쿠야마의 몸을 쓰다듬고 머리칼을 어루만졌다.

"가엾게도……."

"다카코, 3계장님이 아무것에도 손대지 말라고 하셨어."

"알고 있어."

그녀가 일어남과 동시에 사카타가 안으로 들어왔다. 그는 안을 쳐다보지 않은 채 보고했다.

"관할서 형사들이 금방 올 겁니다. 기동수사대와 감식반도요."

다카코가 고개를 끄덕였다.

"알겠습니다. 당신은 여기에 있으세요."

사카타가 잔뜩 겁먹은 표정으로 말했다.

"여기에 있으라고요? 여기에 말입니까?"

"어디 가실 데라도 있나요?"

"나는…… 저는 그냥 교통경찰입니다. 순찰 중에 갑자기 연락이 와서 여기로 가보라고……."

"잔말 말고 잘 지키고 있어요!"

다카코가 날카롭게 소리치자 사카타가 고개를 끄덕이며 울먹이는 목소리로 말했다.

"네……."

"나오미, 거실로 나와. 어서."

나는 다카코를 따라 거실로 나왔다.

"지로의 컴퓨터가 거실에 있어. 컴퓨터에 들어가면 뭔가 알 수 있을지 몰라."

"다카코, 그건 3계에 맡기자."

"내가 할 거야."

거실의 테이블 위에 노트북이 놓여 있었다. 다카코가 노트북의 뚜껑을 열었다.

"비밀번호가 걸려 있어."

내가 그렇게 말하자 그녀는 "비밀번호는……"이라고 말하며 'takako'라고 입력했다. 잠금이 해제되었다.

"뭘 알아보려고?"

"사용 이력."

그녀는 짤막하게 대답하고 마우스를 움직였다. 그리고 즐겨찾기 항목을 클릭했다.

화면에 나타난 건 수많은 만남 사이트의 바로가기 아이콘이었다. '만남의 광장', '행복한 만남', '애인 구함' 등의 글자가 늘어서 있었다.

"어떻게 된 거지?"

그녀는 고개를 흔들었다.

"모르겠어. 하지만 그 사람이 이런 사이트에 드나들었던 건 분명해."

"뭐 때문에."

"……리카를 찾기 위해서겠지."

"말도 안 돼!"

자세한 건 모르지만 현재 만남 사이트는 만 개가 넘을 것이다. 그 안에서 리카를 찾는다는 건 모래밭에서 바늘 찾기나 마찬가지다. 상당한 행운과 우연이 겹치지 않는 한 거의 불가능할지도 모른다.

"그래도 그 사람은 해냈어. 그 사람 특유의 끈기와 노력으로 결국 찾아낸 거야."

"믿을 수 없어."

"내가 말했잖아. 그 사람은 유능한 형사라고. 그런 형사답게 근성도 있고 끈기도 있었지."

그녀는 맨 위에 있던 '만남의 축제'라는 사이트를 클릭했다. '프로필'이라는 항목이 나왔다. 다시 그것을 클릭하자 화면이 두 개로 나누어지면서 '남성의 프로필'과 '여성의 프로필'이라는 항목이 나타났다. 그녀는 '여성의 프로필'이라는 항목을 클릭했다. 그 즉시 화면 가득히 여성의 이름이 늘어섰다.

"그 사람은 이렇게 생각했을 거야. 리카는 혼마 다카오를 잃어버렸다, 필요 없는 시신을 버린 다음에는 어떻게 할까? 분명히 새로운 파트너를 찾을 거다. 그러기 위해선 10년 전과 마찬가지로 만남 사이트에 가입하지 않을까? 아마 본명을 감출 생각은 없을 거다……. 그래서 만남 사이트에 가입해 리카라는 닉네임을 찾았어. 그리고 결국 찾아냈지."

나는 고개를 끄덕였다.

"그래, 리카는 본명을 감추지 않았을 거야. 감출 필요가 없으니까. 리카에게는 악의가 없어. 놀랍기도 하고 어이없기도 하지만 그건 사실이야. 리카는 단지 사랑할 대상이 필요할 따름이야. 애정을 쏟을 상대가…… 그러기 위해서는 리카라는 이름을 사용해야 돼. 자신의 모습을 그대로 받아주는 상대를 찾기 위해서."

그때 발소리가 들렸다. 뒤를 돌아보자 사카타가 서 있었다.

"관할서 형사들이 왔습니다. 기동수사대도요."

고개를 끄덕인 뒤 다카코는 컴퓨터의 전원을 껐다. 그와 동시에 형사들이 안으로 우르르 밀려들었다.

9

셔터 소리가 들렸다. 감식반 형사들이 현장 사진을 찍는 것이다. 형사 한 명이 가까이 다가왔다.

"기동수사대의 나카마키입니다. 몇 가지만 물어봐도 되겠습니까?"

나와 다카코는 동시에 고개를 끄덕였다. 나카마키가 잠시 머뭇거리다가 입을 열었다.

"두 분의 소속은 어떻게 되시죠?"

"경시청 수사1과 콜드케이스 수사반의 아오키입니다."

"같은 콜드케이스 수사반의 우메모토입니다."

나카마키가 중얼거렸다.

"콜드케이스 수사반이요? 그곳에 있는 분은 처음 봅니다."

내가 경찰수첩을 내밀자 그는 손을 내저었다.

"그럴 필요는 없습니다. 이야기는 들었으니까요."

"네."

"몇 가지만 물어보겠습니다."

"물어보세요."

"두 분이 처음 발견했다는 건 틀림이 없죠?"

"네."

우리는 동시에 고개를 끄덕였다.

"여기엔 어떻게 오셨죠?"

"연락이 안 돼서요."

"언제부터인가요?"

"이틀 전부터예요."

"살해당한 오쿠야마 형사는 수사1과 3계라고 하더군요. 그런데 왜 콜드케이스 수사반인 두 분이 연락을 하셨나요?"

나와 다카코는 서로 얼굴을 마주 보았다. 다카코가 고개를 떨군 채 입을 열었다.

"오쿠야마 형사와 전…… 교제하고 있었어요."

"교제요? 사귀었다는 건가요?"

"그래요."

"애인이란 뜻인가요?"

"네."

나카마키가 멍한 표정을 지었다. 지금의 사태가 얼마나 심각한지 이해하지 못하는 듯했다.

"……연락이 안 되어서 우메모토 씨와 같이 와본 건가요?"

"네."

"열쇠는요? 문이 열려 있었나요?"

"여벌열쇠를 가지고 있었어요."

"문이 잠겨 있었군요."

"네."

"누가 잠갔을까요?"

"……범인일 겁니다."

"무엇 때문이죠?"

"……시신의 발견을 지연시키기 위해서가 아닐까요?"

다카코의 대답을 듣고 나카마키가 팔짱을 꼈다.

"어쨌든 두 분은 안으로 들어왔습니다. 제일 먼저 무엇을 하셨습니까?"

"거실로 갔어요."

"침실이 아니라요?"

"네. 집에 있다면 거실에 있을 가능성이 높다고 생각했으니까요."

"하지만 거기에는 없었군요."

"네. 그래서 침실로 갔어요."

"어떻게 있던가요?"

"꼭 잠들어 있는 것처럼 보였어요. 얼굴은 반대편으로 향해 있었고요."

"말을 걸었나요?"

"네. 깨우려고 했어요."

다카코의 눈에서 한 줄기 눈물이 흘러내렸다. 하지만 목소리에는 눈물이 섞이지 않았다.

"그런데 실제론…… 이미 사망했군요."

"네."

"어딘가에 손을 댔나요?"

"이불을…… 들췄어요."

"그렇군요…… 그러면 머리가 잘린 걸 보셨겠네요?"

"봤어요."

"도려낸…… 안구와 코도요?"

"네."

"그런 다음에 어떻게 했죠?"

이번에는 내가 대답했다.

"본청에 연락했습니다. 강행범 3계에 연락해 오쿠야마 형사가 살해당했다고 말했어요."

"우메모토 씨라고 했죠? ……당신이 연락했나요?"

"그렇습니다."

"그밖에 알아낸 건 없나요?"

"신문이 사흘 치 쌓여 있었어요. 방은 어질러지지 않았고요. 그밖에 특별한 건 없었습니다."

"아오키 형사는요?"

"딱히 없었어요."

나카마키가 어깨를 들썩였다.

"알겠습니다. 잠시만 기다리십시오. 또 물어볼 게 있을지도 모르니까요."

우리는 동시에 고개를 끄덕였다. 당분간은 이 끔찍한 현장에 있어야 한다.

10

시간이 갈수록 드나드는 형사들이 많아졌다. 형사들은 우리가 있는 거실까지 들어왔다. 그들은 오쿠야마의 집 안에 있는 물건을 전부 가져가려는 듯했다. 그들의 움직임은 거침이 없었다. 마치 이삿짐센터의 직원들처럼 상자에 물건을 넣고 재빨리 테이프로 마무리했다.

"……어떻게 될까?"

나는 툭하니 말했다.

무슨 말이라도 하지 않으면 불안해서 견딜 수 없었다.

다카코가 고개를 흔들었다.

"글쎄, 잘 모르겠어."

"왜 이런 일이 일어났을까……."

"오쿠야마는 어디선가 리카를 찾아냈어. 아마 만남 사이트였겠지. 그리고 체포하기 위해 만나러 갔을 거야."

"혼자?"

"안이하게 생각했겠지."

"쉽게 체포할 수 있을 거라고 말이야?"

"그래."

우리는 잠시 입을 다물었다.

검은색 블루종을 입은 형사가 거실에 있던 메모지들을 대충 상자 안에 던져 넣더니 상자를 가지고 나갔다.

"어디서 만났을까?"

"그건 나도 모르지."

"왜 아무에게도 말을 안 했지? 너에겐 한마디쯤 할 수 있었잖아."

"나와 그 사람은 담당이 다르잖아. 콜드케이스 수사반과 관계가 없다고 생각했겠지."

"아무리 그래도……."

"그 사람이 무슨 생각을 하고 어떻게 행동했는지는 나도 몰라."

"3계 사람들도 모를까?"

"아마 말하지 않았을 거야. 말을 했다면 이렇게 되지 않았겠지."

"왜 말을 안 했을까?"

조바심이 나는지 다카코의 목소리가 높아졌다.

"모른다고 했잖아! 나와 그 사람은 분명히 사귀었어. 하지만 서로의 일에 대해서는 거의 말하지 않아. 그건 너도 알잖아. 우리가 하는 일은 그런 일이란 걸 말이야."

그렇다. 형사가 하는 일은 그런 일이다. 어떤 사건이든 외부에 발설해서는 안 된다는 규칙도 있다. 애인이든 아내이든 가족이든, 자신이 수사하는 사건에 대해 떠벌리는 형사는 없다. 아무리 그래도 오쿠야마가 왜 아무에게도 말하지 않고 혼자 행동했는지 이해할 수 없다.

이해할 수 없는 것은 그것 말고도 있다. 어떤 방법을 사용했는지는 모르지만 다카코의 말처럼 오쿠야마는 리카를 만났다. 그때 무슨 일이 있었는지는 모른다. 그런데 형사에다 남자인 오쿠야마를 리카가 어떻게 이 집까지 데리고 왔을까?

자료에 따르면 예전에 혼마 다카오는 리카와 1 대 1로 만났다고 한다. 장소는 도시마엔이라는 놀이공원 주차장이었다. 그곳에서 혼마는 골프 클럽으로 리카를 내리쳐서 정신을 잃게 만들었다고 한다. 그대로 경찰서로 데려가려고 했지만 리카는 한 수 위였다.

그녀는 마취제가 들어 있는 주사기를 혼마의 목덜미에 꽂았다. 혼마는 의식을 잃고 리카에게 납치되었다. 이번에도 그와 비슷한 일이 일어난 게 아닐까?

리카 사건이 일어났을 때, 오쿠야마가 직접 담당하지는 않았다. 그 무렵 그는 도쿄 외곽의 파출소에 근무했다고 한다.

나는 지난 10년간 리카에 대해 철저하게 조사했다. 기록과 증언은 읽고 또 읽고, 리카가 있을 만한 곳에는 어디에라도 한걸음에 달려갔다. 증언을 들을 필요가 있는 사람은 직접 만나서 이야기를 들었다.

나만큼 리카에 대해 많이 조사하고 많이 생각한 형사는 없다. 그 덕분에 나는 리카를 명확한 형태로 파악함과 동시에 리카의 마음을 그대로 더듬을 수 있게 되었다.

나는 리카가 두렵다. 인간이라고 할 수 없는 기이한 무엇인가. 감정이 없는, 또는 감정이 너무 많은 정체불명의 무엇인가. 논리가 통하지 않는 무엇인가.

한마디로 괴물이라고 하면 간단하지만, 리카는 그 단어만으로는 설명이 되지 않는다. 자기만의 독자적인 감정과 논리로 행동하는 리카. 어느 누구도 제지할 수 없는 여자. 리카가 얼마나 무서운 괴물인지 나는 너무도 잘 알고 있다.

그런데 오쿠야마는 어땠을까. 리카에 대해 나만큼 알고 있었을까? 그저 정신이 이상한 범죄자로만 여겼던 게 아닐까.

물론 리카는 정신이상자다. 서류상으론 누구나 알고 있다. 그런데 머리가 아니라 마음으로 아는 사람은 얼마나 될까? 그 사실을 안다면,

리카의 마음에 있는 어둠이 얼마나 깊고 어두운지 안다면, 그 사실에 가슴이 짓눌려 스가와라 형사처럼 되지는 않을까?

리카의 존재는 거대하다. 자신과 관계있는 모든 사람을 거대한 어둠으로 뒤덮는다.

리카는 자연재해나 마찬가지다. 마치 홍수나 지진처럼 어느 누구도 막을 수 없다. 더구나 아무런 예고 없이 갑작스럽게 찾아온다. 리카에게는 어느 누구도 저항할 수 없다. 거친 파도에 휩쓸릴 수밖에 없는 것이다.

다카코가 기침을 한 번 하고 나서 나를 쳐다보았다.

"왜?"

"그것 말인데."

"그거?"

그녀가 목소리를 낮추었다.

"그 사람 휴대전화 말이야. 아무에게도 말하지 말아줘."

"그건……."

"부탁이야. 내가 이렇게 부탁할게. 일단 말하지 말아줘."

"다카코……."

"내가 직접 조사하고 싶어. 무슨 일이 있으면 위에 보고하고, 단서가 될 만한 게 있으면 반드시 말해줄게. 뭐가 어떻게 된 건지 조사해보고 싶어서 그래."

"마음은 이해하지만……."

"부탁이야."

그녀의 목소리는 거의 알아들을 수 없을 만큼 작았다. 나는 고개를 숙였다.

오쿠야마의 휴대전화에 뭐가 남아 있을까. 어쩌면 그는 리카와 메일 주소나 휴대전화 번호를 주고받았을지도 모른다. 부재중 음성 메시지에는 리카의 목소리가 남아 있을지도 모른다.

오쿠야마와 리카는 만남 사이트에서 알게 되었다. 그것은 거의 확실해 보인다.

일단 컴퓨터로 메일을 주고받은 뒤, 즉시 연락할 수 있도록 휴대전화 메일 주소를 교환했을 것이다. 그것은 확실한 증거다. 무엇보다도 중요한 증거다.

지금으로서는 오쿠야마와 리카를 연결할 수 있는 건 발견되지 않았다. 앞으로 컴퓨터를 분석하면 알 수 있을지도 모르지만, 두 사람이 아는 사이란 증거는 아직 나오지 않았다. 그런 점에서 볼 때 오쿠야마의 휴대전화는 가장 중요한 증거였다. 그렇게 중요한 물건을 다카코는 자신이 가지고 있겠다고 한다.

이제 곧 수사회의가 열리고, 오쿠야마의 휴대전화가 없어졌다는 말이 나올 것이다. 수사에 관계된 사람들은 모두 리카가 그의 휴대전화를 가져갔다고 생각하리라. 그리고 수사의 안건이 정해질 것이다. 리카는 무엇 때문에 오쿠야마의 휴대전화를 가져갔는가. 리카가 오쿠야마의 휴대전화를 가져갈 이유가 있는가.

하지만 그런 안건은 아무런 의미가 없다. 리카는 오쿠야마의 휴대전화를 가져가지 않았으니까. 오쿠야마의 휴대전화는 현장에 그대로 방치되어 있었다. 그걸 아는 사람은 나와 다카코밖에 없다. 그 결과, 수사가 엉뚱한 방향으로 나아가는 게 아닐까? 그런 우려가 내 마음을 무겁게 뒤덮었다.

"당분간만이야. 금방 조사해서 뭔가 나오면 반드시 보고할게. 위에서 어디에 있었느냐고 물으면 나와 그 사람밖에 모르는 곳에 있었다고 말할게. 너에게는 불똥이 튀지 않게 할게."

"하지만……."

"제발 부탁이야."

"수사회의에서 분명히 휴대전화가 문제가 될 거야."

"알고 있어."

"그것도 큰 문제가 될 거야."

"알고 있다니까."

"수사 방침에도 영향을 미칠 거야."

"금방이야. 오래 걸리진 않아. 오늘 밤에라도 조사한 다음에 위에 제출할게."

"정말이야?"

"그래. 약속할게."

나는 무거운 한숨을 토해냈다.

다카코의 표정은 더할 수 없이 진지했다. 누구도 날 말릴 수 없다…… 그런 표정이었다.

"알았어. ……어쨌든 지금은 아무에게도 말 안 할게."

"고마워."

이래도 괜찮을까? 어쨌든 지금은 그녀를 믿는 수밖에 없었다.

수많은 형사들이 바쁘게 움직이는 가운데, 우리는 말없이 서로를 바라보았다.

11

그 자리에서 풀려난 건 밤 11시였다. 나와 다카코는 처음 발견한 사람으로서, 발견 당시의 상황에 대해 몇 번씩 말해야 했다. 우리가 질문을 하는 일은 있어도 질문을 받은 건 처음이었다. 온몸에 묵직한 피로가 쌓이는 걸 피부로 느낄 수 있었다.

밖으로 나오자 경찰관이 분주히 움직이고 있었다. 빌라 주변에는 노란색 출입금지 테이프가 쳐져 있었다. 우리는 그 밑을 통과해 밖으로 나왔다.

그때 뒤에서 어떤 남자가 부르는 소리가 들렸다.

"아오키 형사님."

나와 다카코는 동시에 뒤를 돌아보았다. 낯선 남자가 서 있었다.

"아오키 형사님이죠?"

키가 크고 빼빼 마른 남자였다. 갈색 재킷을 입고 넥타이는 하지 않았다. 30대 중반쯤 됐을까?

다카코가 대답했다.

"저 말인가요? 무슨 일이죠?"

남자는 불쾌함이 솟구칠 만큼 야릇한 미소를 지었다.

"정말 끔찍한 사건이군요."

"실례지만 누구신가요?"

남자가 명함을 내밀었다.

"TV 재팬 보도국의 사토라고 합니다."

"TV 재팬이요?"

그는 대답하지 않고 계속 말을 걸었다.

"아오키 형사님, 듣기만 해도 등골이 오싹한 사건이더군요."

다카코가 나를 힐끔 쳐다보았다. 나는 작게 머리를 흔들었다.

"매스컴에 드릴 말씀은 없어요."

"그렇게 냉정하게 말씀하지 마시고요. 엄청난 사건이잖습니까?"

"저는 아무것도 몰라요."

"그러지 마시고……."

그는 담배를 입에 물며 말했다. 불은 붙이지 않았다.

"이렇게 엄청난 사건이 일어났는데 그냥 가시면 안 되죠."

"경시청 홍보부에 물어보세요."

어느새 방송용 카메라가 가까이 다가와 있었다. 우리는 얼굴을 가리면서 지나가려고 했다.

사토가 옆에서 말을 걸었다.

"아오키 형사님이 현장을 처음 발견했다고 하던데요. 엄청난 걸 보셨겠네요?"

"드릴 말씀이 없습니다.

"그러지 말고 말씀해주세요. 형사님에겐 말해줄 의무가 있습니다."

"의무라고요?"

다카코가 걸음을 멈추었다.

"당연하죠."

그의 입가에 이죽거리는 웃음이 매달렸다.

"현직 형사가 살해되었습니다. 더구나 머리가 잘려서요. 이건 흔히 있는 사건이 아니잖습니까?"

"그래요."

"시신을 처음 발견한 사람이 아오키 형사님과 여기 있는 우메모토 형사님이라고 하더군요. 국민 여러분께 한 말씀해야 한다고 생각하지 않나요?"

"그건 제 일이 아니에요."

"그러지 마시고요. 상황은 어떤가요?"

"노코멘트입니다."

"시신의 얼굴이 많이 손상됐다고 하던데, 보셨나요?"

"노코멘트입니다."

다카코가 고개를 숙이고 지나가려고 하자 사토가 빠르게 말했다.

"동료 형사가 살해된 것에 대해 어떻게 생각하시죠?"

더 이상 참지 못하고 내가 끼어들었다.

"이제 그만하세요. 자세한 건 홍보부에 물어보시고요."

사토가 재킷의 버튼을 채우면서 말했다.

"홍보부는 지금 그럴 때가 아니죠. 현직 형사가 끔찍한 모습으로 살해됐는데, 지금 우리를 상대할 정신이 있겠어요?"

"그건 우리도 마찬가지예요."

"당신들의 역할은 끝났잖아요? 그래서 지금 현장에서 나온 거 아닌가요?"

"노코멘트예요."

"처음 발견했을 때 굉장히 놀라셨죠?"

"가자."

나는 다카코에게 말했다. 우리는 걸음을 내디뎠다.

사토의 목소리가 뒤에서 들렸다.

"아오키 형사님은 살해된 오쿠야마 형사와 사귀는 사이라고 하던데요."

다카코가 발길을 멈추고 뒤를 돌아보았다. 얼굴이 창백해졌다.

"당신의 마음은 충분히 이해합니다. 지금 얼마나 가슴이 아플까요? 애인이 처참하게 살해된 현장을 자기 눈으로 확인하다니……."

"……말할 필요를 못 느끼겠네요."

"사귀었던 건 사실이죠? 언뜻 들었더니 결혼이 머지않았다고 하던데요."

"누가 그런 말을……."

"정보 제공자는 비밀입니다."

"아무 근거 없는 헛소문입니다."

"그러면 왜 오쿠야마 형사 집에 오신 거죠?"

"……역시 말할 필요를 못 느끼겠군요."

"아오키 형사님, 당신은 오쿠야마 형사와 사귀었어요. 그리고 그 사람은 살해되었고요. 당연히 충격을 받았겠죠. 지금 심정이 어떠신가요?"

"……당신과 관계없는 일입니다."

"전국의 시청자가 알고 싶어 합니다."

"말하고 싶지 않습니다."

나는 다카코의 팔을 잡고 걸음을 내디뎠다.

"아오키 형사님! 한 말씀만 해주세요!"

뒤에서 사토의 외침이 들렸지만 우리는 돌아보지 않고 그 자리를 떠났다.

"저 녀석, 대체 뭐야? 완전히 찰거머리 같아!"

역으로 가는 도중에 다카코가 분통을 터뜨렸다. 내 입에서도 거친 말이 튀어나왔다.

"비열한 자식. 저런 게 기자라니, 완전히 저질이야."

"어떻게 알았지?"

"누가 실수로 말했겠지. 신경 쓰지 마."

다카코가 걸음을 멈추고 뒤를 돌아보았다. 집들이 나란히 늘어서 있다. 잠시 오쿠야마의 빌라 쪽을 바라보다가 "가자"라고 말했다. 우리는 다시 걸음을 내디뎠다.

12

고엔지 역에서 주오 선을 타고 신주쿠로 나왔다. 밤 11시 반이었다.

"어떡할까? 뭐 좀 먹을래?"

내가 그렇게 묻자 다카코는 머리를 흔들었다. 나도 마찬가지였다. 식욕은 털끝만큼도 없었다. 혼잡한 신주쿠 역에 우두커니 서서 그녀는 가방에서 휴대전화를 꺼냈다. 오쿠야마의 휴대전화다.

"이게 먼저야."

나는 고개를 끄덕였다.

"어디서 조사할래?"

"호텔로 가자. 사람의 눈길이 없는 데로 가고 싶어."

우리는 신주쿠 역 서쪽 출구의 택시 승강장으로 가서 택시를 탔다.

"죄송하지만 가까운 비즈니스호텔로 가주세요."

운전사가 대꾸도 하지 않고 차를 출발시켰다. 얼굴에는 불쾌한 표정이 역력했다.

5분쯤 달려서 택시가 멈추었다. 눈앞에 비즈니스호텔 간판이 있었다. 호텔 안으로 들어가자 여직원 혼자 프런트를 지키고 있었다.

"트윈 있나요? ……예약은 안 했는데요."

내가 물어보자 여직원이 고개를 끄덕였다.

"네, 있습니다."

우리는 열쇠를 받아들고 방으로 향했다. 방은 4층 끝에 있었다. 문을 열자 방 안을 가득 메웠던 후텁지근한 냄새가 코를 찔렀다.

"아무리 싸구려 방이라도 그렇지, 이건 너무하잖아."

나는 다카코의 어깨를 가볍게 두드렸다.

"지금은 어쩔 수 없어. 일단 들어가자."

방은 몹시 좁아서, 침대 두 개와 작은 테이블 말고는 공간이 거의 없었다. 잠만 자기 위한 방이라고 할까. 테이블 위에 녹차 티백과 다기 세트가 있었다.

"차라도 마실래?"

나는 포트에 물을 넣고 콘센트에 코드를 꽂았다. 잠시 기다리자 물 끓는 소리가 났다. 티백을 이용해 차를 두 잔 탔다. 다카코가 찻잔을 들고 한 모금 마셨다.

"뜨거워……."

우리는 잠시 찻잔을 든 채 꼼짝도 하지 않았다.

그녀가 테이블에 찻잔을 내려놓으면서 입을 열었다.

"무슨 일이 있었는지 모르겠어. 꼭 꿈을 꾼 것 같아."

"그렇겠지."

그녀는 고개를 숙인 채 입술만 움직여서 말했다.

"그 사람이 죽었어. 살해됐지……."

나는 아무 말도 하지 않았다. 지금은 어떤 말을 해도 위로가 되지 않으리라.

그녀는 다시 차를 한 모금 마셨다.

"더구나 그렇게…… 무참한 모습으로……."

나는 그녀의 등을 쓰다듬었다. 몸의 떨림이 손에 전해졌다.

"믿을 수 없어."

"나도…… 믿을 수 없어. 지로가 그렇게 되다니."

그녀가 손으로 얼굴을 덮었다. 나는 그녀의 어깨를 꼭 껴안았다.

"울고 싶으면 울어."

다카코가 세차게 머리를 흔들었다.

"눈물이 안 나와. 도저히…… 현실 같지가 않아."

"당연해."

"범인은 리카야. 분명히 리카라고. 그런데 어디에 있는지도 알 수 없다니……."

"찾아내자."

"그래. 반드시 찾아내서 결판을 내는 거야."

"그래……."

나는 그녀의 손을 꼭 잡았다. 그녀도 내 손을 꼭 잡았다.

"그러기 위해선 무슨 짓이라도, 어떤 일이라도 하겠어." 그녀가 손을 놓으면서 덧붙였다. "그러니까 나오미, 도와줘."

"내게도 리카를 찾아내야 할 이유가 있어. 스가와라 형사님이야. 그분을 폐인으로 만든 리카를 찾아내서 원수를 갚아야 돼."

다카코가 일어서서 재킷을 벗은 뒤 핸드백을 손에 들었다. 핸드백 안에서 꺼낸 것은 휴대전화였다.

"조사해보자."

"응."

그녀가 휴대전화의 전원을 켰다.

오쿠야마의 휴대전화는 스마트폰이 아닌 구형 휴대전화였다. 촌스럽다고도 할 수 있는, 너무도 오쿠야마다운 휴대전화였다.

액정화면에 불빛이 들어왔다. 대기화면은 단순한 풍경 사진이었다. 어디인지는 모른다.

"이렇게 오래된 걸 사용하다니."

"그러게. 완전히 구닥다리야. 이 휴대전화를 사용해본 적 있어?"

그녀는 손을 흔들었다.

"없어. 난 애인의 휴대전화를 훔쳐보는 취미는 없거든. 어떻게 보는 거지?"

그녀가 적당히 버튼을 눌렀다. 별다른 일은 일어나지 않았다.

"음성 메시지를 들어봐."

"알았어"라고 말하며 그녀는 휴대전화의 버튼을 눌렀다.

우리는 전화기에 귀를 댔다. "메시지가 열두 건 있습니다"라는 안내 멘트가 들렸다.

"……다카코야. 시간 날 때 전화해줘. 기다릴게."

첫 번째 메시지는 그것이었다. 나와 다카코는 얼굴을 마주 보았다.

사흘 전의 메시지였다. 그 후에 네 건 연속으로 그녀의 메시지가 이어졌다. 전화해달라는 내용에는 변함이 없었다.

여섯 번째 메시지에서 처음으로 남자 목소리가 나왔다. 한순간 긴장이 온몸을 휘감았다.

"……택배를 가져왔는데 댁에 안 계시네요. 다시 연락하겠습니다."

그녀가 맥 빠진 목소리로 말했다.

"난 또 뭐라고. 이런 거 말고 영양가 있는 게 뭐 없을까?"

다카코의 메시지가 다시 몇 건 이어졌다. 열 번째에 낯선 여자의 목소리가 들렸다. 우리는 다시 긴장한 얼굴로 귀를 쫑긋 세웠다.

"……NTT 커뮤니케이션즈의 사쿠마입니다. 고객님의 전화요금이 플레츠광(NTT 서일본 인터넷 광서비스 – 옮긴이)과 합쳐지므로……."

우리는 한숨을 쉬었다. 리카가 아니라 통신회사의 홍보 메시지였다.

리카는 전화를 걸지 않았을까? 하긴 전화를 걸 리 없다. 이 전화에 남아 있는 메시지는 사흘 전부터다. 사흘 전에는 이미 오쿠야마를 살해했다. 전화를 걸 필요가 없는 것이다.

"최근의 사흘 말고, 그 이전에 선배에게 전화를 건 게 없을까?"

"착신 이력을 보면 알 수 있어."

착신 이력이 즉시 나왔다. 오쿠야마의 휴대전화에는 착신 이력이 50건까지밖에 등록되지 않았다. 우리는 순서대로 그것을 확인해갔다. '다카코'란 이름이 몇 번이나 눈에 띄었다.

그밖에도 낯익은 이름이 몇 개 눈에 띄었다. 경시청 직통, 3계, 동료의 이름을 비롯하여 공중전화, 발신번호 표시제한, 친구로 보이는 이름, 공공기관 등등 수많은 이름들이 쭉 늘어서 있었다.

다카코가 버튼을 눌렀다.

"'공중'은 뭐지? 어떻게 된 거야?"

"공중전화에서 걸려왔다는 뜻이야."

"그건 나도 알아. 그런데 요즘 세상에 공중전화에서 전화를 거는 사람이 어디 있어?"

그녀의 말이 맞는다. 절대로 없다곤 할 수 없지만 굉장히 드문 일인 것만은 사실이다.

누가 걸었을까? 날짜는 닷새 전이었다.

"……리카?"

나는 고개를 끄덕였다.

"그런 것 같아. 그리고 발신번호 표시제한 전화도 수상해."

예전에 리카는 혼마 다카오에게 하루에 몇 번씩 전화를 했다. 전부 발신번호 표시제한이었다고 한다. 혼마가 스가와라 형사에게 직접 말한 내용이므로 틀림없다.

"……전부 열한 건이야."

공중전화에서 건 것을 포함해 발신인이 밝혀지지 않는 전화는 열한 건이었다. 리카일까.

오쿠야마는 우리가 모르는 사람을 만나기도 한다. 정보를 알려주는 이른바 정보원들이다. 그들은 기본적으로 자신의 흔적을 남기는 걸 싫어한다. 비밀 정보를 전하기 위해 발신번호 표시제한으로 전화를 거는 일은 충분히 있을 수 있다.

"발신 이력은 어때?"

나는 휴대전화에 시선을 고정한 채 물었다.

다카코가 버튼을 조작했다. 그 즉시 화면에 수많은 이름들이 늘어섰다. 다카코가 하나씩 읽어갔다.

"3계, 3계, 3계. 정말 일밖에 모르는 사람이라니까."

우리 경찰관은 정시에 연락할 의무가 있다. 기본적으로 하루에 몇 차례씩 자신이 어디 있는지 상사에게 보고해야 한다. 3계라고 되어 있는 건 정시에 연락했을 때일 것이다.

"너에게 전화한 적도 있어."

"당연히 있겠지. 가끔은 전화가 걸려왔으니까."

"하루에 한 번은 걸었어?"

"그 정도였을 거야."

"그밖에는?"

"요시다 형사, 이세키 형사, 도미타 형사…… 전부 동료 형사들이야. 친구가 별로 없었나 봐."

"그렇진 않을 거야. 요즘 일 때문에 바빴나 보지 뭐."

"부모님에게도 걸었어."

"그렇겠지. 걱정하실 테니까."

"발신이력에 정체를 알 수 없는 전화번호는 없어. 모두 신원이 확실한 사람들이야."

"그렇구나."

우리는 서로 얼굴을 마주 보았다. 걸려온 전화에는 공중전화와 발신번호 표시제한이라는 수상한 이력이 있었다. 하지만 100퍼센트 리카라고 판단할 근거는 없었다.

다카코가 말했다.

"메일을 보자. 이 버튼이지?"

버튼을 누르자 '이메일'이라는 화면이 나타났다. 받은 메일함 버튼을 누르자 화면에 메일 주소가 주르륵 늘어섰다.

다카코가 화면의 오른쪽 상단을 가리켰다.

"824건이야. 엄청 많아."

"하나씩 확인하자."

"응."

다카코가 맨 위에 있는 메일 주소를 보며 말했다.

"이건 내 주소야."

"그래?"

같은 주소의 메일이 몇 통 이어졌다. 최근 사흘 동안 그녀는 오쿠야

163

마에게 메일을 몇 번 보냈다고 한다. 전부 연락해달라는 내용이었다. 도중에 쓰타야 서점이나 야마다 전기 등에서 온 홍보 메일도 있었지만, 그런 걸 제외하면 지난 사흘간 메일을 보낸 사람은 다카코뿐이었다.

"최근 사흘은 됐어. 홍보 메일을 제외하면 거의 내가 보낸 걸 거야. 문제는 그 이전이야."

다카코가 버튼을 몇 번 눌렀다. 문제의 메일은 나흘 전에 도착했다.

숫자와 기호로 되어 있는 메일 주소가 몇 개나 이어졌다. 다카코가 그중 하나를 열었다.

> 게이지 씨, 드디어 내일 만나는군요!
> 드디어 만날 수 있어요! 너무너무 기뻐요!

메일에는 그렇게 적혀 있었다.

"게이지 씨가 누구야?"

"그 사람 닉네임이겠지. 형사가 일본어로 '게이지'잖아. 닉네임 한번 알기 쉽네."

다카코가 다음 메일을 열었다. '죄송해요'라는 제목이 붙어 있었다.

> 메일을 몇 번씩 보내서 죄송해요. 하지만 이러지 않으면 불안해서 견
> 딜 수 없어요. 어떻게 해야 좋을지 모르겠어요. 이건 전부 게이지 씨 탓
> 이에요. 게이지 씨, 진짜 만날 수 있어요? 만나줄 거예요? 일에 방해가

되는 건 아니에요? 차를 가지고 올 거예요? 영업하러 나왔다 저를 만나는 거예요? 저를 만날 시간은 있어요? 식사는 할 수 있어요?

다카코가 눈을 크게 뜨고 소리쳤다.

"으아, 이게 뭐야? 전부 다 질문이잖아?"

"리카야. 예전에 봤는데 리카의 메일은 항상 이랬어. 리카가 혼마에게 보낸 메일과 흡사해."

"무슨 말이야?"

"자세히 읽어봐. 이 메일은 언뜻 보기에 상대를 배려하는 것처럼 보이잖아. 정말로 자신을 만나줄지, 자신이 일에 방해가 되는 건 아닌지 확인하는 것처럼 말이야. 하지만 실제로는 그게 아니야. 주구장창 자기 이야기만 하고 있어. 그러면서 자신에게 편한 상대인지 아닌지 계속 확인하는 거지. 이게 리카 메일의 특징이야."

"영업은 또 뭐지?"

"선배가 자신의 프로필에 영업사원이라고 썼겠지. 영업을 하니까 언제든지 시간을 낼 수 있다고 말이야. 리카는 그걸 믿었을 거야."

"하필 영업사원이라고 하다니, 본인과 제일 어울리지 않는 일인데."

"그게 제일 좋다고 판단했겠지. 그 판단은 틀리지 않았어. 그 덕분에 리카와 빨리 접촉할 수 있었을 거야."

오쿠야마는 리카를 만나고, 리카를 체포하기 위해서는 그게 지름길이라고 판단했다. 그리고 그 판단은 틀리지 않았다. 리카에게 살해된다는 단 하나의 오판을 제외하면.

"언제부터 이렇게 휴대전화 메일을 주고받게 됐을까?"

다카코가 연달아 버튼을 눌렀다. 리카의 메일은 끝날 줄 모르고 계속 이어졌다. 가끔 다카코의 메일이 섞였다. 누가 진짜 애인인지 모를 정도였다.

"그렇게 오래 되진 않았어. 어쩌면 열흘도 안 됐을지 몰라."

"어째서?"

"그 이전엔 컴퓨터 메일을 주고받았을 거야. 리카가 그렇게 빨리 휴대전화 메일로 바꾸었을 리 없으니까. 어쨌든 알아보자."

우리는 다시 휴대전화를 확인했다. 메일은 끝없이 이어지는 게 아닐까 할 정도로 계속되었다. 우리는 비즈니스호텔의 침대에 걸터앉은 채 휴대전화를 들여다보았다.

오늘 밤은 한없이 길어질 것 같다.

13

다음 날 아침 7시부터 수사회의가 시작되었다. 이렇게 이른 시간에 수사회의가 열리는 것은 드문 일이었다. 이유는 한 가지, 현직 형사가 너무나 기이한 모습으로 살해되었기 때문이다. 경시청에서 사건 해결에 총력을 기울이는 건 당연한 일이었다.

회의실에는 수사1과 형사들이 모두 모이고, 단상에는 형사부장과 이사관, 관리관, 하세가와 1과장 등이 앉아 있었다. 7시 정각에 하세가와 1과장이 마이크를 잡았다.

"아침 일찍 오느라 수고했다. 이렇게 일찍 오라고 한 데에는 이유가 있다. 다들 아는 것처럼 어제 강행범 3계의 오쿠야마 형사가 시신으로 발견되었다. 더구나 목이 잘리고 안구가 도려내지고 코와 귀가 잘리는 처참하기 이를 데 없는 모습으로…… 우리는 한시라도 빨리 이 사건을 해결해야 한다."

회의실에서는 기침 소리 하나 나지 않았다. 하세가와가 형사들을 둘러보았다.

"사건의 발단은 4주 전으로 거슬러 올라간다. 4주 전인 4월 13일, 다카오의 게이마 산에서 시신이 들어 있는 여행 가방이 발견되었다. 시신의 신원은 즉시 확인되었다. 혼마 다카오라는 남자다. 살아 있으면 올해 52세가 된다."

화면에 혼마 다카오의 얼굴 사진이 등장했다. 얼굴에서는 눈과 코가 보이지 않았다.

"혼마는 우리가 지난 10년간 계속 찾았던 사람이다. 지난번에 설명한 것처럼 10년 전에 리카 사건이라고 불리는 엽기적인 사건이 일어났다. 리카라는 이름의 여자가 만남 사이트에서 알게 된 혼마를 스토킹하다 결국 그를 납치해서 행방을 감춘 사건이다. 그 과정에서 리카는 적어도 네 사람을 살해했다."

형사들이 일제히 고개를 끄덕였다. 리카 사건은 누구의 가슴에도 깊이 새겨져 있었다.

"이 일련의 범행을 저지른 건 리카라는 여자다. 그건 알고 있다. 리카의 얼굴 사진도 있다. 지문도 있다. 증거는 전부 갖춰져 있지. 범인은 리카다. 하지만 우리는 리카가 어디 있는지 찾아낼 수 없었다."

하세가와가 참담한 표정으로 고개를 숙였다. 그리고 머리를 한 번 흔들고 나서 다시 입을 열었다.

"지난 10년간 수사는 계속되었다. 하지만 리카가 어디 있는지는 밝혀낼 수 없었다. 그런데 4주 전에 리카가 혼마의 시신을 버리면서 사건은 다시 수면 위로 떠올랐다. 리카는 살아 있다. 일본에 있다. 일본의 어딘가에 있는 거다."

화면의 사진이 바뀌고 리카의 얼굴 사진이 등장했다. 얼굴의 이목구비가 전부 크다. 눈빛은 한없이 어두워 보였다.

"우리는 강행범 3계와 콜드케이스 수사반을 연계해 합동수사팀을 만들었다. 오쿠야마 형사도 그중 한 사람이었다. 오쿠야마는 리카의 행방을 쫓았지만 결과는 나오지 않았다. 리카는 여전히 감감무소식이었다. 그리고 나흘 전에 오쿠야마와 연락이 끊어졌다. 나흘 전의 수사 회의에는 참석했지만 그 이후 연락이 되지 않은 거다. 솔직히 말해 형사가 며칠씩 연락하지 않는 건 흔한 일이다. 하지만 실제로는 상상도 할 수 없는 잔인한 방법으로 살해되었다. 그리고 어젯밤에 콜드케이스 수사반의 두 형사가 그의 시신을 발견했다."

회의실 안쪽에서 한 남자가 손을 들고 말했다.

"왜 3계 형사가 아니라 콜드케이스 수사반 형사가 발견했죠? 부서가 다르잖습니까?"

강행범 4계 형사다. 이름은 모른다.

"그것에 대해 미리 설명해두지. 아오키 형사, 우메모토 형사. 오쿠야마의 시신을 발견한 경위를 설명해주게."

나와 다카코는 자리에서 일어나서 얼굴을 마주 보았다. 누가 이야기하는 게 좋을까? 잠시 침묵이 이어진 뒤, 다카코가 입을 열었다.

"나흘 전부터 오쿠야마 형사와 연락이 되지 않았습니다. 지금까지 그런 일은 한 번도 없었습니다. 저는 불안을 느끼고 동료인 우메모토 형사와 함께 오쿠야마 형사의 집으로 갔습니다."

"왜죠? 부서가 다르잖습니까?"

"저와 오쿠야마 형사는…… 사귀고 있었습니다."

무거운 탄식이 회의장 안을 뒤덮었다. "그랬구나" 하는 중얼거림도 들렸다.

"저와 오쿠야마 형사는 항상 연락을 했습니다. 전화를 할 수 없는 경우에는 메일이라도 보냈죠. 그런데 나흘 전부터 아무리 전화를 해도 받지 않고, 메일을 보내도 답장이 없었습니다. 지금까지 이런 일은 한 번도 없었습니다. 예감이 좋지 않았습니다. 무슨 일이 있다는 생각이 들었어요. 그리고 결국 그의 집에서 시신을 발견한 겁니다."

하세가와가 말했다.

"지금은 두 사람의 개인적 관계에 대해 따질 때가 아니다. 어쨌든 아오키 형사와 우메모토 형사가 오쿠야마의 시신을 발견했다. 그건 사실이다."

하세가와의 시선이 다시 우리에게 돌아왔다.

"시신을 발견했을 때의 상황을 말해주게."

이번에는 내가 입을 열었다.

"오쿠야마 형사의 집은 고엔지에 있습니다. 그곳까지 가는 길은 아오키 형사가 알고 있었고, 저는 옆에서 따라갔습니다. 열쇠는 아오키 형사가 가지고 있었습니다."

"문은 잠겨 있었나?"

"잠겨 있었습니다."

"누가 잠갔지?"

"아마 리카일 겁니다."

강행범 3계의 두 형사가 일어나더니 한 형사가 질문했다.

"열쇠는 현장에 있었나요?"

"오쿠야마 형사의 집을 철저하게 살펴보았지만 열쇠고리나 열쇠는 보이지 않았습니다. 오쿠야마 형사가 가지고 있던 자동차 열쇠도 보이지 않았습니다."

"열쇠고리째 없어졌다는 건가요?"

"그렇습니다."

두 형사가 자리에 앉자 하세가와가 "계속하게"라고 말했다.

"저희는 일단 거실로 들어갔습니다. 집에 있다면 거실에 있을 가능성이 높다고 생각했기 때문입니다."

"하지만 거기엔 없었군. 그래서 침실로 갔지? 그렇지?"

"그렇습니다."

"그곳에서 시신을 발견했고…… 사진을 띄워주게."

화면에 오쿠야마의 시신이 등장했다.

도저히 눈을 뜨고 볼 수 없는 처참한 모습에 여기저기서 비명 같은 소리가 새어나왔다.

"다들 조용히 해라! ……이게 현실이다. 오쿠야마 형사는 이런 모습으로 살해됐다. 리카는 그의 안구를 도려내고 코를 자르고, 입을 귀까지 찢고, 더구나 목을 잘라서 살해했다."

다카코가 굳은 얼굴로 띄엄띄엄 말했다.

"저희는…… 시신을 발견하고…… 그러고 나서…… 본부에 연락했습니다."

그때 다시 두 형사가 일어나더니 한 형사가 말했다.

"실내는 어땠습니까? 집을 뒤진 흔적은 없었나요? 저항한 모습은 없었나요?"

"거실과 침실, 욕실, 그리고 실내를 뒤진 흔적은 없었습니다. 오쿠야마 형사가 저항한 듯한 흔적도 보이지 않았고요."

다른 형사가 조심스럽게 말했다.

"부검 결과, 오쿠야마 형사의 몸에서는 마취제를 주사한 흔적이 발견됐습니다. 어떤 방법을 사용했는지는 모르겠지만 리카는 오쿠야마 형사에게 마취제를 주입해서 의식을 잃게 만든 것 같습니다. 그리고…… 오쿠야마 형사의 몸에서는…… 생체반응이 확인됐습니다. 즉 범인은 오쿠야마 형사가 살아 있는 상태에서 눈, 코, 입을 도려냈다는 거죠."

다카코가 그 자리에 털썩 주저앉았다. 나는 다리에 힘을 주고 가까스로 버텼다.

"그리고 두 사람은 본부에 연락을 했지. 오쿠야마를, 오쿠야마의 시신을 발견했다고 말이야."

"네."

나의 대답을 듣고 하세가와가 다시 마이크를 잡았다.

"출동한 건…… 3계인가?"

강행범 3계의 후지마키 계장이 일어섰다.

"네, 저희가 출동했습니다."

"현장으로 급히 달려가서 무엇을 조사했지?"

"실내를 수색하고 이웃 주민들에게 탐문 조사를 했으며, 나흘 전 JR 고엔지 역의 CCTV를 분석했습니다."

"무엇을 알아냈나?"

"일단 전철역과 상점가의 CCTV에 찍힌 영상에 대해 보고하겠습니다. 아직 전부 확인한 건 아니지만, 그곳에 오쿠야마 형사와 리카의 모습은 찍히지 않았습니다. 특히 전철역의 영상은 꼼꼼히 확인했지만 두 사람의 모습은 보이지 않았습니다."

"전철역을 이용하지 않았다는 건가?"

"네."

"그러면 오쿠야마의 집까지 어떻게 갔지?"

"아마 차로 간 것 같습니다. 집 근처의 N시스템에 오쿠야마 형사의 차가 찍혔습니다. 나흘 전입니다."

하세가와가 입술을 깨물었다.

"몇 시쯤이지?"

"밤 12시 34분입니다. 운전석에는 키 큰 여성이 앉아 있더군요. 아마 리카인 것 같습니다. 마스크로 얼굴을 가리고 있어서 단정할 수는 없지만요."

"오쿠야마와 리카가 그런 시간에 만났다는 건가?"

"그런 것 같습니다."

"도대체 무슨 일이 있었던 거지? 그것 말고 발견된 건 없나?"

"빌라 주민들에게 물어봤는데, 나흘 전 한밤중에 오쿠야마 형사의 집 부근에서 인기척을 느낀 사람은 아무도 없었습니다. 집으로 돌아온 오쿠야마 형사와 리카의 모습을 본 사람도 없었고요."

"소리는 어때?"

"못 들었다고 합니다. 오쿠야마 형사의 집은 지은 지 30년이 지난 낡은 빌라였지만, 방음시설은 완벽했습니다. 웬만한 소리는 옆집 사람도 듣지 못했으리란 걸 확인했습니다."

"실내를 확인한 결과는 어떤가?"

다른 형사가 신호를 보내자 화면에 사진 한 장이 등장했다. 컴퓨터다. 신호를 보낸 형사가 설명했다.

"오쿠야마 형사의 컴퓨터입니다. 개인용이죠. 여기서 흥미로운 걸 발견했습니다."

"뭐지?"

"다음 사진."

화면의 사진이 바뀌었다.

메일의 일람표였다.

"오쿠야마 형사가 열흘 전부터 주고받은 메일 기록입니다. 놀랍게도 상대는 리카입니다."

"리카?"

"적어도 리카라는 닉네임을 사용하는 인물입니다. 여기에 있는 건 극히 일부이고, 실제론 하루에 열 통이 넘게 메일을 주고받았습니다."

형사가 다시 신호를 보냈다. 화면이 바뀌고 '즐겨찾기'가 나타났다. 나와 다카코가 본 것이다.

"오쿠야마 형사는 흔히 말하는 만남 사이트에 가입했습니다. 가입한 곳은 약 100여 군데. 전문가에게 확인했더니 전부 유명한 사이트라고 합니다."

"왜 그런 곳에 가입한 거지?"

"리카를 찾기 위해서였을 겁니다."

"무슨 뜻인가?"

"리카는 혼마 다카오의 시신을 버렸습니다. 리카 쪽에서 보면 혼마와 헤어진 것이죠. 죽어서 헤어지든 살아서 헤어지든 아무 상관이 없습니다. 어쨌든 리카는 혼마와 헤어지고, 자유로워졌습니다. 새로운 애인을 찾는 건 당연한 흐름이 아닐까요?"

"그러기 위해 만남 사이트를 이용했다는 건가?"

형사가 입을 다물었다. 상식적으론 있을 수 없는 일이다. 하지만 리카라면 얼마든지 그럴 수 있다. 리카는 지난 10년간 혼마와 같이 살았다. 리카에게는 신혼생활이라고 할 수 있는 시간이었다. 눈도 코도 혀도 귀도 팔도 다리도 없는 혼마……

그래도 리카는 충분히 행복했다. 사랑의 말을 속삭이는 것만으로 가슴속에는 행복이 가득 찼을 것이다. 하지만 혼마는 죽었다. 이제 혼마는 단순한 물체에 지나지 않는다. 그런 건 아무 필요가 없다. 그래서 혼마의 시체를 버렸다.

혼마가 없어진 이후, 리카는 무슨 생각을 했을까. 새로운 애인을 찾으려고 했으리라. 그러기 위해 가장 좋은 곳은 만남 사이트였다.

리카는 분명히 만남 사이트에 나타날 것이다. 10년 만에 컴퓨터에 들어가 만남 사이트에 등록하고, 남자들에게 만나고 싶다는 메일을 보낼 것이다. 오쿠야마는 그렇게 확신하고 수많은 만남 사이트에 가입했다. 얼마나 많은 시간을 투자했을까? 얼마나 많은 끈기와 정신력이 필요했을까. 하지만 그는 해냈다. 그리고 결국 리카를 찾아냈다.

그런데 왜 그런 사실을 다른 형사들에게 말하지 않았을까? 나는 어렴풋이나마 그의 마음을 짐작할 수 있었다. 어느 누구도 이해하지 못하리라고 여겼기 때문이다. 사람들은 모두 리카가 만남 사이트로 다시 돌아오는 일은 있을 수 없다고 생각했으니까.

솔직히 말하면 나도 그러했다. 리카가 만남 사이트로 다시 돌아오리라곤 상상도 못 했다. 만약에 돌아온다면 최소한 닉네임을 바꿀 것이다. 그러면 아무리 기를 써도 찾을 도리가 없다.

그래서 나는 처음부터 그럴 가능성을 배제했다. 다른 방법으로 리카를 찾아내려고 했다.

하지만 나는 틀렸고 오쿠야마는 옳았다. 리카는 다시 만남 사이트로 돌아왔다. 예전에 그랬던 것처럼 자신의 주 무대인 만남 사이트로 돌아와서 그곳에서 애인을 찾았다.

나는 입술을 지그시 깨물었다. 왜 이렇게 상상력이 없었을까? 이럴 줄 알았다면 내가 먼저 만남 사이트에 잠입할걸. 그런 다음에 다카코에게 의논했으면, 다카코가 오쿠야마에게 말했을 텐데. 그러면 오쿠야마 혼자 만남 사이트라는 깊고 어두운 늪 속으로 들어가지 않았고, 이번 같은 결과로 이어지지는 않았을 텐데……. 오쿠야마를 죽음으로 몰아넣은 것은 내 실수이기도 하다.

"그러면 오쿠야마 형사가 거기서 리카를 발견했다는 건가?"

"그렇습니다. 믿을 수 없는 일이지만 오쿠야마 형사는 리카를 찾아냈습니다. 집념이라고밖에 표현할 길이 없죠. 어쨌든 그는 리카를 찾아냈습니다. 무슨 이유에선지 리카는 닉네임을 바꾸지 않았습니다. 리카라는 이름으로 프로필을 만들어서 등록한 겁니다."

"왜지?"

"그건 잘 모르겠습니다."

침묵이 회의실을 뒤덮었다. 리카는 왜 닉네임을 바꾸지 않았을까. 그것은 이해할 수 없는 커다란 수수께끼였다. 자신이 리카임을 인정하면 어떻게 될지는 잘 알고 있지 않았을까?

리카는 미친 사람이 아니다. 행동 자체만 보면 미친 사람처럼 보일지 모르지만 그 밑바닥에는 놀라울 만큼 뛰어난 지성을 가지고 있다. 지난 10년간 아무도 모르게 살았던 것을 보아도 알 수 있듯이 리카는 무서울 정도로 머리가 좋은 범죄자다.

그런 사람이 과연 가장 중요한 증거인 리카라는 이름을 사용할까. 말도 안 되는 소리다. 리카는 절대로 그 이름을 사용하지 않을 것이다. 형사들은 모두 이렇게 생각했으리라.

하지만 나는 리카가 무슨 생각을 하는지 짐작이 되었다. 리카는 자기만의 독자적인 논리로 행동하고 있다. 그곳에 상식은 통하지 않는다. 자신이 만든 자신만의 규칙 위에서 살고 있는 것이다.

리카는 애인이 필요했다. 자신을 이해해줄 남자가 필요했다. 자신을 그대로 받아들여줄 남자를 찾고 있었다. 그러기 위해서는 본명을 사용해야 한다. 리카라는 이름을 사용해야 하는 것이다. 자신을 그대로 받아들여줄 사람, 그 사람이야말로 리카가 원하는 사람이다.

10년이란 시간이 지난 후, 사람들에게 알려질 위험을 감수하면서까지 본명을 사용한 이유는 바로 이것이다.

"……어쨌든 오쿠야마 형사는 리카와 접촉하는 데 성공했군. 그게 언제인가?"

"오쿠야마 형사의 컴퓨터에 남아 있는 메일로 판단하면 약 2주 전입니다."

"그렇게 오래되었나?"

하세가와가 절레절레 머리를 흔들었다.

"네. 그리고 일주일 정도 뜨겁고 달콤한 메일을 주고받았습니다. 내용은 지금 나눠드리겠습니다."

미리 준비했으리라.

3계 형사들이 복사한 종이다발을 회의실에 있던 모든 형사들에게 나눠주었다. 우리에게도 복사본이 왔다. 나는 종이다발을 들고 첫 장의 내용을 읽어보았다.

게이지 씨, 안녕하세요!

게이지 씨의 프로필을 읽었어요. 영업을 하시는군요. 정말 멋진 일이에요. 차를 타고 여기저기 많이 다니시겠네요?

그럼 리카를 드라이브에 데려가주실 수 있지 않을까? 잠시 그런 생각을 했어요. 호호호, 농담이에요. 리카는 그렇게 가벼운 여자가 아니니까요.

하지만 게이지 씨에게 관심이 있어요. 나이는 몇 살일까요? 얼굴은 어떻게 생겼을까요?

물론 리카는 얼굴을 따지는 사람이 아니에요. 그보다 더 중요한 건 대화가 잘 통할까, 항상 둘이 있을 수 있을까, 같이 있으면 즐거울까, 이런 것들이죠.

죄송해요. 처음부터 이런 이야기를 해서요. 리카에 대해서도 조금 알려드릴게요.

리카는 28세, 직업은 간호사예요. 지난번 애인과 헤어진 지는 꽤 됐고요. 그래서 그런지 요즘 많이 외롭네요. 이런 저라도 좋다면 메일을 주세요. 기다릴게요.

첫 번째 메일은 그것으로 끝났다. 아마 오쿠야마는 자신이 가입한 만남 사이트의 여성 회원 프로필을 모조리 확인했으리라. 단서는 두 가지였다. 리카라는 닉네임과 간호사. 과거의 리카 사건을 살펴보면 알 수 있지만 리카는 간호사였다. 혼마 다카오를 만났을 때의 프로필에도 자신을 간호사라고 적었다.

그 두 가지 단서를 근거로 그는 리카를 찾아 헤맸다. 얼마나 많은 밤들을 지새웠을까? 컴퓨터와 끈질기게 씨름한 끝에 결국 기적처럼 리카를 찾아냈다. 그 즉시 리카에게 메일을 보냈으리라. 리카가 좋아하는 게이지라는 인격을 만들고, 신중하게 말을 선택해서 메시지를 보냈음이 틀림없다. 그 안에는 자신의 메일 주소도 적었으리라.

리카의 프로필을 보고 28세의 간호사라는 조건에 혹해서 메일을 보낸 남자는 제법 많았으리라. 간호사는 옛날부터 남성에게 인기 있는 직종이니까.

리카 사건을 조사해보고 알았지만, 만남 사이트의 프로필을 보고 메시지를 보내는 남성은 한두 명이 아니다. 하나의 프로필에 대해 50명에서 100명 정도의 남성이 메일을 보낸다고 한다.

100 대 1의 경쟁을 뚫고 리카의 선택을 받으려면 어떻게 써야 할까? 그는 어떤 식으로 메시지를 만들었을까?

그에게는 유리한 점이 한 가지 있었다. 비록 서류상이기는 하지만 리카에 대해 알고 있었다. 성격이나 취향을 이해하고 있었다. 그것에 맞춰서 메시지를 만드는 건 의외로 어렵지 않았을지도 모른다.

어쨌든 리카는 오쿠야마, 즉 게이지를 자신의 상대로 선택했다. 게이지만이 아닐지도 모른다. 메시지를 보내온 다른 남자에게도 답장을 보냈을 수도 있다. 다만 처음부터 메일 주소를 보내는 사람은 거의 없었으리라. 그는 자신의 메일 주소를 보내서 리카의 마음에 강한 임팩트를 남기는 데 성공했다.

그리하여 리카로부터 답장이 왔다. 그는 어떤 답장을 보냈을까. 그 내용은 다음과 같았다.

안녕하세요, 리카 씨. 처음 뵙겠습니다.

하긴 처음은 아니군요. 지난번에 메일을 보냈죠. 답장해줘서 고맙습니다. 아주 즐겁게 읽었습니다. 28세군요. 리카 씨는 제가 꿈에 그리던 이상형과 똑같습니다.

전 35세라고 했죠. 나이로 볼 때도 우리 둘은 잘 맞지 않을까요?

그런데 애인이 없다는 게 정말인가요? 간호사는 꽤 인기 있는 직업이 잖아요. 환자라든지 의사라든지, 주변에 좋은 남자가 많을 것 같아서 마음이 복잡하네요. 라이벌이 많으면 힘드니까요. 물론 농담입니다. 전 리카 씨를 믿어요.

잠시 저에 대해 말씀드리겠습니다. 프로필에 쓴 대로 저는 어느 회사에서 영업 일을 하고 있습니다. 제가 파는 건 차입니다. 국산 차이지만 꽤 고급 차도 취급하고 있어요.

이동할 때는 주로 차를 이용합니다. 시간도 비교적 자유롭죠. 그래서 리카 씨만 좋다고 하면 언제든지 만날 수 있습니다.

리카 씨는 어디에 사시죠? 저는 고엔지에 살고 있습니다. 고엔지가 어디인지 아시나요? JR 주오 선을 타면 신주쿠까지 10분쯤 걸리는 곳입니다. 이렇게 메일을 주고받다가 더 친해지면 언젠가 만날 수 있기를 바랍니다. 물론 지금은 저 혼자만의 생각이지만요.

리카 씨는 지금 저에게 가장 중요한 사람입니다. 빨리 만날 수 있기를 바랍니다.

오쿠야마 게이지.

그는 이렇게 쓰면서 무슨 생각을 했을까. 다카코가 머릿속을 가로질렀을까?

나는 나누어준 자료를 들추었다. 다음 메일은 이러했다.

안녕하세요, 게이지 씨.

답장을 금방 보내줘서 기뻐요. 인터넷상의 관계는 타이밍이 중요하더라고요.

게이지 씨도 제가 상상한 이상형과 똑같아요. 느낌이 굉장히 좋아요. 자동차를 판다니, 정말 대단해요. 많은 걸 알고 있겠네요. 리카는 지금 일하는 병원밖에 몰라요. 세상이 너무나 좁다고 할까요?

제 주변에는 남자가 거의 없어요. 환자는 연애의 대상이 아니고, 의사는 모두 결혼했거든요. 항상 어디 좋은 사람이 없을까 생각해요. 게이지 씨는요? 애인이 없어요? 하긴 애인이 있으면 이런 곳에 오지 않았겠죠?

그런데 그렇지도 않아요. 리카는 이런 사이트에 메시지를 남기는 게 처음이지만, 주변 사람들의 이야기를 들어보면 세상엔 참 여러 종류의 사람이 있더군요. 결혼한 사실을 감추고 혼자 사는 척하며 메시지를 남기는 사람도 있다더라고요.

게이지 씨는 그렇지 않죠? 싱글이죠? 애인이 없죠? 리카를 소중하게 생각하죠?

아아, 리카도 게이지 씨를 만나고 싶어요. 하지만 지금은 안 돼요. 아직은 그럴 수 없어요. 메일을 몇 번 주고받았다고 해서 리카를 만날 수 있다고 생각하지 마세요. 리카는 겁이 많아서 남자를 쉽게 믿지 않아요. 남자가 데이트를 하자고 해도 쉽게 따라가지 않아요.

그래서 애인이 생기지 않는 걸지도 모르지만, 하지만 원래 그런 성격이니까 어쩔 수 없어요. 그런 사람이라도 괜찮아요? 리카 같은 사람이라도 좋아요? 언젠가 만나줄 거예요? 리카는 드라이브를 하고 싶어요. 드라이브 데이트는 굉장히 즐거울 것 같아요.

게이지 씨는 운전을 잘하시겠군요. 차를 좋아하시나요? 리카가 지금 제일 관심이 있는 건 게이지 씨예요. 빨리 만나고 싶어요. 빨리 만났으면 좋겠어요. 또 메일을 보낼게요. 답장 주세요.

이게 리카의 답장이었다. 언뜻 보기에 게이지에게 관심이 있는 것처럼 썼지만, 자신에게 적합한 상대인지 아닌지 알기 위해 연신 밑밥을 던진다. 이게 리카 메일의 특징이다.

"어쨌든 오쿠야마 형사와 리카는 이렇게 농밀한 메일을 주고받기 시작했습니다. 처음에는 몇 통에 불과했지만 나흘째에 접어들자 열 통이 넘게 되었습니다."

"그리고 어떻게 됐지?"

"오쿠야마 형사는 일주일 전에 자신의 휴대전화 메일 주소를 리카에게 가르쳐주었습니다. 그 이후 컴퓨터로는 메일을 주고받지 않았습니다. 단 한 통도요."

"단 한 통도?"

"그렇습니다. 전혀요."

리카와 메일을 주고받는 사이에 오쿠야마는 상대가 진짜 리카라고 확신했음이 틀림없다. 자신이 만족할 때까지 메일을 보내는 집요함, 그것은 리카만의 독특한 특징이었다.

오쿠야마는 과거의 수사 자료를 통해 리카를 잘 알고 있었다. 리카를 충분히 이해하고 있었다. 그 지식에 비추어볼 때 상대는 틀림없이 리카라고 판단했다. 나라도 그렇게 판단했으리라. 상대는 틀림없이 리카였다.

그때 오쿠야마의 가슴을 가로지른 건 무엇이었을까? 월척을 낚은 낚시꾼의 심정이었을까. 나는 그의 심정을 이해할 수 있었다. 지금까지 형사 인생에서 이렇게 큰 월척을 낚은 적은 없었으리라.

지난 10년간, 형사들은 리카를 잡기 위해 동분서주했다. 거기에 투입된 경찰관은 연인원 1,000명이 넘는다. 그리고 리카는 경찰관을 살해했다. 그런 범인이 지금 코앞에 있다.

메일이라곤 하지만 범인과 휴대전화로 대화를 나누고 있다. 이제 교묘하게 유인해서 잡기만 하면 된다. 그가 그렇게 생각한 건 당연한 일이다.

물론 공명심이 있었으리라. 자기 혼자 공을 독차지할 수 있다는 마음도 작용했으리라. 그래서 누구에게도 말하지 않았다. 상사에게도 보고하지 않았다. 지금 있는 곳이 얼마나 위험한지 모르고, 자기 손으로 리카를 체포할 수 있다고 생각했다.

하지만 그건 커다란 착각이었다. 리카는 보통 사람이 아니다. 놀라울 만큼 머리가 좋은 정신이상자다. 정신이상자에게는 나름대로 규칙이 있다. 그 규칙에 비추어보고 오쿠야마를 위험한 존재라고 판단한 게 아닐까. 위험한 존재는 배제한다. 그게 리카의 규칙이다.

오쿠야마는 그런 사실을 모른 채, 리카와 만나기로 약속한 곳까지 자기 차를 가지고 갔다. 그곳에서 리카를 만나 이야기를 나누었다. 그리고 리카를 자기 차에 태웠다. 그런데 그곳에서 반전이 일어났다. 리카의 역습을 받은 것이다. 아마 마취 주사를 맞았으리라.

그 이후 리카는 그의 운전면허증을 보고 주소를 알아내서 그의 집까지 차를 운전해왔다. 그리고 그를 집 안으로 데려가 토막을 내고 해체 작업에 착수했으리라…….

서두르지 말았어야 했다. 세심한 주의를 기울였어야 했다. 혼자 가지 말았어야 했다. 누군가에게 사실을 말했어야 했다. 하지만 한때의 공명심에 사로잡혀 그런 주의를 게을리 했다. 물론 경계는 했으리라. 조심했을지도 모른다. 그러나 리카는 여자다. 여자 한 사람 정도는 얼마든지 잡을 수 있다. 어딘가에 그런 안이한 마음이 있지 않았을까.

살해된 오쿠야마에 대해 나쁘게 말하고 싶지는 않다. 하지만 내 쪽에서 볼 때 그런 판단은 너무나 안이했다고밖에 할 수 없다. 리카는 상식이 통하는 상대가 아니다.

"그러면 그 이후 오쿠야마 형사는 휴대전화로 리카와 메일을 주고받았다는 건가?"

"그렇습니다. 그렇지 않으면 그렇게 뻔질나게 메일을 주고받던 사람들이 갑자기 메일을 끊을 이유가 없겠죠. 두 사람은 메일의 공간을 컴퓨터에서 휴대전화로 옮긴 것 같습니다."

"오쿠야마 형사 휴대전화는 지금 어디 있나?"

"어디 있는지 모릅니다. 아직 못 찾았습니다."

"뭐? 왜 못 찾았지?"

"리카가 가져간 걸로 보입니다."

"왜? 무엇 때문에?"

"자신의 흔적을 감추기 위해서가 아닐까요?"

자신이 없는지 형사의 말꼬리가 흐려졌다.

당연하다. 리카는 이미 컴퓨터 안에 메일이라는 형태로 자신의 흔적을 선명하게 남겼다. 만약에 자신의 흔적을 감추기 위해서라면 컴퓨터도 가지고 갔어야 한다. 하지만 컴퓨터는 현장에 그대로 남아 있었다. 리카의 행동은 너무도 모순되어 있다. 그래서 형사의 대답이 모호해진 것이다.

하지만 사실은 다르다. 리카는 사건 현장에서 오쿠야마의 휴대전화를 가져가지 않았다. 휴대전화는 지금 다카코의 가방 안에 있다.

나는 작은 목소리로 말했다.

"다카코, 이제 말해야 돼."

"알고 있어."

하지만 다카코는 움직이지 않았다. 어쩔 수 없이 내가 일어섰다.

"콜드케이스 수사반의 우메모토입니다. 죄송하지만 한 말씀 드려도 되겠습니까?"

"뭐지?"

하세가와가 그렇게 말한 순간 다카코가 일어섰다.

"오쿠야마 형사의 휴대전화 말인데요…… 제가 현장에서 발견했습니다."

"뭐야?"

회의장 전체에 술렁거림이 파도처럼 퍼져나갔다.

"죄송합니다."

나와 다카코는 동시에 고개를 숙였다.

"……오쿠야마 형사의 시신을 발견했을 때, 휴대전화도 발견했습니다. 증거가 된다고 생각해서 가방에 넣었는데, 보고한다는 걸 깜빡했습니다. 죄송합니다."

다카코는 가방에서 오쿠야마의 휴대전화를 꺼냈다. 어제 밤새워 둘이 조사한 휴대전화다. 필요한 자료는 전부 복사했다. 이제 주어도 상관없다.

한 형사가 다가와서 다카코의 손에서 휴대전화를 낚아채더니 그대로 3계장에게 넘겨주었다. 휴대전화를 뚫어지게 쳐다보던 3계장이 나지막하게 말했다.

"본 적이 있습니다. 분명히 오쿠야마 형사의 휴대전화입니다."

"왜 보고하지 않았지?"

하세가와가 날카로운 눈길로 우리를 노려보았다. 다카코가 시선을 피하며 고개를 숙였다.

"……죄송합니다. 패닉 상태에 빠져서 까맣게 잊어버렸습니다."

"언제 생각났나?"

"오늘 아침입니다."

"휴대전화의 내용을 조사했나?"

"아뇨, 손도 대지 않았습니다."

"틀림없나?"

"틀림없습니다."

"이것에 대해선 나중에 다시 말하지. 다시는 이런 일이 없도록 하게. 이건 수사의 근간에 관한 문제야."

"죄송합니다."

"일단 지금은 됐으니까 앉게."

우리는 자리에 앉았다.

하세가와는 더 이상 우리를 추궁하지 않았다.

"지금 당장 휴대전화를 조사하도록. 리카의 메일 주소와 메일 기록, 통화 기록, 하나도 빼놓지 말고 전부!"

"알겠습니다."

3계장이 대답했다.

회의는 몹시 길어질 것 같다.

14

수사회의가 끝난 건 정오 12시경이었다.

우리는 각자 자신의 반으로 돌아가 다음 명령을 기다렸다. 그때 누군가가 TV에서 이번 사건에 대해 나오고 있다고 말했다. 우리는 사무실에 있는 TV 앞으로 모였다. 뒤에서 볼륨을 키우라는 소리가 들렸다. 누군가가 리모컨을 조작하자 소리가 커졌다.

"……이런 식으로 현직 형사가 살해되었습니다."

TV 재팬의 정보 프로그램이었다. 남성 사회자가 뒤의 보드를 이용해 상황을 설명하고 있었다.

"TV에서, 더구나 이런 낮 시간에 말하기는 좀 그렇지만 굉장히 잔인하게 살해되었다고 하더군요."

보조 사회자인 젊은 여성 아나운서가 물었다.

"어떻게요?"

남성 사회자가 목소리를 조금 낮추었다.

"그게 말이죠, 범인이 살해된 형사의 얼굴에서 모든 기관을 도려냈다고 하더라고요."

"기관이라면……."

"눈이라든지 코라든지 입이라든지……. 정보에 따르면 입은 귀까지 찢어졌다고 합니다."

"정말 끔찍한 사건이군요."

"범인이 그렇게까지 할 만한 이유랄까, 동기가 있었나요?"

패널 중 한 사람이 묻자 남성 사회자가 머리를 가로저었다.

"그게 잘 모르겠습니다. 깊은 원한이 없으면 그런 짓은 하지 않을 텐데요."

"목을 자른 걸 보면 깊은 원한이 있었던 것 같은데요……. 특별한 이유라도 있었을까요?"

"글쎄요, 경찰에선 아직 아무런 발표도 없어서요……."

"그런데 정확한 정보를 가져온 분이 계십니다. TV 재팬 보도국의 사토 씨입니다."

여성 아나운서가 새로운 패널을 소개하자 TV 화면에 한 남자가 클로즈업되었다. 남자의 얼굴이 기억났다. 어젯밤에 사건 현장에서 나와 다카코에게 말을 건 남자다.

"사토입니다."

남성 사회자가 사토를 쳐다보며 물었다.

"사토 씨, 이번 사건에 대한 새로운 정보가 있다면서요?"

"살해당한 오쿠야마 형사 말인데요, 기억하실지 모르겠지만 약 한 달 전에 다카오의 게이마 산에서 손발이 없는 시신이 발견된 적이 있었죠? 여형 가방 안에 들어 있던 시신 말입니다."

패널로 나온 노인 한 명이 고개를 끄덕였다.

"물론 기억하다마다, 아주 끔찍한 사건이었소."

"오쿠야마 형사는 그 사건을 담당했다고 합니다. 그리고 이번 사건이 그 사건과 관계가 있다는 이야기가 있습니다."

"무슨 뜻이오?"

"사건은 10년 전으로 거슬러 올라갑니다. 당시에 한 남자가 여자의 끈질긴 스토킹을 견디다 못해 경찰서로 데려가려고 하다가 오히려 납치된 사건이 있었죠. 그 과정에서 구급대원 두 명과 경찰관 한 명이 살해됐습니다. 또한 스토킹을 했던 여자는 그들 말고도 몇 명을 더 죽였다고 합니다."

"무서운 사건이구면."

노인의 흥미진진한 표정을 보면서 사토가 말을 이었다.

"그때 그 여자가 납치한 남자가 한 달 전에 게이마 산에서 시신으로 발견된 남자와 동일인이라는 이야기가 있습니다."

여성 아나운서의 입에서 비명 같은 신음이 흘러나왔다. 남성 사회자가 눈을 동그랗게 뜨고 크게 소리쳤다.

"10년이나요! 10년이나 그 남자를 감금했다는 건가요?"

"그렇게 되겠죠. 범인의 이름은 자칭 아마미야 리카, 나이와 신원은 모두 분명하지 않습니다. 단 지명수배 사진은 남아 있습니다. 바로 이겁니다."

패널의 뒤쪽에 있는 보드에 여자의 사진이 붙어 있었다. 리카였다.

"아아, 이 여자인가요?"

"기억이 나는군요. 한동안 이 사진이 실린 포스터가 길거리에 덕지덕지 붙어 있었어요."

"그러고 보니 본 적이 있는 것 같기도 하네요……."

패널이 앞을 다투어 제각기 말했다. 사토가 말을 이었다.

"범인은 이 여자입니다. 경찰에선 이 여자를 찾고 있었죠. 지난 10년 동안 계속요. 하지만 결국 못 찾았습니다. 찾을 수 없었던 거죠. 그로부터 10년 후, 사건은 갑자기 새로운 국면을 맞이합니다. 사건의 피해자인 남자의 시신이 발견된 거죠. 아마 경찰로서는 좋은 기회라고 생각해 많은 형사들을 동원했을 겁니다. 그리고 그중 한 사람이 오쿠야마 형사였습니다."

"즉, 오쿠야마 형사가 이 여자에게 살해되었다는 건가요?"

"그런 것 같습니다."

패널로 나온 노인이 흥분해서 소리쳤다.

"경찰은 대체 일을 하는 거야, 마는 거야? 살인자를 10년이나 버젓이 돌아다니게 하다니. 이건 직무 태만이라고!"

"그렇게 끔찍하게 살해하다니…… 너무 소름 끼쳐요."

"경찰은 대체 뭐하는 건가요? 국민의 세금으로 비싼 월급 받아먹으면서 빈둥거리는 거 아닌가요?"

"위험한 살인자를 10년이나 방치하다니, 보통 심각한 문제가 아니군요."

경찰 때리기가 시작되었다. 항상 있는 일이다.

사토가 다시 입을 열었다.

"더구나 말이죠, 이번에 살해된 형사의 시신이 어떻게 발견됐는지 아십니까? 동료 형사가 발견했다고 하는데, 바로 오쿠야마 형사의 애인이었다고 하더군요."

"애인이요?"

"경찰 안에서 싹튼 사랑이죠. 물론 그게 나쁘다는 건 아닙니다. 같은 직장 안에서 연애를 하는 건 어디나 있을 수 있으니까요. 제가 하고 싶은 말은 애인이 찾아 나설 때까지 동료들은 왜 뒷짐만 지고 있었느냐는 겁니다. 경찰의 범죄 검거율이 낮아지고 있는 현재, 경찰 안에서 불협화음이 있는 건 아닐까요? 이런 말은 좀 그럴지도 모르지만 내부적으로도 문제가 있지 않을까 합니다."

노인이 말했다.

"경찰에서 가장 중요한 건 팀워크지. 서로 협조하지 않으면 수사가 되지 않아. 정말이지, 동료 형사들이나 윗선에서는 생각이 있는지 없는지……."

"어쨌든 이렇게 무서운 사건이 일어나면 경찰은 각자 따로 행동할 게 아니라 서로 협조해서 수사해야겠죠."

남성 사회자가 억지로 이야기를 마무리하며 덧붙였다.

"그러면 광고 뒤에 다시 찾아뵙겠습니다."

시끄러운 음악과 함께 광고가 나오기 시작했다. 우리는 힘없이 자기 자리로 돌아갔다.

"비난의 화살이 우리에게 쏟아지겠군."

내 옆에 앉아 있던 니시나라는 콜드케이스 수사반 형사가 작게 중얼거렸다.

"그럴까요?"

"아침 신문에도 났는데, 매스컴에선 오쿠야마 사건을 들먹이며 경찰의 체질을 비판하더군. 수사의 기본자세가 안 되어 있다는 둥 말이야. 앞으로 점점 더 공격이 심해질 거야."

"어떻게든 빨리 리카를 찾아내야겠군요."

"바로 그거지."

나는 고개를 끄덕였다.

15

새로운 수사 담당이 정해졌다. 나와 다카코는 메일 분석반에 배치되었다.

컴퓨터 메일은 이미 3계에서 조사를 마쳤다. 하지만 개인정보를 등록하지 않아도 되는 프리메일 사이트에서 받은 주소라 리카의 신원은 밝혀낼 수 없었다. 외국 서버를 경유하고 있어서 어디서 보냈는지도 알 수 없었고, 메일 내용을 살펴보아도 리카가 어디에 사는지도 알 수 없었다.

이제 남은 건 휴대전화 메일밖에 없다. 오쿠야마와 리카는 일주일 사이에 수백 통의 메일을 주고받았다. 그 내용을 분석해 리카가 어느 주변에 사는지 알아내는 게 우리의 일이었다.

나는 다카코를 쳐다보며 내 생각을 말했다.

"리카는 도쿄에 있을 것 같아. 안 그러면 고엔지에 사는 남자를 교제 대상으로 선택할 리 없잖아."

"꼭 도쿄라곤 할 수 없어. 도쿄에서 가까운 현에 있을 수도 있잖아. 전철을 타면 신주쿠까지 한 시간 만에 올 수 있으니까. 그 정도는 얼마든지 이동할 수 있어."

다카코는 그렇게 대꾸했지만 눈빛이 공허하고 마음이 붕 떠 있는 듯한 느낌이었다.

"왜 그래?"

"……생각 중이야."

"뭐를?"

그녀가 고개를 숙인 채 혼잣말처럼 중얼거렸다.

"……우리는 리카의 메일 주소를 알고 있잖아."

그렇다. 어젯밤에 오쿠야마의 휴대전화를 조사했을 때 리카의 휴대전화 메일 주소를 복사했다.

"그게 왜?"

불길한 예감이 뇌리를 스쳤다. 그녀는 한순간 나를 보더니 즉시 눈길을 피했다. 그녀의 생각은 손에 잡힐 듯 알 수 있었다. 그러면 안 된다. 그런 일을 하면 안 된다. 그렇게 말하려고 했을 때, 그녀가 재빨리 입술만을 움직여서 말했다.

"지로는 내 네 번째 남자였어."

그건 알고 있다. 우리 사이에는 비밀이 없었다. 사소한 것이라도 전부 솔직히 이야기했다. 남자관계도 숨기지 않았다. 오쿠야마가 그녀의 네 번째 남자라는 건 이미 알고 있었다.

"난 남자가 많지 않았지. 남자가 좋아하는 스타일이 아니라는 건 알고 있어. 이런 일을 하면 점점 더 남자와 인연이 없다는 것도 알고 있고. 실제로 그 사람과 사귀기 전까지 3년 동안 애인이 없었어. 내 인생에는 결혼도 출산도 없을지 모른다고 어렴풋이 생각한 순간, 그 사람이 데이트를 신청하더라고."

오쿠야마와 사귀기 시작했다는 말은 금방 해주었지만 자세한 이야기는 해주지 않았다. 나도 구태여 묻지 않았다. 현재진행형이니까 쑥스러울 테고, 나는 친구의 연애 이야기를 꼬치꼬치 캐묻는 사람이 아니다.

어느 정도 진척되면 말해주겠지 싶어서 그대로 놔두었다. 그런데 오쿠야마가 먼저 데이트를 신청했다는 건 처음 듣는 이야기였다.

"너도 알다시피 그 사람은 굉장히 보수적이잖아. 섣불리 여자에게 말을 거는 사람이 아니야. 왜 하필 나였는지는 끝까지 말하지 않았지만, 여성스럽지 않은 점이 좋았을지도 모르지. 어쨌든 그때부터 가끔 만나게 되었어. 그 사람은 낯을 많이 가려서 내 눈도 똑바로 쳐다보지 못했지. 만나도 말이 없을 때가 많아서 무슨 생각을 하는지 모르겠더라고."

그녀는 담담히 말을 이었다. 나는 끼어들지 않고 천천히 고개만 끄덕였다.

"네 번인가 다섯 번 만났을 때도 똑같았어. 그러자 계속 만나봤자 의미가 없겠구나 싶더라고. 그래서 그날을 끝으로 그만 만나기로 마음먹었어. 둘 다 말없이 식사한 게 기억나. 그런데 식사가 끝날 무렵 싫어하는 음식이 있느냐고 묻더군. 그런 건 없지만 마요네즈는 별로 안 좋아한다고 대답했지. 그러냐고 하면서 웃더라. 자기도 그렇다고 하면서 또 웃고. 그 웃음이 참 좋아 보였어. 그 웃음을 보고 나니까 좀 더 만나볼까 하는 생각이 들었지."

"그 얘기를 들으니 왠지 마음이 따뜻해진다……."

그녀가 쑥스러운 듯 어색한 미소를 지었다.

"그 사람은 어린애 같은 면이 있었어. 아니, 한마디로 말해 덩치만 큰 어린애였어. 넥타이 하나도 제대로 못 매고, 같은 와이셔츠를 며칠이나 입고. 음식 중에선 카레를 제일 좋아하고……. 그 사람을 돌봐주면서 나도 몰랐던 나 자신을 발견하게 됐지. 그 사람을 돌봐주는 게 좋았고, 그런 일이 내게 맞는다는 것도 알았고……. 그때까지 사귄 남자들은 모두 빈틈이 없었거든. 나도 그것에 맞추었고 그게 정상이라고 생각했지. 하지만 그 사람은 달랐어. 빈틈이 많은 사람이라고나 할까? 그 사람이 '결혼할까?'라고 말하자마자 즉시 하겠다고 대답했어. 망설임은 털끝만큼도 없었지. 그런 남자를 만나서 다행이라고 생각했어."

나는 말없이 그녀의 이야기를 들었다. 그녀는 오쿠야마에 대해 거의 말해주지 않았지만 결혼하기로 결심했다는 말은 해주었다. 결혼하기로 결심한 계기가 무엇이냐고 물었더니 "타이밍이 맞았어"라고 대답했다. "이 사람을 놓치면 다음 사람을 찾기가 귀찮으니까"라는 식으로 말했다. 그때는 결혼에 적극적이지 않다는 느낌을 받았지만 실제로는 그렇지 않았다.

그녀가 메마른 목소리로 말했다.

"그런 그 사람이 죽었어. 그것도 처참한 모습으로 살해됐지. 난 경찰이고, 내 처지는 누구보다 잘 알고 있어. 개인플레이가 허용되지 않는다는 것도 알고 있고. 하지만 어떻게든 내 손으로 복수를 하고 싶어."

"……그래서 어떻게 하고 싶은데?"

"리카에게 메일을 보낼 거야. 메일을 보내서 리카를 끌어내겠어. 그리고 체포할 거야."

나는 머리를 세차게 흔들었다.

"무모한 짓이야. 리카는 속지 않아. 정신이상자지만 머리는 좋아. 감도 예리해. 가짜 메일은 금방 간파할 거야."

"금방 간파할 수 없는 메일을 보내면 되잖아. 리카가 무시할 수 없는 메일을 보내면 달려들 거야. 끌어낼 수만 있으면 얼마든지 체포할 수 있어."

"리카가 달려들게 만든다고? 그런 메일을 어떻게 만들 건데?"

그녀는 내 어깨에 손을 얹고 내 얼굴을 똑바로 쳐다보았다.

"네가 있잖아. 넌 경시청 안의 누구보다 리카에 대해 잘 알아. 리카를

10년 동안 쫓았으니까. 조사도 했고 자료도 많이 읽었어. 리카의 마음을 상상할 수 있는 유일한 형사야. 네가 메일을 만들어주면…….”

“넌 리카를 잘 몰라. 몇 번이나 말하지만 그 여자는 머리가 좋아. 거짓은 통하지 않는다고. 그리고 거짓이란 걸 간파하면 순식간에 모습을 감추지. 모습을 감추기만 하면 좋지만 최악의 경우도 생각해야 돼.”

“무슨 뜻이야?”

“리카는 반격할 거야. 자기를 잡으려는 사람을 죽이려들 거라고. 리카에게는 보통 사람은 상상도 할 수 없는 집념과 지혜와 행동력이 있어. 어떤 수단을 동원해서라도 자신을 속이려는 사람을 찾아내서 죽일 거야. 리카에겐 양심이 없어. 잠시도 망설이지 않고 사람을 죽여. 인정사정도 없이 태연하게 죽이지. 리카는 너무 위험해. 잘못하면 처참하게 살해당할 거야……오쿠야마 선배처럼.”

나는 여기까지 단숨에 말했다.

“오쿠야마 선배처럼…….”

다카코가 내 말을 따라했다. 나는 그녀의 팔을 잡았다.

“복수를 하고 싶은 마음은 충분히 이해해. 선배는 내게도 동료이자 가족 같은 사람이었어. 그런데 끔찍하게 살해됐지. 나도 리카를 찾아서 죽이고 싶어. 내 손으로 없애고 싶어. 하지만 쉽지 않아. 섣불리 움직이면 위험해. 리카를 상대하려면 조직력이 필요해. 경찰이라면 가능할 거야. 리카를 찾아내 확실하게 체포해서…….”

“경찰은 지난 10년간 리카를 쫓았어. 하지만 그림자도 찾아내지 못

했지. 100~200명이 아니야. 한때는 1,000명이나 되는 경찰관이 리카를 찾아다녔어. 그래도 결국 실패했지. 앞으로 또 10년간 찾을 거야? 찾을 수 있다는 보장은 있어?"

"그건 없지만……."

나는 고개를 떨구었다. 다카코가 말을 이었다.

"더 최악의 사태도 예상할 수 있어. 리카는 10년간 같이 살았던 혼마 다카오를 잃었지. 네 말처럼 나도 리카를 애정의 괴물이라고 생각해. 리카는 항상 사랑하는 사람을 필요로 하니까. 혼마가 없어진 지금, 아마 다음 대상을 찾고 있을 거야. 오늘 당장은 아닐지 몰라. 내일도 아닐지 몰라. 하지만 그렇게 머지않은 미래에 리카는 새로운 남자를 만날 거야. 어떻게 만날지는 아무도 몰라. 그냥 지나치는 사람을 운명의 상대라고 여길 수도 있겠지. 어쨌든 리카는 어떤 수단을 사용해서라도 그 남자를 자기 걸로 만들 거야."

나는 다카코를 물끄러미 쳐다보았다. 그녀의 말이 옳다. 리카라면 그렇게 하고도 남는다.

그녀가 다시 말을 이었다.

"아마 혼마와 똑같은 방식으로 납치해서 같이 살겠지. 네 말이 맞는다면 반드시 그렇게 할 거야. 똑같은 일을 반복하는 거지. 분명히 희생자가 나오고, 그 사람은 죽기보다 끔찍한 일을 당할 거야. 그런 사태가 뻔히 눈에 보이는데 그냥 내버려두라는 거야? 난 형사야. 범죄를 미연에 방지하는 건 내 의무이기도 하잖아!"

얼굴에는 단호한 의지가 깃들었다. 물론 그 밑바닥에 있는 본심은 리카에 대한 복수심이고, 애인을 죽인 자에 대한 증오다. 원수를 갚고 싶다는 마음이 있다는 건 두말할 필요도 없다.

하지만 그녀의 말이 맞는다. 그건 나도 알고 있다. 리카의 애정은 독점욕과 이어져 있다. 리카는 사랑하는 남자를 자신의 소유물로 만들고 싶어 한다. 혼마 다카오의 손과 발, 눈, 코, 혀, 귀를 베어낸 것도 자기 것으로 만들고 싶었기 때문이었다.

혼마 사건이 일어나기 전에도 리카는 사람을 죽인 적이 있다고 한다. 같이 일하던 병원의 의사를 좋아했는데, 그녀의 사랑을 거부하자 상대를 죽이고 목을 잘랐다. 의사의 머리가 어디에 있는지는 아직 밝혀지지 않았지만 리카가 자신만 아는 곳에 보관했을 가능성이 있다.

그 이전에 일어난 일은 모르지만 어쩌면 희생자가 또 있었을 수도 있다. 리카는 살아 있는 한 끊임없이 애정의 대상을 찾아 자신의 소유물로 삼을 것이다. 그런 일은 리카가 죽을 때까지 영원히 반복되리라. 다카코의 말대로 다음 희생자가 나타날 가능성은 얼마든지 있는 것이다.

어쩌면 그날은 그렇게 먼 미래가 아닐지도 모른다. 리카가 호감을 가진 사람이라면 누구라도 상관없다. 언제, 어떤 계기로 호감을 가지는지는 모르지만 당장 내일이라도 이상하지 않다.

목표를 정하면 그 사람을 자기 것으로 만들기 위해 움직이리라. 리카가 움직이면 더는 막을 방법이 없다. 움직이기 전에 체포해야 한다는 다카코의 말은 틀리지 않았다.

그녀는 "난 형사야"라고 말했다. 형사에게는 시민의 안전을 지키고, 시민의 평화로운 삶을 지켜줄 의무가 있다. 자신처럼 사랑하는 사람을 빼앗기게 만들어서는 안 된다…… 그녀가 그렇게 생각한다는 걸 알 수 있었다.

내 입술 사이로 중얼거림이 새어나왔다.

"나도…… 소중한 사람을 빼앗겼어. 다시는 돌아오지 않아."

"스가와라 선배 말이지……?"

리카 때문에 폐인이 된 스가와라. 그는 나에게 누구보다 소중한 사람이었다. 경찰이라는 복잡한 조직에 들어온 나를 잘 이해해주고 이끌어주었다. 여자라는 입장도 충분히 배려해주었다.

나는 그를 아버지처럼 따랐다. 그런데 과연 그것뿐일까. 어쩌면 나 자신도 모르는 사이에 그 이상의 감정을 품었던 게 아닐까?

지난 10년간 나는 남자를 사귀지 않았다. 기회가 없었던 것은 아니다. 접근하는 남자도 몇 명 있었다. 데이트 신청을 받은 적도 있었다. 나는 그때마다 확실하게 대답하지 않고, 항상 은근슬쩍 이야기를 피해왔다. 거절할 이유가 없어도 상대가 깊숙이 들어오지 못하게 한 발짝 뒤로 물러섰다.

마음의 어딘가에 스가와라가 있었다. 그의 모습이 머리에서 떠나지 않았다.

내가 리카 사건에 빠진 건 스가와라의 복수를 하고 싶었기 때문이다. 일이라는 이유만으로 모든 걸 희생한 채 수사에 몰두할 수는 없다.

그것도 10년씩이나…… 개인적인 감정이 있었던 것이다.

내 마음도 다카코와 똑같다는 걸 깨달았다. 다카코는 오쿠야마를 잃었고, 나는 스가와라를 빼앗겼다. 리카는 우리에게 가장 소중한 존재를 빼앗아갔다. 그것이 얼마나 괴로운 일인지는 나와 다카코밖에 모른다.

물론 경찰은 리카의 행방을 쫓는다. 10년 전에 비해 수사 기술은 눈부시게 발전했다. 리카는 이번에 여기저기에 흔적을 남겼다. 철저하게 조사하면 리카를 찾을 수 있을지도 모른다.

하지만 시간이 걸릴 것이다. 그러는 사이에 리카가 또 무슨 짓을 저지를지도 모른다. 내일 당장이라도 새로운 희생자가 나올 수 있다. 이대로 팔짱 끼고 구경만 할 수는 없다. 형사로서도, 여자로서도…….

리카 사건을 담당하는 사람은 나 말고도 많다. 그들도 리카에 대해 잘 알고 있다. 하지만 나만큼 많이 알지는 못한다. 그것은 사실이다. 리카에 대해 나보다 더 많이 아는 사람은 없다.

"메일을 보내보자."

나는 고개를 끄덕였다.

다카코의 말대로 리카를 유인해내자. 우리 둘이 대처하겠다는 게 아니다. 우리 둘이 감당하기엔 너무도 버거운 존재라는 걸 알고 있으니까. 체포는 다른 형사에게 맡기면 된다. 하지만 리카를 유인해낼 수 있는 사람은 나밖에 없다. 그렇다면 내가 하는 수밖에 없다.

형사로서의 의무감도 있다. 소중한 사람을 빼앗겼다는 것에 대한 복수심도 있다. 어느 쪽이든 결론은 똑같다. 리카를 잡지 않으면 안 된다.

메일을 보내자. 뒷일은 그때 가서 생각하자.

"종이와 펜 좀 줘."

다카코가 종이와 펜을 가지러 천천히 일어섰다.

Click 3

눈

1

리카.

오랜만이야. 잘 지내고 있어?

난 잘 지내. 여전히 하루하루 바쁘게 보내고 있어.

리카는 어때? 요즘도 바빠? 간호사 일은 힘들지 않아?

혹시 시간 낼 수 있어?

당신을 만나고 싶어.

당신과 함께 행복한 시간을 보내고 싶어.

답장 기다릴게.

혼다 다카오.

30분쯤 걸려서 나는 메일 하나를 만들었다. '혼다 다카오'는 물론 혼마 다카오를 가리킨다. 하지만 리카는 혼마 다카오를, 혼다 다카오라고 생각한다. 맨 처음 만남 사이트에서 메일을 주고받을 때 혼마 다카오가 사용한 이름이 혼다 다카오였던 것이다.

다카오의 성이 혼마란 걸 안 이후에도 리카는 그를 혼다 다카오라고 불렀다. 그녀가 사랑한 사람은 혼마 다카오가 아니라 혼다 다카오였으니까.

"왜 그 이름으로 보내려고?"

"리카를 속일 수는 없어. 리카는 정신이상자이고, 그런 사람 특유의 날카로운 직감을 가지고 있으니까. 수상하다고 여기면 답장을 쓰지 않을 거야. 그것만으로 끝나면 다행이지만 이쪽의 의도를 알아차리고 없애려고 할 가능성도 있어."

다카코가 머리를 가로저었다.

"그 사람은 리카를 믿게 만들었어. 결국은 형사란 걸 알았지만 처음에는 평범한 남자라고 생각했지. 우리도 평범한 남자로 위장해서 메일을 보내는 편이 좋지 않을까?"

"그렇지 않아."

혼마 다카오를 잃어버린 뒤, 리카는 즉시 다음 남자를 찾았다. 외로움에 오래 견딜 수 있는 타입이 아니다. 그래서 예전에 그러했던 것처럼 만남 사이트에 가입했다.

리카가 만남 사이트에 들어간 게 10년 만이었다는 사실을 감안해야 한다. 그때와 지금은 모든 게 달라졌다. 리카는 시스템을 이해하는 것부터 시작해야 했다.

리카는 원래 성격이 급하다. 한시라도 빨리 결과가 나와야 한다. 빨리 다음 남자를 찾아야 한다는 조바심도 있었다. 오쿠야마는 그런 리카의 심리를 교묘하게 파고들었다. 그래서 한때이기는 하지만 리카를 속이는 데 성공했다.

하지만 리카는 이미 학습했다. 다시는 경찰 같은 사람에게 접근하지 않으리라. 상대를 신중하게 확인하려고 할 것이다. 우리가 아무리 평범한 남자로 위장해도 리카는 반드시 간파해낸다. 그것은 분명한 사실이다.

의심덩어리로 변한 리카에게 효과적인 방법은 한 가지밖에 없다. 혼다 다카오라는 이름이다.

리카는 혼마가 죽었다는 사실을 알고 있다. 시신으로 변한 혼마의 육체는 썩어가는 쓰레기에 불과하다. 때문에 혼마의 시신을 버렸다. 리카는 자신에게 의미가 없는 건 가차 없이 버리는 여자다. 그리하여 혼마를 버리고 다른 남자를 찾기 시작했다. 어쩌면 많은 사람들이 생각하듯 이미 혼마를 잊어버렸을지도 모른다.

하지만…… 나는 생각했다. 리카는 혼마와 10년간 살았다. 그것도 단둘이었다. 그들 말고는 아무도 없었다. 리카는 마침내 혼마를 완벽하게 자기 것으로 만들었다. 행복했으리라. 리카가 무슨 짓을 해도 혼마는 불평 한마디 하지 않는다. 실제로는 할 수 없었지만 리카에게는 마찬가지다.

리카는 사랑하는 사람이 자신에게 반항하지 않으면 정신이상자의 얼굴을 내밀지 않는다. 지난 10년간, 리카는 범죄를 저지르지 않았다. 혼마와 둘이 사는 생활에 만족했다. 행복했던 것이다. 그 기억을 없앨 수 있을까. 10년이란 세월은 결코 짧지 않다. 사랑하는 사람과 단둘이 10년을 산 것이다. 매일매일 얼마나 행복했을까? 어느 여자가 그 행복을 잊을 수 있을까?

다음 남자를 찾으면서도 그 행복한 나날을 떠올리지 않았을까? 혼마와 지낸 달콤한 시간들을 새삼 생각하지 않았을까? 다시 그렇게 살고 싶다. 다시 그렇게 행복해지고 싶다. 분명히 그렇게 생각했으리라.

혼마의 죽음은 리카의 예상 밖이었다. 리카는 혼마의 죽음을 인정했을지 모르지만 받아들이지는 않았으리라. 거짓말이다, 죽지 않았다고 생각하고 싶었으리라.

리카는 혼마의 죽음을 어떻게 확인했을까? 숨이 멈추었기 때문일까? 심장이 멈추었기 때문일까? 예전에 간호사로 일했다면 죽음을 판단할 수는 있을 것이다. 그와 동시에 인간의 육체에 대한 지식도 가지고 있을 것이다. 뇌사상태에 빠진 사람이 다시 살아나는 경우는 얼마든지 있다. 혼마가 죽었다고 판단해서 시신을 버렸지만, 어쩌면 다시 살아날 수도 있다고 생각하지 않았을까?

사랑하는 사람의 죽음은 받아들이기 힘들다. 기적이 일어나기를 얼마나 바라는가. 다시 살아나기를 얼마나 기도하는가. 평범한 사람이라도 그럴진대, 하물며 리카는 정신이상자다. 만약 혼마 다카오에게 기적이 일어났다면. 죽었다고 여겼던 혼마가 살아 있다면.

내가 혼다 다카오의 이름으로 메일을 만든 이유는 그것 때문이다. 혼다는 살아 있다. 죽었다고 여겼던 사람이 다시 살아나서 연락을 했다면 리카는 충격을 받을 것이다. 의심할지도 모르지만 한 줄기 희망에 매달리고 싶을 것이다. 혼다와 다시 행복하게 살고 싶다. 그렇게 바라는 건 당연하다. 리카를 속이는 유일한 길은 혼다 다카오라는 이름을 사용하는 것밖에 없다. 그것이 내가 내린 결론이었다.

다카코가 눈썹 사이에 깊은 주름을 잡았다.

"하지만 리카는 다음 남자를 찾고 있어. 혼다 다카오를 잊지 못했다면 과연 그런 일을 할까? 이제 와서 혼다 다카오의 이름으로 메일을 보내봐야 믿을 것 같진 않은데……."

"그건 해보지 않으면 몰라. 지난 10년간 리카는 혼다와 같이 살았어. 분명히 행복했을 거야. 지금은 그 시간을 믿는 수밖에 없어. 리카는 여성성이 한계까지 왜곡된 사람으로, 비틀어지고 일그러지긴 했지만 누구보다 여성적인 면을 가지고 있어. 여자라면 누구나 그렇듯이 가장 사랑했던 사람을 잊을 수 없을 거야."

"하긴 10년…… 10년을 사랑한 남자는 잊을 수 없겠지."

"더구나 그가 죽은 지는 얼마 되지 않았어. 최근의 일이니까 기억이 생생하게 남아 있을 거야. 그와 함께 지냈던 날들을 떠올리면 행복했던 시간이 더 생생하고 구체적으로 떠오르지 않을까? 혼다 다카오라는 이름을 보면 머리가 아니라 마음이 반응할 거야. 그러면 답장을 쓰지 않고는 견딜 수 없겠지. 최소한 확인이라도 하게 될 거야."

"일그러진 사랑의 괴물이군."

"안 그러면 몇 명이나 죽이거나 사랑하는 사람의 손발을 자르진 않아. 일그러진 사랑을 가슴에 품은 정신이상자임은 틀림없어."

"어떻게 할래?"

"휴대전화를 줘봐."

리카의 휴대전화 메일 주소를 복사한 것은 다카코의 스마트폰이었다. 나는 메일 화면을 불러내서 내가 만든 문장을 써넣었다.

"내 휴대전화로 보낼 거야?"

내 휴대전화를 사용해도 상관없지만 어느 쪽이든 마찬가지다. 주소를 입력하기 귀찮았을 뿐이고 특별한 의미는 없다.

그대로 보내기 버튼을 눌렀다. 화면에 '메일 송신 완료'라는 메시지가 나타났다.

"답장이 올까?"

나는 고개를 끄덕였다.

"그래. 내 생각이 맞는다면 빠르든 늦든 리카는 답장을 보낼 거야. 혼다가 살아 있을 가능성에 매달리고 싶을 테니까. 리카는 그런 여자야."

다카코가 어깨를 들썩였다.

"난 안 올 것 같아. 리카는 혼다의 죽음을 알고 있어. 자기 손으로 직접 시신을 버렸잖아. 죽음을 확인했으니까 버린 거 아니겠어? 이제 돌아오지 않는다는 걸 알고 있어. 그리고 다음 남자를 찾기 위해 만남 사이트에 가입했지. 이제 혼다는 잊은 거야."

"어쨌든 기다려보자."

. 기다린다고 손해날 일은 없다. 답장이 오면 그것에 대처하면 되고, 답장이 오지 않으면 다른 방법을 찾으면 된다. 지금 상황과 달라지는 건 없지 않은가. 이제 기다리기만 하면 된다.

다카코가 가방을 들고 말했다.

"오래 기다려야 할 것 같은데, 차라도 마시러 가지 않을래?"

식사하러 가자고 하지는 않았다. 우리는 오쿠야마의 시신을 발견하고 나서 지금까지 음식을 입에 대지 않았다. 다카코의 뒷모습을 보면서 나도 자리에서 일어섰다. 수사본부에서는 모든 형사들이 바쁘게 움직이고 있었다.

2

다카코의 스마트폰에 착신음이 울린 건 그로부터 다섯 시간 후의 일이었다. 화면을 보고 있던 그녀의 시선이 나를 향했다. 얼굴에는 놀라움의 표정이 가득했다.

"왔어!"

나는 그녀의 옆으로 자리를 옮겼다. 그녀가 버튼을 조작하자 즉시 메일 화면으로 바뀌었다.

다카오 씨?

내용은 그것뿐이었다. 상대의 메일 주소는 분명히 리카였다.

"일단 메일을 보낸 사람이 정말로 혼다 다카오인지 확인하는 거야."

"어떡하지? 위에 보고할까?"

나는 머리를 가로저었다.

"잠시 상황을 지켜보자. 물고기는 지금 낚싯바늘을 슬쩍 건드렸을 뿐이야. 이럴 때 조바심을 내서 낚싯대를 들어올리면 물고기는 즉시 도망칠 거야. 지금은 신중하게 행동하는 게 좋겠어."

언젠가는 위쪽에 보고할 생각이다. 나와 다카코 둘이서 리카를 체포하긴 어렵다는 사실도 알고 있다. 하지만 지금 메일에 관해서 말하면 너무 위험하다면서 말릴 것이다. 당연한 조치이지만 리카로부터 답장을 받은 지금, 제지를 받고 싶지는 않았다. 여기서 잘만 하면 리카를 유인해낼 수 있다.

"어떡할래?"

"답장을 보내야지."

"뭐라고 쓸 건데?"

"글쎄…… 지금 생각해볼게."

"빨리 보내. 안 그러면 리카가 도망칠 거야."

"'다카오 씨?' 이 한 줄을 쓰기 위해 리카는 다섯 시간을 사용했어. 우리에게도 시간은 있어."

나는 다카코의 손에서 스마트폰을 빼앗았다.

"내 생각은 달라. 리카는 빠른 답장을 원하고 있을 거야."

"30분 정도는 괜찮아. 그만한 시간은 있어."

무턱대고 답장을 쓸 수는 없다. 뭐라고 써야 좋을지 신중하게 생각해야 한다.

나는 조금 전에 혼다 다카오의 이름으로 메일을 보냈다. 리카는 내가 혼다 다카오란 말을 믿었을까? 완전히 믿지는 않았으리라. 그렇지 않으면 '다카오 씨?'라고만 쓰지 않고 더 길게 보냈으리라.

혼다 다카오는 죽었다. 리카는 그 사실을 알고 있다. 하지만 내 짐작이 맞는다면 마음의 한쪽에서는 그 사실을 인정하고 싶어 하지 않는다. 혼다 다카오가 살아 있을지도 모른다고 생각하는 것이다.

반신반의하는 게 아닐까? 어쩌면 아직 마음을 정리하지 못한 채 답장을 쓴 게 아닐까?

30분에 걸쳐 나는 답장을 만들었다.

리카.

그래, 다카오야. 내가 아니면 누가 당신에게 메일을 보내겠어?

당신은 나를 잘 알잖아?

난 항상 당신 곁에 있어.

리카.

보고 싶어. 만나고 싶어. 당신을 갖고 싶어.

두 팔로 당신을 꼭 껴안고 싶어. 내 마음 알지?

또 메일 보낼게. 다카오.

다카코가 이의를 제기했다.

"혼다 다카오에겐 팔이 없잖아. 리카를 어떻게 안아?"

"그건 하나의 비유야. 그런 심정이란 거지. 리카는 그랬을 거야. 몇 번이나, 아니 매일 팔이 없는 혼다에게 안겨 있었을 거야. 틀림없어."

나는 상상해보았다. 팔도 없고 다리도 없는 혼다. 아마 의자에 앉혀 놓았으리라. 그런 혼다에게 리카는 식사를 먹여주고, 대소변을 받아 주었다. 때로는 그런 혼다에게 자신의 몸을 맡기지 않았을까? 그건 구토증이 치밀어 오르는 광경이었다.

"리카가 마음속으로 혼다에게 안겨 있었다는 거야?"

"섹스를 했다는 뜻이 아니야. 그런 건 초월했을 테니까. 리카는 섹스 자체에는 아무런 관심이 없어. 다만 안기고 싶다…… 그런 마음이 있었겠지."

"도저히 믿을 수 없어."

상식적으로 보면 다카코의 말이 맞는다. 하지만 믿을 수 없는 것으로 치자면 리카의 존재 자체도 마찬가지가 아닌가. 리카는 보통 사람의 상식으론 도저히 이해할 수 없는 사람이다. 상식적으론 있을 수 없는 존재, 그게 바로 리카였다.

나는 다카코의 스마트폰을 들었다.

"어쨌든 이 메일을 보내겠어. 이걸 보내면 혼다 다카오가 살아 있다고 믿을 거야."

그녀는 '과연 그럴까?'라고 말하지 않았다. 내가 하는 일에 참견하지 않기로 마음먹은 것 같았다. 그 대신 이렇게 말했다.

"벌써 12시야. 한밤중이지. 메일을 보내기엔 너무 늦은 거 아닐까?"

"리카는 시간에 신경 쓰는 사람이 아니야. 몇 시든 상관없어. 그건 너도 알잖아?"

리카는 잠을 자지 않는다. 자신이 납득할 만한 답장이 올 때까지 휴대전화를 부여잡고 있을 것이다. 혼다와 메일을 주고받을 때도 그러했다. 72시간 잠시도 눈을 붙이지 않고 인터넷상에서 혼다에 관한 정보를 수집했다고 한다.

리카는 잠을 자지 않는다. 지금도 잠을 자지 않고 이제나저제나 우리의 메일을 기다리고 있을 것이다.

아마 혼다 다카오의 메일을 받고 깜짝 놀랐으리라. 지난 10년간 혼다는 리카에게 메일을 보내지 않았다. 보낼 수가 없었다. 팔이 없기 때문이었다. 더구나 팔이 잘리기 전에 제정신을 잃었으리라. 도저히 메일을 보낼 수 있는 상태가 아니었던 것이다.

리카의 스토킹이 시작되기 전까지, 혼다와 리카는 하루에도 몇 번씩 메일을 주고받았다. 하지만 그것은 얼마 가지 않았다. 리카의 스토킹이 시작되면서 혼다는 리카와의 접촉을 끊었다. 스스로 휴대전화를 부수고 전화번호를 바꾼 뒤, 프리메일 주소도 버렸다.

하지만 리카는 아랑곳하지 않았다. 어떤 수단을 사용했는지는 모르지만, 리카는 바꾼 혼다의 휴대전화 번호를 알아내서 그곳으로 연락했다.

메일의 보내기 버튼을 눌렀다. 다카코의 스마트폰에 메일 송신 중이라는 표시가 나타났다. 그때 돌연 뒤에서 굵은 목소리가 들렸다.

"여기서 뭐해?"

가까이 다가온 사람은 수사1과장인 하세가와였다.

"……아직 안 가셨어요?"

나는 당황한 표정을 감추고 가까스로 대답했다. 하세가와가 수상쩍다는 얼굴로 우리를 빤히 쳐다보았다.

"벌써 밤 12시야."

"네."

"얼른 집에 가. 안 갈 거면 자든지."

"네."

나는 단답형으로 대답하면서 스마트폰을 다카코에게 주었다. 그녀는 하세가와의 눈을 피해서 재빨리 스마트폰을 가방에 넣었다.

"과장님이야말로 이런 시간까지 뭐 하셨어요?"

"회의했어. 리카를 어떻게 찾아야 할지, 앞으로의 방침을 검토하고 있었지."

"방침이 정해졌나요?"

"리카는 새벽 1시에 오쿠야마의 집에 왔어. 거기서 오쿠야마의 몸을 토막 내고 목을 잘라서 죽였지. 그건 틀림없어."

"그렇습니다."

"적어도 몇 시간은 걸렸을 거야. 우리는 최소한 두 시간, 길면 네 시간으로 보고 있어."

"그렇군요."

"그동안 리카는 고엔지에 있었어. 가령 세 시간 걸렸다 치더라도, 1시에 세 시간을 더하면 새벽 4시지. 새벽 4시라면 아직 전철은 다니지 않아."

다카코가 고개를 끄덕였다.

"그런 다음에 리카는 어떻게 했을까? 택시를 타고 이동했을까? 그럴 가능성도 있어. 하지만 도내의 택시 회사에 조회해본 결과, 현장 부근에서 리카 같은 신체적 특징을 가진 여자를 태웠다는 이야기는 아직 없어."

"택시로 이동한 게 아니라는 건가요?"

"우린 그렇게 보고 있지."

하세가와가 담배를 입에 물었다. 수사본부 안은 금연이지만 그런 건 신경도 쓰지 않는 표정이었다. 담배에 불을 붙이고 연기를 토해내면서 담뱃재를 그대로 바닥에 떨구었다.

"택시가 아니라면 어떻게 이동했다는 거죠?"

"그건 아직 몰라."

"오쿠야마 형사의 집 근처에 버스 정류장이 있습니다."

"그래, 그것도 이미 조사했어. 정각 6시에 버스가 온다고 하더군. 리카는 그 시간까지 오쿠야마의 집에 있다가 버스를 탔을 가능성도 있어."

"어디 가는 버스인가요?"

"신주쿠."

신주쿠에 나오면 어디로든 갈 수 있다. JR, 민영철도, 지하철 등 이동 수단이 많이 있기 때문이다. 그중에 무엇을 탔는지는 모르지만 리카는 신주쿠에 간 게 아닐까.

"그 시간에 운전한 버스 운전사를 조사했지. 워낙 이른 시간이라서 손님은 얼마 없었다고 하더라고. 그런데 그 시간에 리카처럼 생긴 여자를 태운 기억은 없다지 뭔가? 그 이후의 버스에 대해서도 조사를 했어. 그 주변은 버스 노선이 밀집되어 있는 곳으로, 버스가 많이 다닌다고 하더군. 우리는 모든 버스 운전사에게 일일이 확인했지. 그 시간대만이 아니라 8시까지 운행한 모든 버스에 대해서 말이야. 하지만 모두 기억나지 않는다고 했다더군. 리카처럼 생긴 여자를 태운 적이 없다면서 말이야."

"그러면 버스가 아니라는 건가요?"

"아직 조사 중이지만 버스를 이용했을 가능성은 낮은 것 같아."

"다시 말해…… 결국 전철을 이용했다는 거네요. 리카는 전철이 운행하기를 기다렸다 그걸 타고 이동했다고……."

"고엔지에는 세 개 노선이 달리고 있어. JR 주오 선, JR 소부 선, 지하철 도자이 선이야. 리카는 고엔지 역까지 걸어가서 전철을 탔을지도 모르지."

"……탔을지도 모르겠다니, 그 말씀은 곧……."

하세가와가 담배 연기를 길게 내뿜었다.

"고엔지 역의 CCTV에 리카의 모습이 찍히지 않았어. 뿐만 아니라 오쿠야마의 집에서 고엔지 역까지 가려면 역 앞 상점가를 지나야 하는데, 24시간 작동하는 상점가의 CCTV에도 리카의 모습은 찍히지 않았더라고."

"리카는…… 그 상점가를 지나지 않았다는 건가요?"

"지금으로선 그렇게 생각할 수밖에 없을 것 같아. 물론 뒷길을 빙빙 돌아서 고엔지 역에 도착할 수도 있지. 그렇더라도 최종적으론 역 개찰구에 CCTV가 있어서 그곳에 찍힐 수밖에 없거든. 그런데 그곳에도 찍히지 않았어."

"그러면 대체 어떻게……."

내 입에서 신음 같은 소리가 흘러나왔다. 다카코가 고개를 한 번 흔들고 나서 말했다.

"오쿠야마 씨 집에서 조금 떨어진 곳에 신고엔지 역이 있어요. 아마 마루노우치 선일 겁니다. 리카가 그곳으로 간 게 아닐까요?"

"그것도 이미 조사했어."

하세가와는 주머니에서 꺼낸 휴대용 재떨이에 담배를 끄고 나서 말을 이었다.

"신고엔지 역의 CCTV에도 리카는 찍히지 않았더라고. 범행 당일 아침에 근무했던 담당자도 조사했는데, 리카를 본 사람은 아무도 없다고 하더군."

"그건 말이 안 되잖아요! 리카는 귀신이 아닙니다. 실제로 살아 있는 사람이에요! 보통 사람처럼 숨을 쉬고, 두 발로 걸어 다니는 사람이라고요! 어느 역의 CCTV에도 찍히지 않는 일은 있을 수 없잖아요!"

"하지만 그건 사실이야."

하세가와가 두 번째 담배에 불을 붙였다. 뭔가를 두려워하는 듯한 표정이었다.

"리카는 CCTV에 찍히지 않았어. 우리는 근처에 있던 100대에 가까운 카메라 영상을 모두 수거해서 일일이 확인했지. 하지만 리카는 어디에도 찍히지 않았어. 연기처럼 완전히 종적을 감추었지. 정말 귀신이 곡할 노릇이야."

"도대체 어디로……."

"그게 지금까지 회의한 내용이야. 결론은 나왔어."

"어떻게요?"

하세가와가 담담하게 말했다.

"리카는 걸어서 범행현장을 떠났어. 어떤 루트인지는 분명하지 않지만 CCTV가 없는 길을 선택해서 걸어갔겠지. 그리고 가까운 역에서 전철을 탔을 거야."

"가까운 역이라면……."

"그건 모르지. JR일 가능성도 있고 민영철도일 가능성도 있어. 그걸 찾아내는 게 앞으로 우리가 할 일이야."

내가 조심스럽게 입을 열었다.

"예를 들어 리카가 오쿠야마 선배를 살해한 게 새벽 3시였다고 쳐요. 첫 차가 달리는 시각은 새벽 5시 전후일 겁니다. 그렇다면 리카에게는 두 시간이란 시간이 있습니다. 걸어가기에는 지나칠 정도로 충분한 시간이죠. 그래서 가까운 역까지 걸어갔다는 건가요?"

"그래."

"왜 고엔지 역을 이용하지 않았을까요?"

"그건 몰라. CCTV를 의식했을지도 모르지."

만약 내가 누군가를 죽였다면 한시라도 빨리 현장을 떠나고 싶으리라. 그건 리카도 똑같을 것이다. 리카는 현장에서 도망치려고 했다. 어디에 사는지 모르지만 집으로 돌아가려고 했다. 하지만 집으로 가기 위해서는 전철을 이용해야 한다. 그럼에도 리카는 가장 가까운 고엔지 역의 CCTV에 찍히지 않았다. 이유를 알 수 없었다.

역에 CCTV가 설치되어 있다는 건 지금은 어린애들도 알고 있는 상식이다. 리카도 CCTV가 있다는 걸 알고 있었을지 모른다. CCTV에 찍히면 어디로 갔는지 알려진다고 생각했을 가능성이 있다. 따라서 고엔지 역을 이용하지 않고 다른 역으로 갔다. 자신의 흔적을 조금이라도 지우기 위해서.

하지만 과연 그럴까? 리카가 그렇게 치밀하게 계산했을까?

아니다. 내가 알고 있는 리카는 그런 사람이 아니다. 리카는 혼마를 납치했을 때 구급대원과 경찰관을 살해했지만, 증거를 없애려고 한 흔적은 찾아볼 수 없었다.

이상한 말일지 모르지만 당당하게 범행을 저지르고, 당당하게 목적을 이루었다. 그곳에 치밀한 계산은 없었다. 자기 마음대로 일을 처리하는 것이 리카의 방식이다.

그런 모습은 오쿠야마 사건에서도 찾아볼 수 있다. 오쿠야마는 메일로 리카를 유인해서 체포하기로 마음먹었다. 그리고 결국 리카와 접촉해서 교묘하게 유인해냈다.

그들이 만난 후에 무슨 일이 벌어졌는지는 모른다. 하지만 리카는 특유의 직감으로, 오쿠야마가 자신이 생각했던 사람과 다르다는 것, 자신의 자유를 구속하려는 사람이란 것을 간파했음이 틀림없다.

그런 상황을 예상했는지, 리카는 마취제와 주사기를 가지고 있었다. 어쩌면 오쿠야마의 설득에 순순히 응하는 시늉을 했을지도 모른다. 차에도 올라탔으리라.

그런데 그곳에서 상황이 역전되었다. 리카가 오쿠야마에게 마취제를 주입해 의식을 빼앗은 것이다. 그리고 그의 운전면허증을 보고 주소를 확인한 뒤, 그의 집까지 차를 운전해갔다. 그다음에 일어난 일은 우리가 본 대로다.

요컨대 리카는 자기 마음대로 움직이고, 자기가 원하는 대로 행동한다. 그걸 방해하는 자는 모두 없애버린다. 상대가 탐정이든 경찰이든 상관없다. 사람을 죽일 때도 한 치의 망설임이 없다. 리카는 그런 여자였다. 그런 리카가 CCTV를 의식해서 피해 다닐까? 도저히 믿을 수 없었다.

다카코가 조심스럽게 물었다.

"설마 그런 일은 없겠지만, 혹시 리카가 근처에 사는 건 아닐까요?"

"리카가 숨어 살던 곳이 오쿠야마가 살던 고엔지 근처란 말인가? 그런 일은 있을 수 없어. 아무리 우연이라도 그건 너무 심하잖아?"

다카코가 반론을 제기했다.

"하지만 리카와 오쿠야마 씨가 만난 곳은 인터넷 만남 사이트고, 오쿠야마 씨는 고엔지에 산다고 자신의 정보를 공개했습니다. 되도록 가까운 곳에 사는 사람을 선택하는 게 만남 사이트의 상식이잖아요? 멀리 떨어진 오사카나 규슈에 사는 사람을 일부러 선택하는 사람은 없으니까요."

"그건 그렇지만……."

"리카는 만날 수 있는 사람을 찾았습니다. 만나서 자신을 이해시키고 서로 감정을 나눌 수 있는 사람을요. 그렇다면 고엔지라는 지명이 키워드가 되었을 가능성도 있지 않을까요?"

"참고 의견으로 기억해두지. 고엔지에 산다면 CCTV에 찍히지 않던 이유도 수긍할 수 있으니까. 하지만 그럴 가능성은 거의 없을 거야."

내 생각도 마찬가지다. 리카와 오쿠야마가 같은 고엔지에 살았을 가능성은 제로에 가깝다. 애초에 도쿄 안에 숨어 있었다면 지난 10년간 리카를 못 찾았을 리 없지 않을까. 리카는 아무도 살지 않는 한적한 곳에 숨어 있으리라. 수사본부의 형사들은 하나같이 그렇게 생각하고 있다.

"아무튼 우리는 가까운 역의 CCTV 영상을 전부 분석하기로 했어. 말이 쉽지 결코 간단한 작업이 아니야. 인원도 많이 필요하고. 즉, 앞으로 시간이 많이 걸릴 거라는 뜻이지."

우리는 고개를 끄덕였다.

"물론 시간대는 어느 정도 한정되어 있어. 첫 전철이 달리는 시간이지. 손님은 얼마 되지 않았을 거야. 그런 의미에서 보면 리카를 찾아내기는 그리 어렵지 않을 것 같지만……."

내가 말했다.

"하지만 리카가 첫 전철을 탔는지 타지 않았는지는 아직 모르잖아요. 어쩌면 역 근처에서 몇 시간을 기다렸을 수도 있습니다. 리카는 평범한 범죄자와 달라요. 상식으로는 생각할 수 없는 사람입니다. 어쩌면 오쿠야마 선배를 살해한 후에도 계속 현장에 있었을지도 모르고요."

어쩌면 오쿠야마의 시신이 발견될 때까지 사흘 동안, 리카는 계속 그의 곁에 있었던 게 아닐까. 그런 생각이 머리를 가로지를 만큼 리카는 예측 불가능한 사람이었다.

"그런 말을 하면 끝이 없어. 일단 수사의 상식에 따라 사건을 조사하는 게 먼저야. 자아, 어쨌든 그만 집에 가서 쉬어."

우리는 자리에서 일어섰다. 갑자기 하세가와가 우리를 정면에서 똑바로 바라보았다.

"오쿠야마의 휴대전화 말인데…… 현장에서 발견했다는 말이 사실인가?"

다카코는 그의 눈길을 피하지 않고 대답했다.

"사실입니다."

하세가와가 세 번째 담배를 입에 물었다.

"자네들은 휴대전화를 살펴보았나?"

우리는 서로 얼굴을 마주 보았다. 나는 솔직하게 대답했다.

"봤습니다."

"오쿠야마와 리카가 주고받은 메일도?"

"네."

"그건 중요한 증거야. ……왜 즉시 수사본부에 제출하지 않았지?"

"너무도 혼란스러워서 패닉에 빠져 있었어요. 휴대전화를 가방에 넣은 것까지는 기억이 나는데, 그 후에는 뭐가 뭔지…… 그때는 그럴 정신이 없었습니다."

"패닉에 빠져 잊어버렸다는 말인가?"

"네."

하세가와가 담배에 불을 붙였다.

"그런 건 맨 먼저 떠올렸어야지. 수사방침의 근간에 관한 문제니까. 그건 알고 있겠지?"

"죄송합니다."

다카코가 먼저 고개를 숙이고, 나도 똑같이 따라했다.

"오쿠야마의 메일을 봤다니까 하는 말인데, 어떻게 생각하나?"

내가 대답했다.

"오쿠야마 선배의 집념이 느껴졌습니다. 리카를 체포하기 위해서라면 뭐든지 할 각오가 되어 있더군요."

"자네는?"

하세가와가 다카코 쪽으로 시선을 옮겼다.

"저는…… 오쿠야마 씨가 왜 본인이 하는 일을 저에게 말해주지 않았을까 생각했습니다."

"그건…… 애인이었기 때문인가?"

"제가 아니었어도 상관없습니다. 동료 중 누군가에게 말해주었다면 좋았을걸, 그러면 그런 일은 벌어지지 않았을 텐데…… 그렇게 생각했습니다."

하세가와가 다카코의 어깨에 손을 얹었다.

"……안타까운 일이네."

"……네."

"자네 마음은 이해해. 원수를 갚고 싶겠지."

"……네."

"하지만 이건 경찰의 일이야. 개인플레이는 허용되지 않아. 미리 말해두지만 부디 멋대로 행동하지 말기 바라네. 알았지?"

"알고 있습니다."

"단독으로 행동하면 안 돼."

"네."

하세가와가 연기를 내뿜었다.

"그럼 됐어. 그만 가게. ……밖엔 기자들이 진을 치고 있으니까 뒷문
으로 나가도록."

"알겠습니다."

우리는 각자 가방을 껴안고 고개를 숙였다. 밤 1시였다.

3

나와 다카코는 뒷문을 통해 밖으로 나왔다. 어쨌든 한 번은 집으로
가야 한다. 옷도 갈아입고 샤워도 하고 싶다. 식욕은 없었지만 그래도
뭔가 배에 넣어야 한다.

다카코가 말했다.

"내일도 일찍 출근해야 하지만 잠시라도 눈을 붙여둬."

"리카에게 메일 오면 알려줘. 새벽이라도 상관없어. 즉시 너희 집으
로 달려갈게."

리카에게 메일을 보낸 건 다카코의 스마트폰이었다. 답장이 올 곳은
그곳밖에 없다.

"알았어. 리카에게 메일이 오는 대로 바로 전송해줄게. 새벽이라도,
반드시."

"꼭 그래야 돼. 그것 말고도 무슨 일이 있으면 즉시 연락해. 혼자 처리하려고 하지 말고. 내가 있다는 걸 잊으면 안 돼."

"알았어."

다카코가 고개를 끄덕인 순간, 카메라의 라이트가 켜졌다. 우리는 반사적으로 몸을 움츠렸다.

"안녕하세요."

남자의 목소리가 들렸다. 라이트를 등지고 있어서 모습은 보이지 않았다.

"계속 기다렸습니다."

남자의 그림자가 가까이 다가왔다. 우리는 목소리가 들리는 쪽을 보았다. 어제 만난 방송국 기자였다. 이름은 사토라고 했던가.

다카코가 선수를 치며 말했다.

"할 말 없습니다. 실례하겠습니다."

사토의 입술 끝에 이죽거리는 웃음이 매달렸다.

"잠깐만요. 몇 시간을 기다렸는지 알아요? 열두 시간이나 기다렸습니다. 한마디 해줘도 괜찮잖아요."

"기다려달라고 한 적 없습니다!"

"그렇게 차갑게 말하지 말고요."

사토는 어느새 몇 걸음 떨어진 곳까지 다가왔다.

"잠시라도 좋아요. 무슨 말씀이든지 해주십시오."

나는 한 걸음 뒤로 물러섰다.

"할 말은 아무것도 없어요."

"오쿠야마 형사는 정말 안됐어요. 많이 괴로웠겠죠."

사토는 아랑곳하지 않고 일방적으로 떠들었다. 막무가내 기자다운 행동이었다.

"대답하고 싶지 않아요."

다카코가 그렇게 말하자 사토의 웃음이 더욱 깊어졌다.

"우리도 마음이 많이 아프답니다. 경찰관이 직무수행 중에 살해되다니. 더구나 범인은 알고 있어요. 어디 있는지 모를 뿐이죠. 얼마나 억울할까요? 얼마나 안타까울까요?"

사토가 다시 한 걸음 다가오자 카메라맨도 다가왔다.

"살해된 사람은 동료이자 애인이었죠. 살해된 모습은 눈을 감고 싶을 만큼 처참했다고 하더군요. 눈과 입술을 도려내고, 더구나 목까지 자르고 말입니다. 그 현장을 직접 보았다니, 얼마나 큰 충격을 받았을까요?"

"그만 가보겠습니다."

다카코가 사토에게 등을 돌렸다. 그러자 카메라맨이 재빨리 다카코의 앞으로 돌아왔다.

"오쿠야마 형사를 발견했을 때 심경이 어땠나요? 무슨 생각을 했나요? 범인이 증오스럽지 않던가요?"

나는 다카코와 사토 사이로 들어갔다.

"그만하세요! 이 친구는 지금 상처를 많이 받았어요. 당신이 생각하는 것보다 훨씬 더요. 제발 가만히 내버려두세요!"

"나도 개인적으론 그렇게 하고 싶지만 전국의 시청자들이 진실을 알고 싶어 합니다. 애인이 끔찍하게 살해당한 형사는 지금 무슨 생각을 하고 어떻게 하고 있는지 말이죠. 그걸 알려주는 게 우리의 의무이자 사명이고요."

"시청자들은 그걸 알고 싶어 하지 않을 것 같은데요."

"아니요, 알고 싶어 합니다." 사토가 스마트폰을 켰다. "이건 내 트위터인데요, 지금 사람들의 의견이 쇄도하고 있습니다. 애인이 살해당한 형사가 불쌍하다든지, 애인이 살해당한 형사는 지금 무슨 생각을 할까라든지, 이런저런 감상이나 질문이 끊임없이 올라오고 있죠. 이건 사실입니다."

"거기에 일일이 대답할 의무는 없어요."

"하지만 궁금해하는 사람이 있다는 건 분명하잖습니까?"

"그런 흥미 위주의 질문엔 대답하고 싶지 않습니다."

"대답하고 싶다든지 대답하고 싶지 않다든지, 그런 개인적인 의견을 묻는 게 아닙니다. 당신들에겐 대답할 의무가 있어요. 오쿠야마 형사의 시신을 맨 처음에 발견한 사람으로서, 그리고 애인이었던 사람으로서!"

사토가 고압적으로 말했다.

그 모습을 보고 '매스컴에서 말하는 정의란 무엇일까?' 하는 생각이 머리를 스쳤다.

매스컴에서는 항상 정의를 내세운다. 국민의 알 권리를 충족시키라고 한다. 그것 때문에 상처받는 사람이 있든 없든 신경도 쓰지 않는다. 오직 보도할 수 있는 소재가 필요할 뿐이다. 그곳에 있는 것은 알 권리가 아니다. 한심하고 비열한 호기심을 충족시키기 위한 단순한 구경꾼 심리가 있을 뿐이다.

다카코는 아무 말도 하지 않고 걸음을 내디뎠다. 도로로 나가자 카메라맨이 쫓아왔다. 라이트가 눈부시다.

"부탁합니다. 한마디라도 좋습니다. 지금 심경이 어떠신가요?"

사토가 쫓아왔다. 나는 소리를 지르거나 주먹을 날리고 싶은 충동을 억누르는 게 고작이었다.

다카코가 손을 들자 택시가 다가왔다. 비상 깜빡이가 켜지고 문이 열렸다. 사토가 재빨리 뛰어와서 문틈으로 마이크를 집어넣었다.

"한마디라도 좋습니다. 뭐라고 말씀을 해주세요."

나도 손을 들었다. 심야의 국도에는 빈 차가 널려 있었다. 그중 한 대가 가까이 다가왔다.

"다카코, 대답할 필요 없어. 기자님, 묻고 싶은 게 있으면 홍보부를 통해서 해주세요."

하지만 사토는 내 말을 듣지 못한 척을 하며, 택시 안에 마이크를 들이민 채 다카코의 대답을 기다렸다.

"……반드시 범인을 체포하겠습니다."

다카코가 문을 닫자 택시는 그대로 달려가고, 길에는 사토와 카메라맨만이 우두커니 남겨졌다. 그러자 이번에는 내 쪽을 향해 다가왔다.

"우메모토 형사님, 한 말씀 해주세요."

나는 택시에 올라타면서 말했다.

"드릴 말씀이 없습니다. 그만 실례하겠습니다."

"범인을 어떻게 생각하죠? 범인을 증오하나요?"

"경찰관이 증오하는 건 범인이 아니라 범죄입니다. 이 사회에서 범죄란 범죄는 모조리 근절되기를 바랍니다. 그것뿐입니다."

"일반론을 듣고 싶은 게 아닙니다. 오쿠야마 형사가 살해된 것에 대해 어떻게 생각하는지 듣고 싶은 겁니다! 당신은 어떻게 생각하나요? 토막 시신을 본 순간, 무슨 생각을 했죠?"

나는 대답하지 않고 운전사에게 말했다.

"하쓰다이요. 출발해주세요."

"괜찮겠습니까?"

사토가 밖에서 택시 문을 쾅쾅 두들겼다.

"상관없어요. 어서 가주세요."

"알겠습니다."

택시 운전사가 고개를 끄덕이고 액셀을 밟았다. 택시가 달리기 시작했다.

몸을 돌려 뒷 유리창을 보았다. 도로에는 사토와 카메라맨이 서 있었다. 사토의 얼굴에는 만족스러운 웃음이 떠올랐다.

4

새벽 1시 40분, 나는 하쓰다이의 집에 도착했다. 집 안에 들어가자
마자 목욕물부터 받았다. 물이 어느 정도 찬 것을 확인하고 입은 옷을
모두 벗어서 빨래바구니에 던져 넣었다.

알몸으로 욕조에 들어갔다. 싸늘해진 몸이 따뜻해지는 걸 느끼면서
얼굴을 씻었다.

'다카코.'

머리를 가득 채운 것은 다카코였다. 그녀의 집은 기치조지다.

집에 도착했을까? 지금쯤 뭐 하고 있을까? 나처럼 목욕물에 몸을 담
그고 있을까? 뭐라도 좀 먹을까? 아니면 휴대전화를 노려보며 리카의
메일을 기다리고 있을까?

샤워기를 최대로 틀고 몸을 씻었다. 오쿠야마의 처참한 시신이 머리
를 가로질렀다. 구토증이 치밀었다. 안 된다. 나는 머리를 세차게 흔들
어 생각을 뿌리쳤다.

'잊어야 한다.'

하지만 아무리 잊으려고 해도 소용이 없었다. 눈도 코도 입술도 없
는 오쿠야마. 잘려진 머리……

욕실에서 뛰쳐나와 화장실로 들어갔다. 변기에 얼굴을 쑤셔박고 그
대로 토했지만 샛노란 위액이 나올 뿐이었다.

구토증이 가라앉기를 기다렸다가 천천히 화장실에서 나왔다. 온몸

은 물에 젖은 채였다. 목욕타월로 몸과 머리의 물기를 닦고 그대로 침실로 들어갔다. 옷장에서 속옷을 꺼내 입었다. 파자마로 갈아입자 겨우 살 것 같은 생각이 들었다.

냉장고 안에서 이틀 전에 먹다 남은 요거트를 꺼내 한 입 먹었다.

'다카코.'

시계를 보았다. 2시 반. 잠시라도 눈을 붙여야 한다. 내일을 대비해 지금은 잠을 자야 한다. 지금 가장 필요한 건 휴식이다.

그때 휴대전화의 호출음이 울렸다. 휴대전화로 달려들어 화면을 보았다. 메일이 왔다는 표시가 눈으로 들어왔다. 상대는 다카코였다.

왔어.

내용은 그것뿐이었다. 메일이 첨부되어 있었다. 나는 재빨리 첨부된 메일을 열었다.

다카오 씨에게.

아아, 정말 다카오 씨예요? 정말이에요? 어디에 있어요? 지금 뭐 하고 있어요?

왜 리카 곁에 없어요? 어째서? 어째서? 어째서?

리카도 다카오 씨를 만나고 싶어요. 지금 당장 만나고 싶어요. 만나서 다카오 씨 품에 안기고 싶어요.

지금 어디 있어요? 리카를 만나러 올 수 있어요? 리카는 집에 있어요. 계속 다카오 씨를 기다리고 있어요.

빨리 집으로 오세요.

나는 내용을 두 번 읽고 나서 전화를 걸었다. 다카코는 신호가 울리자마자 받았다.

"여보세요."

"나오미?"

"왔구나."

"그래, 왔어. 2시 24분이야."

"어떡할래?"

"리카는 우리가 보낸 메일을 읽었어. 우리를 혼다 다카오라고 믿고 있어. 이 메일을 보면 의심하는 것 같지는 않아."

"응, 다카오를 만나고 싶어 해."

"어떡할까?"

다카코의 목소리에 긴장이 가득 담겼다. 나는 휴대전화를 꼭 부여잡았다.

"리카는 집에 있다고 했어. 문제는 우리가 그 집을 모른다는 거지. 집으로 가겠다고 말하고 싶지만 그럴 수 없어."

"그러게."

"지금은 이대로 계속 메일을 주고받는 수밖에 없어."

"어떤 식으로?"

"그건 아직 모르겠어. 어쨌든 지금 당장 갈게."

"그러는 게 좋겠어."

"한밤중이라서 막히지 않을 테니까……."

나는 벽시계를 쳐다보며 말을 이었다.

"기치조지까지 30분 안에 도착할 거야."

"알았어. 기다릴게."

전화를 끊었다. 기껏 파자마를 입었지만 다시 갈아입어야 한다. 이도 닦지 않고 화장도 하지 않은 민낯이지만 이대로 가는 수밖에 없다.

다카코의 집에서 곧장 출근하기 위해 정장을 입었다. 다시 집으로 올 시간이 없다.

'빨리 가야 돼.'

리카로부터 답장이 왔다. 그것에 대해 다시 답장을 보내야 한다. 그것도 되도록 빨리. 답장이 늦으면 변덕이 심한 리카가 미꾸라지처럼 빠져나갈지도 모른다. 서두르지 않으면 안 된다.

휴대전화를 움켜쥐고 현관으로 향했다. 혹시 뭔가 잊은 게 없을까? 냉장고에서 꺼내놓은 요거트…… 상관없다. 그냥 내버려두자.

'가스 불은 잠갔을까?'

펌프스를 신으면서 그런 생각이 머리를 가로질렀다. 괜찮다. 그것도 내버려두자. 지금은 그런 것에 신경 쓸 때가 아니다.

밖으로 뛰어나와서 문을 잠갔다. 200미터만 가면 도로가 나온다. 그곳에서 택시를 타면 된다.

　나는 어느새 뛰고 있었다.

5

　택시를 타자 기치조지까지 금방이었다. 다카코와 통화한 지 30분
만에 그녀의 집에 도착했다. 시계를 보았다. 시곗바늘이 3시 5분을 가
리키고 있었다.

　인터폰을 눌렀다. 즉시 문이 열리고 그녀가 나왔다. 나는 끌려가듯
안으로 들어갔다.

　"금방 왔네."

　"택시가 금방 잡혔어."

　거실로 들어갔다. 그녀는 아까와 똑같은 옷을 입고 있었다. 아마 샤
워도 하지 않았으리라.

　"커피라도 마실래?"

　그녀는 매우 침착했다. 지금은 조바심을 내봤자 소용없다.

　"그래, 커피 줘."

　커피 메이커에 미네랄워터를 따르고 나서 그녀는 스마트폰을 가져
왔다. 메일 화면을 불러낸 뒤, 우리는 숨도 쉬지 않고 리카의 메일을 읽
었다.

"만나고 싶어 해."

"그래."

나는 다시 메일의 내용을 확인했다.

"집에서 기다리겠다고 쓰여 있어."

"그 집을 알면 경찰관을 우르르 데리고 쳐들어갈 텐데."

커피 끓는 소리가 났다. 그 소리를 듣고 그녀가 일어나서 선반에서 머그잔을 꺼냈다.

"어떻게 할까?"

"답장을 보내야지."

"어떻게 쓸 건데?"

"아직 모르겠어. ······고민 중이야."

그녀가 커피를 따라주었다. 나는 우유도 설탕도 넣지 않고 진한 커피를 그대로 마셨다.

"고민 중이라니, 무슨 뜻이야?"

"우리는 리카의 집이 어디 있는지 몰라. 어느 부근에 사는지도 모르고, 가까운지 먼지도 몰라. 어쨌든 지금은 리카를 거기서 끌어내는 게 급선무야. 그곳에 갈 수 없는 이상, 리카를 움직이게 할 수밖에 없으니까."

"하지만 리카는 집에서 기다린다고 했잖아."

"그래서 고민하는 거야. 어떻게 쓰면, 어떤 식으로 메일을 보내면 리카를 밖으로 끌어낼 수 있을지······."

나는 천천히 머리를 가로저었다.

머그잔에서 커피 향이 피어올랐다.

"시간이 없어. 빨리 메일을 보내야 해."

그 말은 맞지만 좋은 생각이 떠오르지 않았다. 어떻게 써야 할지 모르겠다.

"집이 어디냐고 대놓고 물어보는 게 어때?"

농담이라는 걸 알지만 웃을 수 없었다. 나는 한숨을 쉬었다.

"그러면 모든 게 엉망이 돼. 이쪽이 혼다 다카오가 아니란 게 금방 탄로 날 거야."

잠시 침묵이 이어졌다. 그녀가 커피 메이커를 통째로 가져와서 내 머그잔에 새 커피를 따랐다.

나는 메일의 내용을 떠올리면서 입을 열었다.

"어쨌든 리카는 다카오를 빨리 만나고 싶어 해. 그 마음을 거부하면 안 될 것 같아."

"응."

"그러니까 우리도 빨리 만나고 싶다고 하면서 지금은 그럴 수 없다고 하면 어떨까?"

"왜 그럴 수 없느냐고 하면 뭐라고 할 건데?"

나는 시계를 보았다.

"……한밤중이니까. 이런 시간에 전철은 달리지 않아. 이동수단은 차밖에 없지. 하지만 차가 잡히지 않는다고 하면…….."

다카코가 반대했다.

"그건 말이 안 돼. 너도 여기까지 택시를 타고 왔잖아. 길에는 빈 택시가 널려 있어. 리카가 그걸 모를 것 같아?"

억지 변명이라는 건 알고 있다. 그녀의 말처럼 택시를 잡는 건 간단하다. 그리고 택시를 타면 리카에게 갈 수 있다. 하지만 지금 이 순간, 우리는 리카의 집이 어디인지 모른다. 우리가 가는 게 아니라 리카를 유인해내지 않으면 안 되는 것이다.

그러기 위해서는 억지 변명이라도 밀고 나가는 수밖에 없다. 나는 한동안 머리를 감싸고 고민한 끝에 겨우 다음과 같은 메일을 만들어냈다.

리카.

답장이 늦어서 미안해. 이런저런 사정이 있었어.

나도 지금 당장 당신을 만나고 싶어. 빨리 만나고 싶어. 만나서 당신을 꼭 안고 싶어.

하지만 시간이 방해를 하는군. 아직 전철이 달리지 않잖아.

그래서 당신 곁으로 갈 수 없어.

차라리 당신이 이쪽으로 오면 어때? 그러는 편이 빠르잖아.

기다릴게. 빨리 와줘. 다카오.

다카코의 입에서 나지막한 신음이 새어나왔다. 이 메일에 아무 내용

242 리턴

이 없다는 걸 알아차린 모양이다. 하지만 아무리 머리를 짜내도 구체적인 내용을 담을 수 없었다. 순간적인 위기를 모면하기 위한 고육지책에 불과한 것이다.

유일한 포인트는 리카에게 이쪽으로 오라고 쓴 부분이었다.

"우리가 가는 게 아니라 이쪽으로 오게 하려는 거구나."

"그래. 우리가 갈 수 없는 상황에선 이 방법밖에 없잖아."

나는 다시 시계를 보았다. 3시 반이었다.

다카코가 말했다.

"이 정도면 되지 않을까? 일단 메일을 보내보는 게 어때?"

"문제는 이쪽이 어디인지 말하지 않은 거야. 그러면 리카도 어디로 와야 할지 모르잖아."

장소를 지정해야 하지만 리카가 어디서 올지 모르는 이상, 어설프게 정할 수는 없다. 나는 잠시 고민하다 선언하듯 말했다.

"어쨌든 그냥 보내볼게. 어디로 오라고 할지는 다시 메일을 주고받는 사이에 생각하면 돼. 지금은 답장을 보내는 게 먼저야."

리카로부터 답장을 받은 지 벌써 한 시간이 지났다. 빨리 보내지 않으면 의심하리라.

나는 다카코의 스마트폰을 조작해서 재빨리 메일을 만들고 보내기 버튼을 눌렀다.

"믿을까?"

나는 머리를 가로저었다.

"모르겠어. 하지만 지금은 이 방법밖에 없어."

'메일 송신 완료'라는 메시지가 액정화면에 나타났다. 3시 35분의
일이었다.

6

그 후에는 기다림의 연속이었다. 우리는 커피를 마시면서 기다리고
또 기다렸다.

"TV라도 켤까?"

다카코가 그렇게 말하며 리모컨의 전원 버튼을 눌렀다. TV에서는
홈쇼핑 방송이 나오고 있었다.

그녀가 혼잣말처럼 말했다.

"하세가와 1과장님이 담배를 못 끊는 이유를 알겠어. 이런 때 담배
라도 피울 수 있으면 얼마나 좋을까?"

나와 다카코는 담배를 피우지 않는다. 우리가 할 수 있는 건 오직 기
다리는 것뿐이었다. 다행히 그 시간은 그렇게 길지 않았다. 4시 12분
에 답장이 왔다.

다카오 씨에게.

리카는 지금 바로 다카오 씨를 만나고 싶어요.

만나서 당신의 품에 안기고 싶어요. 리카를 꼭 안아주세요.

그러기 위해선 뭐든지 할 거예요. 어디에라도 갈 거예요.

어디로 가면 되죠? 어떻게 하면 만날 수 있죠?

말해줘요. 당신의 리카.

내 입에서 안도의 한숨이 흘러나왔다. 메일의 내용 때문이 아니라 답장이 왔다는 사실 때문이었다. 리카는 일단 이쪽이 혼다 다카오란 걸 의심하지 않는다. 그렇다면 리카의 마음을 조종해서 끌어내는 건 결코 불가능하지 않다.

"리카는 이쪽으로 올 생각이야. 어떻게 할까?"

나는 고개를 갸웃거렸다.

"리카는 지금 어디에 살고 있을까? 도쿄? 아니면 도쿄 근교? 사이타마나 지바, 가나가와일까? 거기서 어떻게 우리가 지정한 곳으로 올 생각일까?"

"그건 나도 몰라. 하지만 이 말만은 할 수 있어. 리카라면 아무리 멀리 있어도 가장 빨리 올 수 있는 교통수단을 이용해서 올 거야. 틀림없어."

그렇다. 그건 지금까지 리카의 행동을 보아도 알 수 있다.

오쿠야마를 만날 때도 그러했다. 만남 사이트에서 알게 된 리카와 오쿠야마는 그 이후 컴퓨터로 메일을 주고받다 이윽고 휴대전화 메일로 바꾸었다.

이윽고 오쿠야마는 자신의 휴대전화 번호를 리카에게 가르쳐주었다. 그리고 오쿠야마의 휴대전화에는 발신번호 표시제한으로 수십 통의 전화가 걸려왔다.

오쿠야마는 리카와 통화를 했을 것이다. 어디서 만날까? 언제 만날까? 그 이후 어떻게 될지 모르는 채, 그는 너무도 위험한 영역에 발을 집어넣었다.

두 사람은 결국 만나기로 약속했다.

리카가 원했는지 원하지 않았는지는 모르지만 두 사람은 차로 갈 수 있는 곳에서 만나기로 했다. 오쿠야마는 자기 차를 끌고 리카를 만나러 갔다. 그리고 리카를 체포하려다 실패하고, 오히려 리카에게 잡혀서 죽임을 당했다.

어쨌든 이 말만은 할 수 있다. 리카는 자기가 만나고 싶은 상대라면 어떤 시간, 어떤 곳도 마다하지 않는다. 아무리 멀어도, 아무리 힘든 곳이라도 반드시 찾아간다. 그리고 상대를 만난다.

"리카가 어디서 올지 모르면 빨리 만날 수 없잖아. 전철 시간도 문제고. 멀리서 오면 연락도 잘 안 될 거야."

나는 고개를 끄덕였다.

"그건 그래. 만나는 장소가 중요해. 리카가 어디서 올지 알 수 있으면 좋겠는데……."

다카코가 가볍게 혀를 찼다. 그렇다고 리카에게 직접 어디에 사느냐고 물어볼 수는 없다.

혼마 다카오는 리카와 같이 10년을 살았다. 아마 제정신을 잃어버렸겠지만 처음부터 그렇지는 않았으리라. 처음에는 의식이 있지 않았을까? 자신이 누구인지, 어디에 있는지 리카가 말해주었을 것이다. 감출 필요가 없기 때문이다.

따라서 혼마는 자기가 어디에 있는지 알고 있었다. 그런 혼마가 이제 와서 리카에게 어디에 사느냐고 물을 리는 없다. 그건 그의 이름을 사용해서 메일을 보내고 있는 우리도 마찬가지다.

리카는 어디에 살고 있을까? 오쿠야마를 만난 것에서도 알 수 있듯이 도쿄 인근에 사는 것만은 틀림없다. 하지만 경찰은 지난 10년간 계속 리카를 찾았다. 그럼에도 리카는 발견되지 않았다.

리카는 살인범이다. 더구나 경찰관을 죽였다. 경찰에게는 가증스러운 중범죄자다.

콜드케이스 수사반을 중심으로 지금도 계속 리카 사건을 수사하고 있다. 투입된 인원수도 결코 적지 않다. 그러나 리카는 발견되지 않았다. 어디에 숨어 있는지 베일에 싸여 있다.

리카라는 사람은 분명히 존재한다. 예전에 한번 경찰에 체포되어 구급차로 병원에 이송된 적이 있다. 그것은 틀림없다. 리카는 살아 있는 인간이고, 실제로 존재하고 있다.

수사에 관계된 사람들은 모두 리카의 얼굴을 알고 있다. 사진도 있다. 수배 사진은 간토 지역 각 현의 파출소와 전철역 등 여기저기에 붙어 있다.

리카의 모습에는 뚜렷한 특징이 있다. 키가 크고 뼈에 가죽만 붙어 있을 만큼 야위었다. 얼굴색이 칙칙하고 피부가 부석부석하며 온몸에는 생기가 없다. 눈코입이 전부 크고 머리칼이 길다. 누가 봐도 한눈에 알아볼 수 있다.

그럼에도 리카를 봤다는 사람은 나오지 않았다. 지명수배 전단지에는 살인범이라고 똑똑히 쓰여 있다. 하지만 리카를 봤다는 사람은 한 명도 없었다.

리카의 행방을 쫓을 때는 마치 유령을 쫓고 있는 듯한 기분이 들었다. 하지만 생각해보면 옴 진리교의 교주도 마찬가지였다. 아무리 협조자가 있었다고 해도 10년이 넘는 세월 동안 계속 도피하지 않았는가. 리카를 발견하지 못하는 건 협조자가 있기 때문일지도 모른다.

"어떡할까?"

다카코가 지친 목소리로 물었다.

"우리가 제안해보자."

"제안?"

"어디라도 상관없어. 리카와 인연이 있는 곳으로 오라고 하는 거야. 그것밖에는 방법이 없어."

"리카에게 인연이 있는 곳이 어딘데?"

그건 떠오르지 않았다.

과거에 리카는 혼마 다카오를 야마나시 현에 있는 어느 병원의 휴양 시설로 납치한 적이 있는데, 설마 지금 그곳에 있지는 않으리라. 더구나 그곳은 가장 가까운 역에서 차로 20여 분이나 걸리는 곳이었다. 우리가 거기까지 갈 수는 없다.

"도쿄 안이라면 어디라도 좋아. 혹시 짐작되는 곳이 없어?"

나는 그렇게 말하며 과거의 기억을 더듬었다. 리카가 혼마 다카오를 만난 게 어디였더라? 네리마 구에 있는 놀이공원인 도시마엔이다. 두 사람은 도시마엔 주차장에서 만났다. 그리고 혼마의 집은 구가야마에 있었다. 어느 쪽으로 할까?

그때 다카코가 불쑥 말했다.

"고엔지로 오라고 하는 게 어때?"

나는 앵무새처럼 따라 말했다.

"고엔지?"

"그래, 고엔지. 리카는 최근에 고엔지에 왔어. 그 기억은 선명하게 남아 있을 거야. 고엔지까지 오는 전철 노선도 알고 있고. 고엔지라면 헤맬 리 없잖아."

고엔지는 오쿠야마가 살던 곳으로, 리카는 그의 차를 운전해서 그의 집까지 왔다. 그 이후 어떤 식으로 이동했는지 모르지만 고엔지에서 벗어나는 데 성공했다. 그렇다. 고엔지라면 리카를 오게 할 수 있을지도 모른다.

나는 수첩을 꺼내 메일의 문장을 써내려갔다. 조금 시간이 걸렸지만 문장이 완성되었다.

리카.

다카오야.

나도 빨리 리카를 만나고 싶어. 조금이라도 빨리 리카의 얼굴을 보고

싶어.

지금 어디 있지? 난 고엔지에 있어.

고엔지에서 기다릴게. 빨리 와.

"고엔지의 어디에서 기다리는지는 안 써도 돼?"

나는 머리를 살짝 갸웃거렸다.

"글쎄…… 어디로 오라고 해야 할까?"

"보통은 역에서 만나잖아."

나는 재빨리 '고엔지'를 '고엔지 역'이라고 바꾸었다.

"보낼게."

"응."

보내기 버튼을 눌렀다. 답장이 올까. 리카가 수상쩍게 여기지는 않

을까?

지금 그런 걸 생각해봐야 어쩔 수 없다. 버스는 이미 떠났다.

"지금 몇 시야?"

"4시 반."

"잠이 쏟아진다……."

우리는 이미 서른 시간이 넘게 잠을 자지 않았다.

나는 다카코를 쳐다보며 말했다.

"리카가 답장을 보내면 착신음이 울릴 거야. 그때까지 눈 좀 붙이자."

우리는 각각 의자에 앉아 테이블에 엎드렸다. 리카의 답장은 언제 올까?

그런 생각을 하는 사이에 꾸벅꾸벅 졸기 시작했다. 인간의 몸은 참으로 정직하다고 생각하면서 나는 얕은 잠에 빠졌다.

7

휴대전화의 착신음이 들렸다. 나와 다카코는 동시에 몸을 일으켰다.

"몇 시야?"

"……5시 5분."

다카코가 스마트폰을 열고 나는 옆에서 들여다보았다. 리카의 메일이 도착해 있었다.

다카오 씨에게.

리카예요. 기뻐요. 기뻐요. 기뻐요.

다카오 씨를 또 만날 수 있다니. 다카오 씨의 품에 또 안길 수 있다니!

믿을 수 없어요. 제 인생에서 이보다 기쁜 일은 없을 거예요!

고엔지라고 했죠? 갈게요. 당장 갈게요.

언제나 그랬던 것처럼 플랫폼에서 만나요.

잠시만 기다리세요. 당신의 리카.

다카코가 물었다.

"언제나 그랬던 것처럼?"

"리카의 망상이야. 리카는, 리카 안에서는 혼마 다카오와 종종 데이트를 한 걸로 돼 있어. 역의 플랫폼에서 만나 데이트를 했다고 생각하는 거야."

리카에겐 망상병, 즉 편집증이 있다. 호감을 가진 남성이 자신을 좋아한다고 확신함과 동시에 둘만 있을 때의 생활을 상상하는 것이다.

혼마 다카오를 야마나시에 있는 어느 병원의 휴양시설로 납치했을 때, 리카는 그 공간을 예쁘게 장식했다고 한다. 온통 핑크색으로 꾸민 것이다. 너무도 리카가 할 만한 일이다. 마치 신혼집 같았다고 스가와라 형사는 말했다.

스가와라가 발견했을 때, 리카와 혼마는 똑같은 잠옷을 입고 있었다. 정신을 잃은 혼마에게 리카가 커플 잠옷을 입힌 것이다. 혼마와 같이 있는 시간은 리카에게 꼭 신혼생활 같았으리라.

그와 마찬가지로 리카는 상상 속에서 혼마와 종종 데이트를 했다. 혼마를 만나기 이전에도 이미 몇 번이나 데이트를 한 것이다. 아마 커피숍이나 술집, 전철역에서 만났으리라. 처음부터 러브호텔에서 만나는 커플은 없으니까. 그런 의미에서 볼 때 리카는 가슴이 아플 만큼 순

진하다고 할 수 있다.

　나는 생각을 정리하면서 말했다.

　"리카는 분명히 고엔지 역으로 올 거야. 문제는 몇 시에 오느냐인데……."

　"리카가 어디서 오느냐에 따라 다르겠지. 이제 곧 첫 전철이 운행될 시간이야. 근처에 있다면 금방이라도 올 수 있어."

　"어디에 있을까?"

　그걸 알면 이렇게 고생하지는 않으리라. 리카가 어디에 있는지 모르니까 지난 10년 동안 수사를 하고도 못 잡은 게 아닌가.

　"적어도 도쿄는 아닐 거야. 도쿄였다면 이미 발견했을 테니까. 가까운 근교가 아닐까?"

　"근교라고 해도 한두 군데가 아니잖아. 대충 지역이라도 알 수 없을까?"

　지역이라도 알면 얼마나 좋을까? 하지만 그것은 결국 실패했다. 혼마의 시신을 버리고 차를 버린 뒤, 리카가 어디로 사라졌는지는 끝내 알아낼 수 없었다.

　"경찰이라도 대단한 일은 할 수 없구나."

　"그러게."

　경찰력에도 한계가 있다. 정보가 없는 이상 리카를 발견하기는 쉽지 않다. 리카는 어디에 숨어 있을까?

　"어쨌든 일단 알았다고 하면서 몇 시쯤 올지 물어보는 게 좋겠어."

"그럼 어서 문장을 만들어."

그것은 내 역할이었다.

시간을 오래 끌 수는 없다. 나는 재빨리 문장을 만들었다.

리카에게.

그래, 알았어. 당신도 내 마음과 똑같다는 걸 알고 얼마나 기쁜지 모르겠어.

빨리 만나고 싶어. 지금 당장 만나고 싶어.

고엔지 역의 플랫폼으로 온다고?

몇 시쯤 올 거야?

난 지금 역에 가서 당신이 올 때까지 기다릴게.

빨리 와줘. 다카오.

'몇 시쯤 올 거야?'라는 게 포인트였다. 그 시간을 알면 리카가 어디에 있는지 대강 짐작할 수 있다.

전철로 올까. 차를 가지고 올까. 아니면 택시를 타고 올까. 어쨌든 리카는 이제 눈앞에 있다. 이번에는 반드시 잡을 수 있다.

다카코가 스마트폰을 들었다.

"이럴 때가 아니야. 고엔지 역에 가봐야지."

"잠깐만. 그전에 내 말을 들어."

"뭔데?"

"지금까지 있었던 일을 위쪽에 보고해야 돼."

경찰관에게는 자신의 행동을 항상 위쪽에 보고할 의무가 있지만 지금은 그런 뜻이 아니었다. 리카는 우리가 보낸 메일을 혼다 다카오가 보낸 메일이라고 믿고 있다. 혼다를 만나기 위해 고엔지까지 오려고 한다. 리카를 체포할 수 있는 절호의 기회다. 하지만 그것은 다른 형사들에게 맡겨야 한다. 나와 다카코만으로는 리카를 잡을 수 없다.

체포하려고 하면 반드시 저항할 것이다. 리카가 얼마나 잔인하고 흉악한지는 새삼 말할 필요도 없다. 리카는 무슨 짓을 저지를지 모르는 범죄자다. 아무리 형사라고 해도 여자 둘이 잡을 수 있는 상대가 아니다. 지금은 많은 인원이 필요하다.

그보다 더 중요한 문제가 있다. 나는 두려웠다. 이대로 있으면 리카와 마주하게 된다. 그 생각만 해도 심장이 갈기갈기 찢기는 듯한 공포가 온몸을 휘감았다.

리카를 유인해내는 데에는 거의 성공했다. 이런 상황에서는 위쪽에서도 리카를 체포하기 위해 많은 경찰을 동원할 것이다. 지금은 위쪽에 보고해서 그들의 지시를 들을 타이밍이다.

다카코가 고개를 끄덕였다.

"그건 그래…… 나도 보고하는 게 좋을 것 같아……."

"많이 혼나겠지?"

"같이 혼나지 뭐."

다카코의 입에서 웃음이 흘러나왔다. 메마른 웃음이었다.

나는 수사본부의 직통 전화번호를 눌렀다. 새벽 5시였지만 신호가
두 번 울리기도 전에 전화를 받았다.

"여보세요."

"콜드케이스 수사반의 우메모토입니다."

"아아, 우메모토?"

상대의 목소리는 들은 적이 있었다. 나보다 두 살 많은 사카가미라
는 형사다. 지금은 1과 강행반 소속이다.

"이런 시간에 무슨 일이야?"

"잠깐 보고드릴 게 있어서요."

"보고라고? 뭐지?"

"하세가와 1과장님은 아직 계신가요?"

"잠시만 기다려. ……그래, 계셔."

하세가와는 도대체 언제 잘까 하고 생각하면서 나는 수화기 든 손을
바꾸었다.

"바꿔주시겠어요?"

"뭐야? 내게 말하면 안 돼?"

"그런 건 아니지만요…… 죄송합니다."

쓴웃음이 들렸다. "잠시만 기다려"라는 말과 함께 대기음이 흘러나
왔다.

"네, 하세가와입니다."

하세가와의 목소리에는 피로감이 깊게 배어 있었다.

"우메모토입니다."

"무슨 일인가? 집에 간 거 아니었나?"

"죄송합니다. 보고드릴 게 있습니다."

하세가와가 침묵했다. 뭔가 불길한 기운을 느낀 모양이었다.

"말해봐."

"리카 말인데요…… 리카로부터 메일을 받았습니다."

"메일?"

"오쿠야마 형사의 휴대전화를 발견했을 때, 본부에 제출하기 전에 안을 살펴봤습니다."

"음."

"리카의 메일이 수백 통이나 도착해 있었어요. 저희는 리카의 메일 주소를 복사해서 그 주소로 메일을 보냈습니다. 혼다 다카오의 이름 으로요."

옆에서는 지금까지 우리와 리카가 주고받은 메일을 다카코가 본부 에 전송하고 있었다.

"어떻게 한마디 말도 없이……."

"말씀드리지 않아서 죄송합니다."

하세가와는 무슨 말인가 하려고 하다가 입을 다물었다. 숨을 집어삼 키는 소리가 났다. 참고 있는 것이리라.

"그래서?"

"지금 본부의 컴퓨터로 리카와 주고받은 메일을 전송하고 있습니다. 읽어보면 아시겠지만 리카는 저희를 혼다 다카오라고 믿고 있습니다. 그리고 만나자고 했습니다."

"섣불리 행동하지 말라고 그렇게 말했잖나!"

"죄송합니다."

"정말이지, 도대체 무슨 짓을 저지른 거야? ……그래서 어떻게 됐어?"

"고엔지 역의 플랫폼에서 만나기로 했습니다. 리카는 되도록 빨리 이쪽으로 오겠다고 했고요."

"리카는 지금 어디 있지?"

나는 머리를 가로저었다.

"모르겠습니다. 그걸 물으면 혼다 다카오라고 믿지 않을 것 같아서요……."

"잠시만. 본부 컴퓨터로 메일을 보내고 있다고 했지?"

"네."

"이제 다 보냈나?"

다카코를 쳐다보자 손가락으로 동그라미를 만들었다.

"다 보냈습니다."

"확인할 테니까 잠시만 기다려."

책상 위에 수화기를 내려놓는 소리가 들렸다. 나는 수화기를 든 채 그대로 기다렸다. 잠시 후, 하세가와의 목소리가 들렸다.

"대강 읽었다."

"이제 상황을 이해하시겠습니까?"

"우메모토, 도대체 무슨 짓을 한 건가? 자네들에겐 이런 일을 할 권리가 없어!"

"죄송합니다."

"할 말은 많지만 나중에 하지. 어쨌든 자네들은 리카와 접촉하는 데 성공했어. 그리고 고엔지 역의 플랫폼에서 만나기로 약속했지. 그런데 왜 하필이면 고엔지 역이지?"

"여러모로 생각한 결과 그게 좋을 것 같아서요……."

"알았어. 마지막 메일이 도착한 건 바로 조금 전이군."

"5시 5분입니다."

"리카는 어디에서 올까? 뭘 타고 올까?"

하세가와가 혼잣말처럼 중얼거렸다.

"그건 잘 모르겠습니다."

"언제 올 것 같나?"

"그것도 모르겠습니다. 리카는 고엔지 역의 플랫폼에서 만나자고만 했습니다. 몇 시에 만나자는 이야기는 없었습니다."

"자네들은 지금 즉시 고엔지 역으로 가서 기다린다고 했고…… 그렇지?"

"네."

"리카는 되도록 빨리 오겠다고 했군. 언제 올지, 시간이 얼마나 걸릴지는 짐작도 되지 않고……."

"죄송합니다. 하지만 이건 좋은 기회입니다. 리카는 반드시 고엔지 역에 나타날 겁니다. 체포는 눈앞에 있습니다."

"알고 있어. 잠시만 기다려. 사카가미!"

하세가와가 처음에 전화를 받은 형사를 부르더니 뭔가 지시를 내렸다. 나는 수화기를 든 채 말없이 기다렸다.

하세가와가 다시 수화기에 대고 말했다.

"지금 긴급지시를 내렸다. 하지만 시간이 시간이니만큼, 당장 동원할 수 있는 인원은 많지 않아. 그래도 100명은 어떻게 되겠지."

"네."

"동원할 수 있는 모든 인력을 고엔지 역으로 보내겠다. 자네들도 합류해."

"알겠습니다."

"잘 들어, 한 번 더 멋대로 행동하면 가만히 안 둬. 이건 징계감이야."

"알고 있습니다."

"리카를 체포했다고 해서 모든 게 끝나는 건 아니니까 각오해."

"네."

"자네들은 계속 리카에게 메일을 보내. 어디서 오는지, 뭘 타고 오는지, 고엔지 역에 몇 시에 도착할지 알아내는 거야."

"네."

"나도 현장에 갈 테니까 내 지시를 따라."

"알겠습니다."

전화를 끊고 나는 지금 들은 이야기를 다카코에게 전했다.

다카코가 말했다.

"리카에게 다시 메일을 보내면 어떨까? 몇 시에 올지, 뭘 타고 올지, 어디서 올지 물어보는 거야."

"너무 꼬치꼬치 캐물으면 수상쩍게 여길 거야."

"수상쩍게 여기지 않도록 물어야겠지. 어쨌든 우리도 고엔지 역에 가보자."

우리는 동시에 일어섰다. 손에는 각각 휴대전화와 스마트폰이 쥐어져 있었다.

8

리카.

난 벌써 고엔지 역에 도착했어.

기다리고 있어. 당신을 애타게 기다리고 있어.

당신은 몇 시쯤 도착할까?

빨리 오지 않으면 외로워서 죽을 것 같아.

어디서 올까? 뭘 타고 올까?

어쨌든 기다릴게. 당신이 올 때까지 계속.

리카, 사랑해. 다카오.

우리는 택시를 타고 있었다. 기치조지에서 고엔지 역까지는 주오 선으로 네 번째 역이다.

나는 옆자리에 앉은 다카코에게 물었다.

"지금 몇 시야?"

"5시 35분."

"첫 열차가 달리고 있을까?"

"달리고 있을 거야. 주오 선은 열차 운행시간이 꽤 이르거든."

"고엔지 역에 정차하는 열차는 주오 선만이 아니야. 소부 선도, 도자이 선도 정차해."

"그렇지."

"리카는 어느 노선에서 올지 몰라. 애초에 전철이 아니라 버스나 택시를 타고 올지 모르고. 어쩌면 직접 차를 운전에서 올지도 모르지."

리카는 무슨 짓을 할지 모르는 사람이다. 버스나 택시를 타고 올지도 모르고, 고엔지 역까지 차를 가져와서 역 앞에 차를 세우고 플랫폼으로 올지도 모른다. 어쨌든 무엇을 타고 와도 대처할 수 있도록 준비해두지 않으면 안 된다.

다카코가 고개를 끄덕였다.

"그건 하세가와 과장님이 알아서 해줄 거야. 과장님은 형사를 100명 동원하겠다고 하셨잖아. 자그마치 100명이야. 100명만 있으면 플랫폼뿐만 아니라 고엔지 역 전체를 포위할 수 있어."

리카는 오쿠야마를 살해했다. 경찰은 동료를 살해한 범죄에 대해서

특히 엄격하다. 따라서 경찰에게 리카는 반드시 처단해야 할 흉악범이라고 할 수 있다. 체포는 지상명령이었다.

택시는 니시오기쿠보를 지나 오기쿠보를 빠져나가 아사가야 역 근처를 달렸다. 고엔지까지는 이제 역 하나만 남았다. 끝이 가까워졌다. 무거운 긴장감이 피부로 파고들었다.

"리카한테서 답장 왔어?"

"아니."

시계를 보았다. 5시 45분. 리카는 어디에 있을까? 우리가 보낸 메일을 봤을까?

"운전하고 있다면 답장을 할 수 없잖아."

"그건 그렇지."

"어쩌면 다른 사정이 있어서 답장을 보낼 수 없을지도 모르고."

"알고 있어. 지금은 기다리는 수밖에 없다는 걸……."

나와 다카코의 입에서 동시에 한숨이 새어나왔다.

택시가 고엔지 역에 도착했다. 택시에서 내리자마자 우리는 눈을 동그랗게 떴다. 벌써 몇몇 형사들이 도착해 있었던 것이다. 도대체 어디에서 이렇게 빨리 왔을까.

형사들 중 한 사람이 말을 걸었다.

"이봐, 콜드케이스가 여긴 뭐 하러 왔어?"

내가 대답했다.

"하세가와 과장님께서 오라고 해서 왔습니다."

사실을 말하면 길어진다. 지금은 지원군으로 차출되었다고 말하는 수밖에 없다.

"과장님께서 직접 지휘를 한다고 하시던데, 대체 무슨 일인지 알아?"

"리카가 여기로 올 겁니다."

"그건 들었어. 어떻게 된 거지?"

"정확한 건 잘 모르겠습니다. 어쨌든 고엔지 역의 플랫폼으로 온다는 것밖에……."

20분쯤 기다렸을까? 그사이에 모인 형사들의 숫자는 마흔 명이 넘었다.

그때 암행 순찰차가 달려왔다. 순찰차에서 내린 사람은 하세가와 1 과장이었다.

"지금 몇 명 있지?"

형사 한 명이 앞으로 나섰다.

"마흔다섯 명입니다."

"사복은?"

"서른일곱 명입니다. 나머지 여덟 명은 제복 경찰관입니다."

"제복은 안 돼. 밖에서 대기하라고 해."

제복 경찰관이 원의 밖으로 나가고 사복 형사들만 남았다.

"앞으로 인원은 더 늘어날 거다. 잘 들어, 오늘 리카가 고엔지 역에 나타날 거다. 몇 시에 올지, 어느 열차로 올지는 모른다. 전철을 타고 오지 않을 가능성도 있지만 어쨌든 리카는 고엔지 역의 플랫폼에 나타날 거다. 그걸 체포하는 게 우리 일이다. 사진은 가지고 있나?"

"넷!"

그 자리에 있는 전원이 고개를 끄덕였다. 앞으로 나섰던 형사가 덧붙였다.

"사진이 없어도 리카의 얼굴은 한 번 보면 잊을 수 없습니다."

하세가와가 쓴웃음을 지었다.

"그건 그래. 일단 서른 명은 플랫폼에 올라가. 일곱 명은 개찰구 부근에서 잠복하고. 자네가 알아서 배치해."

"알겠습니다!"

형사들이 바삐 움직이기 시작했다. 경찰 조직의 명령은 절대적이다. 즉시 일곱 명이 선발되어서 개찰구 쪽으로 달려갔다.

"나머지 서른 명은 플랫폼에서 잠복해. 지원도 올 거다. 한 차량에 한 명이 붙을 수 있도록 해. 리카는 전철을 타고 올 가능성이 높다. 놓치면 절대 안 된다!"

한 형사가 말했다.

"고엔지 역에는 세 개 노선이 있습니다. JR 주오 선, JR 소부 선, 지하철 도자이 선입니다. 두 개의 플랫폼에 상행선과 하행선을 합쳐서 도합 열차가 네 대 들어옵니다."

"알고 있다."

"이 인원으로 전부 커버하기는 불가능합니다."

"그래서 지원이 온다고 했잖나?"

"지원은 언제 오나요?"

"이제 곧 올 거다. 잠시만 기다려."

"리카는 언제 옵니까?"

"그건 모른다."

더는 물어봐야 소용없다고 판단했는지 형사가 물러났다. 하세가와가 우리 두 사람을 불러서 나지막하게 속삭였다.

"자네들이 무슨 짓을 했는지 알고 있겠지?"

우리도 덩달아 목소리를 낮추었다.

"알고 있습니다."

"정말이지, 왜 이렇게 다들 멋대로 행동하는 거야? 이렇게 위험한 다리를 건널 필요는 없었는데 말이야."

다카코가 말했다.

"하지만 저희는 리카를 유인해내는 데 성공했습니다. 리카는 저희를 혼다 다카오라고 믿고 있고, 고엔지 역의 플랫폼으로 오겠다고 메일을 보내왔습니다. 그건 틀림없는 사실입니다."

"더 좋은 방법이 있었다는 뜻이야."

"더 좋은 방법이라뇨?"

"……이제 됐어. 어쨌든 리카는 올 거다. 이제는 체포하는 수밖에 없어."

"네."

우리는 고개를 끄덕였다.

"그 후로는 어떻지? 리카로부터 메일은 안 왔나?"

나는 고개를 가로저었다.

"안 왔습니다. 마지막 메일이 있고 한 시간쯤 지났지만 리카에게는 연락이 없습니다."

"어떻게 된 거지? 설마 의심하는 건……."

"잘 모르겠습니다."

어떻게 된 건지 판단할 근거는 없었다.

"지금 몇 시인가?"

"6시 20분입니다."

고엔지의 아침 하늘에는 구름이 잔뜩 끼고 태양은 고개를 내밀지 않았다.

"이미 전철이 다니고 있어. 어쩌면 리카가 와 있을지도 모르지."

그럴 가능성도 있다. 리카는 최대한 빨리 고엔지에 오겠다고 말했으니까.

리카의 이동수단이 무엇인지는 모르지만, 리카는 항상 경찰의 상상을 뛰어넘는 방식으로 움직였다. 그게 리카의 패턴이었다.

몇 시에 올지는 모른다. 어쩌면 이미 와 있을지도 모른다.

형사들이 잇따라 역 안으로 뛰어 들어갔다. 나도 빨리 가고 싶었지만 하세가와가 제지했다. 자세한 사정을 듣고 싶은 것이리라. 하지만 지금은 그럴 때가 아니었다.

나는 간절하게 말했다.

"자세한 사정은 나중에 말씀드리겠습니다. 지금은 리카를 아는 사람이 플랫폼에 있어야 합니다. 자칫하면 리카를 못 볼 가능성이 있습니다."

"그건 알고 있어."

조금 있으면 러시아워 시간이다. 그러면 열차 안은 사람들로 발 디딜 틈이 없어진다. 리카는 플랫폼으로 내려오겠지만 그래도 인파에 파묻히면 발견하기 어렵다. 지금은 되도록 많은 사람들의 눈이 필요하다.

"저희도 감시하고 싶습니다."

"사카가미!"

하세가와가 조금 떨어져 있던 형사를 불렀다. 마지막으로 남아 있던 사카가미가 우리가 있는 곳으로 달려왔다.

"네."

"이 두 사람을 역의 플랫폼으로 데려가. 자리를 주고 수사진에 참여시켜."

"알겠습니다. 따라와."

뒷말은 우리에게 한 말이다. 우리는 사카가미의 뒤를 따라서 고엔지 역의 플랫폼으로 올라갔다.

사카가미가 뒤를 돌아보며 말했다.

"인원은 조금 늘어났지만 아직 쉰 명밖에 안 돼. 모든 차량을 감시하기엔 부족하지. 자네들도 한 칸씩 맡아줘."

"알겠습니다."

나와 다카코는 동시에 고개를 끄덕였다.

"둘 다 이쪽으로 와봐. 아오키, 넌 주오 선의 하행 열차를 감시해. 우메모토, 넌 상행 열차를 맡고. 다른 형사들의 얼굴은 알지?"

"네, 압니다."

"같은 곳을 감시해봤자 소용없으니까 되도록 다른 차량을 감시해. 알았지?"

나는 다카코와 등을 맞대는 형태로 플랫폼에 섰다. 마침 주오 선의 하행 열차가 들어오는 참이었다. 다카코가 그 열차를 뚫어지게 쳐다보았다. 열차는 이미 사람들로 가득했다. 여느 때와 다름없는 평일의 아침 광경이었다.

나는 마음속으로 생각했다. 리카는 언제 올까? 주오 선일까? 소부 선일까? 도자이 선일까? 상행선과 하행선 모두 가능성이 있다. 그리고 열차는 몇 분의 한 대 꼴로 들어온다.

리카가 플랫폼으로 내려오면 좋겠는데…….

리카는 플랫폼에서 만나자고 했다. 상식적으로 생각할 때, 플랫폼에서 만나려면 플랫폼에 내려서야 한다. 하지만 리카의 감각은 보통 사람과 다르다. 플랫폼에 형사들이 있다는 걸 알아차리면 재빨리 도망쳐버릴지도 모른다.

어쨌든 지금은 기다리는 수밖에 없다. 나는 좌우를 살펴보았다. 형사들은 그렇게 많지 않다. 세 량 정도 떨어진 곳에 귀에 이어폰을 끼운 형사가 서 있었다. 지원은 언제 올까?

그로부터 다시 30분이 지났다. 그동안 열차 몇 대가 지나갔지만 내가 확인한 바로는 리카는 타지 않았다.

오지 않는 걸까? 아니, 온다. 리카는 반드시 온다. 혼다 다카오를 만나러 온다. 그러지 않고는 견딜 수 없을 것이다.

다시 열차가 들어왔다. 긴장으로 온몸이 굳었다. 뒤를 돌아보자 다카코가 서 있었다. 그녀도 역시 긴장하고 있는지 등이 딱딱하게 굳어 있었다.

다시 열차가 들어왔다. 사람들이 가득했다. 열차가 천천히 멈추었다. 열차 안에서 사람들이 밀물처럼 밀려나왔다.

벨이 울렸다. 그때였다. 내 눈에 키 큰 여자가 들어왔다. 사람들 위로 여자의 머리가 보였다. 코트를 입고 있다. 트렌치코트 같은 타입이다. 긴 머리칼. 여자가 뒤를 돌아보았다. 눈이 마주쳤다.

리카였다.

다시 벨이 울렸다. 리카가 고개를 숙였다. 나는 재빨리 좌우를 살펴보았다. 형사들은 아무도 움직이지 않았다. 알아차리지 못한 걸까. 리카는 열차에서 내리지 않고 그대로 서 있었다. 사람들이 우르르 열차에 올라탔다. 어떻게 해야 하지?

나는 휴대전화를 움켜쥐고 버튼을 눌렀다.

다카코!

뒤를 돌아보았다. 다카코의 등이 보였다. 벨소리가 그쳤다. 이제 생각할 여유가 없었다.

나는 천천히 몸을 움직여 승객들과 함께 열차 안으로 들어갔다. 열차에 올라타자마자 문이 닫혔다.

"여보세요?"

다카코의 목소리가 들렸다.

나는 혼잡한 열차 안에서 휴대전화를 귀에 대고, 최대한 목소리를 낮추었다.

"리카 발견."

"뭐?"

"리카 발견. 주오 선 상행 열차를 타고 있어. 내리지 않아서 내가 올라탔어."

"뭐라고? 안 들려."

나는 다시 말했다.

"지금 리카와 같은 열차에 타고 있어. 안 들려? 리카와 같은 열차에 타고 있다고!"

열차가 움직이기 시작했다. 열차 안은 몸을 움직일 수 없을 만큼 사람들이 많았다.

리카는 어디 있지? 어디에 있어?

그때 바다가 갈라지듯 사람들의 물결이 갈라졌다. 눈앞에 리카가 서 있었다.

"찾았다!"

리카가 천진난만한 미소를 지으며 나를 물끄러미 쳐다보았다. 나는 휴대전화를 손에 든 채 멍하니 서 있었다.

9

어렴풋이 정신이 들었다. 주위를 둘러보자 어느 방이었다. 굉장히 좁았다. 두 평이 조금 넘을까? 게다가 물건들이 너저분하게 흐트러져 있었다. 꼭 쓰레기장 같았다.

목이 움직이지 않는다. 눈으로만 좌우를 살펴보았다. 아무래도 의자에 묶여 있는 것 같았다. 안간힘을 다해 팔과 다리를 움직이려고 했지만 꼼짝도 하지 않는다. 의자와 끈이 부딪치는 소리, 쇠붙이끼리 부딪치는 소리만이 귀를 파고들 뿐이다.

나는 스스로에게 말했다.

진정해라. 냉정해지자. 일단 지금 어디에 있는지, 어떤 상태로 있는지, 무슨 일이 일어났는지부터 파악해야 한다.

오늘 아침 일찍, 고엔지 역에 있었다. 나와 다카코는 혼다 다카오의 이름을 이용하여 리카를 유인해내는 데 성공했다. 그리고 고엔지 역의 플랫폼에서 리카를 만나기로 했다.

우리는 하세가와 1과장에게 연락해, 다른 형사들과 같이 플랫폼에 잠복하여 리카를 기다렸다. 언제 올지는 모르지만 리카는 반드시 고엔지 역에 나타날 것이다. 그것은 틀림없는 사실이다.

30~40분쯤 기다렸을까?

주오 선의 상행 열차가 모습을 드러냈다. 열차는 몹시 혼잡했다. 열차가 속도를 떨구며 천천히 내 앞에 멈추었다. 열차 안에서 쏟아져 나오는 사람들. 열차에 타려고 허둥대는 사람들.

그런 사람들 사이에서 나는 리카를 발견했다. 한순간이었지만 잘못 보지는 않았다. 틀림없이 리카였다. 나는 기다렸다. 리카는 플랫폼으로 내려올 것이다. 그때 잡으면 된다.

하지만 리카는 열차에서 내리지 않았다. 특유의 감각으로 형사들이 플랫폼에서 기다리고 있음을 알아차렸으리라. 그래서 내리지 않았다.

그때 내가 할 수 있는 일은 무엇이었을까. 가까이에 있는 형사에게 지원을 요청할 수도 있었다. 하지만 그러는 사이에 리카를 놓칠 우려가 있다. 여기서 놓치면 리카는 또다시 어둠 속으로 숨어버린다. 그리고 두 번 다시 우리 앞에 나타나지 않을 것이다.

그때 내가 취할 행동은 한 가지밖에 없었다. 열차에 올라타는 것이다. 열차 안으로 들어가 리카를 체포하자. 그것 말고는 아무 생각도 할 수 없었다.

나는 만원열차 안으로 발을 집어넣었다. 열차는 사람들로 발 디딜 틈이 없었다. 나는 좌우를 살피면서 내가 할 수 있는 유일한 일을 했다. 다카코에게 전화를 건 것이다.

나는 전화기에 대고 리카를 발견해 열차에 올라탔다고 말했다. 내

273

말이 제대로 전해졌을까. 다카코의 대답은 듣지 못했다.

그때 갑자기 사람들의 물결이 양쪽으로 갈라졌다. 무슨 이유에서인지 열차에 빼곡히 들어섰던 사람들이 양쪽으로 갈라진 것이다.

내 눈앞에 리카가 서 있었다. 누리끼리한 블라우스. 파란색 카디건. 꽃무늬의 긴 치마, 긴 머리칼.

리카가 나를 보고 히죽 웃었다. 순간 지독한 냄새가 코를 찔렀다.

리카가 무슨 말인가 했다. "찾았다"라고 말한 것 같다. 다음 순간, 리카가 위에서 덮쳤다. 그 이후의 일은 아무것도 기억나지 않는다. 정신이 들자 이곳에 있었다. 이 좁고 지저분한 방에서 두 손과 두 발이 묶인 채 의자에 앉아 있었던 것이다. 두터운 검 테이프가 입을 막고 있었다.

여기가 리카의 은신처일까? 아마 그럴 것이다. 시간이 얼마나 지났는지 모르지만 리카는 의식을 잃은 나를 여기로 데려왔다. 열차 안에서 리카가 무슨 짓을 했는지는 대강 짐작이 갔다. 리카는 내게 마취제를 주사했으리라. 그로 인해 나는 의식을 잃어버렸다.

리카는 내 얼굴을 모를 것이라고 생각했다. 하지만 이미 나에 대해 알고 있었다.

나는 커다란 착각을 하고 있었다. 지금까지는 내가 리카를 찾고 있다고 생각했다. 그것은 사실이 아니었다. 리카가 나를 찾고 있었던 것이다.

무엇 때문에 나를 찾은 걸까. 이유는 아직 모른다. 다만 리카는 나를 필요로 했다. 그렇지 않으면 일부러 여기까지 데려오지는 않았으리라.

리카는 뭔가를 알고 싶어 한다. 내게 물으면 대답을 얻을 수 있다고 생각하고 있다.

리카는 독특한 감각을 가지고 있다. 육감이라고 할 수 있는 그 감각은 누가 적이고 누가 그렇지 않은지 그녀에게 가르쳐준다.

리카는 그 감각에 비추어보고, 다카오 이름으로 온 메일이 진짜인지 가짜인지 판단했으리라. 그 결과 그 메일은 가짜였다. 메일을 보낸 사람은 다카오가 아니라고 결론을 내렸다.

하지만 리카에겐 알고 싶은 게 있었다. 그걸 알기 위해서는 위험을 무릅쓰고 고엔지 역의 플랫폼에 가서 메일을 보낸 사람을 잡는 수밖에 없다…….

모든 건 리카의 계획대로 되었다. 우연인지 아닌지 모르지만 리카가 탄 차량이 내 앞에 멈추었다. 리카는 열차에서 내리지 않고 나는 열차에 올라탔다. 그렇게 할 수밖에 없었기 때문이다.

그건 리카가 파놓은 함정이었다. 나는 리카에게 붙잡혀 마취제가 든 주사를 맞고 의식을 잃었다. 그리고 이 방으로 끌려왔다.

나를 왜 여기까지 데려왔을까? 리카가 알고 싶은 걸 확인하기 위해서다. 그것 말고 다른 이유는 없다.

나는 숨을 크게 토해냈다. 어떻게든 손발을 움직여 자유로워지려고 했지만 뜻대로 되지 않았다. 의자는 너무도 튼튼했다. 더구나 무겁고 등이 높다. 손발을 움직일 때마다 끈이 부딪치는 소리와 쇠붙이가 부딪치는 껄끄러운 소리가 들렸다. 내 손발에 수갑을 채운 것이리라.

머리도 의자의 등에 묶여 있어서 손발을 내려다볼 수 없었다.

의자와 함께 쓰러지면 수갑을 뺄 수 있을지도 모른다. 그렇게 생각해서 옆으로 쓰러지려고 했지만 그것도 불가능했다. 의자가 벽이나 바닥에 단단히 고정되어 있는 것 같았다.

10분쯤 흘렀을까? 아무리 발버둥 쳐도 몸은 자유로워지지 않았다. 어두운 예감이 온몸을 사로잡았다.

도망칠 수 없는 걸까. 이대로 죽음을 받아들여야 하는 걸까.

'다카코. 살려줘.'

나는 입 안으로 중얼거렸다. 다카코가 아니라도 상관없다. 아무나 좋다. 누구든 상관없다. 제발 구하러 와줘. 나를 여기서 풀어줘.

'누구든지 좋으니까 빨리 와줘! 빨리 와서 나를 풀어줘!'

소리를 지르려고 했다. 하지만 검 테이프가 입을 막고 있어서 목소리가 나오지 않았다.

어떻게 안 될까? 입술을 깨문 순간, 눈앞의 문이 열렸다. 리카가 서 있었다.

리카가 문 옆에서 나를 내려다보았다. 누리끼리한 블라우스, 파란색 카디건, 꽃무늬의 긴 치마. 전철에서 봤을 때와 똑같은 복장이었다. 양말을 신고 있었다. 하얀색 양말이다. 신발은 신지 않았다.

"정신이 들었네."

나지막한 목소리. 리카의 목소리를 들은 건 두 번째였다. 깊은 어둠을 떠올리게 하는 음침한 목소리였다.

리카가 입을 연 순간, 무엇인가가 콧구멍을 자극했다. 구역질나는 냄새. 음식이 상한 듯한 시큼털털한 냄새.

리카의 입 냄새임을 알아차릴 때까지는 그리 오랜 시간이 걸리지 않았다.

"이 괴물……."

나는 입 안으로 중얼거렸다.

"아파?"

나는 머리를 흔들려고 하다가 그렇게 할 수 없음을 알아차렸다. 그 대신 연신 눈만 깜빡거렸다.

리카의 뺨에 미소가 떠올랐다.

"괜찮은 모양이군. 소리 지르지 않는다면 검 테이프를 벗겨줄게."

나는 작게 고개를 끄덕였다. 리카가 손을 내밀어 검 테이프를 벗겨주었다. 입이 자유로워졌다.

"풀어줘."

나는 작은 목소리로 속삭이듯 말했다.

리카가 생긋 웃었다.

"안 돼."

"여긴 어디지?"

"우리 집. 나와 다카오 씨 집이야."

나는 재빨리 눈으로 좌우를 살펴보았다. 그녀와 다카오의 집이라면, 지난 10년간 리카와 혼마 다카오가 여기서 살았다는 말인가? 도대체 여기는 어디인가?

"지금 몇 시야?"

얼마 동안 의식을 잃어버렸는지 짐작도 할 수 없었다.

"몰라."

리카가 머리를 가로저었다. 정말로 모를 것이다. 시간 개념 같은 것은 개나 줘버렸을 테니까.

"당신, 형사지?"

리카가 툭하니 물었다.

나는 대답하지 않았다. 인정하든 인정하지 않든 리카는 내가 형사라는 사실을 알고 있다. 자신의 적이라는 사실을 알고 있다. 거짓말을 해봐야 소용없다.

"역에 형사들이 쫙 깔렸더군. 형사는 금방 알 수 있어. 독특한 냄새가 나거든."

리카가 코를 실룩거리며 나를 물끄러미 쳐다보았다.

"하행 열차를 타고 있었지. 차량 안에서 플랫폼이 보이더라고. 사방에 온통 형사들이 깔려 있더군. 당신도 거기 있었고. 그대로 미타카까지 가서 상행 열차로 갈아탔어. 그리고 당신이 서 있던 곳의 차량으로 이동했지. 당신에게 묻고 싶은 게 있었거든."

나는 작은 목소리로 말했다.

"당신은 사람을 죽였어. 그것도 몇 명씩이나. 그중에는 경찰관도 있었지. 당신은 지명수배범이야."

"내가 사람을 죽였다고? 누구를? 누구를 죽였단 말이야?"

리카가 진지한 얼굴로 물었다. 아무것도 모른다는 표정이었다.

"오쿠야마라는 형사를 죽였잖아. 죽인 다음에 시신을 토막 냈지. 그렇게 할 사람은 당신밖에 없어."

"오쿠야마? 그게 누군데? 리카는 그런 사람 몰라. 리카가 사람을 죽였다니, 괜히 트집 잡지 마."

갑자기 어린애 같은 말투가 되었다.

"얼마 전의 일이야. 당신은 고엔지에 있는 오쿠야마의 집에 가서, 거기서 오쿠야마를 죽였어."

"리카는 무슨 말인지 모르겠어."

"잘 들어. 당신은 지금 제정신이 아니야. 체포하진 않을 테니까 나와 같이 전문가에게 가서 진찰을 받자."

"전문가? 의사 말이야? 리카는 그런 거 싫어. 의사는 싫어!"

리카의 눈을 똑바로 쳐다보았다. 검은 눈동자가 유난히 크다. 무슨 생각을 하는지 알 수 없는 눈이었다.

나는 혀로 입술을 적셨다. 시간이 얼마나 흘렀을까? 상식적으로 생각할 때 오래되지는 않았으리라. 마취제의 효력은 그렇게 오래 지속되지 않을 테니까. 내가 정신을 잃은 것은 기껏해야 수십 분, 길어야 두세 시간쯤 되지 않았을까?

나는 열차에 올라타자마자 다카코에게 전화를 걸었다. 사람들이 워낙 많고 시끄러워서 내 말이 정확히 전해지지 않았을지도 모르지만,

그래도 내가 리카를 발견했다는 것은 전해졌으리라. 경찰이 가만히 있을 리 없다. 지금쯤 역의 플랫폼에서 홀연히 사라진 나를 찾고 있을 것이다. 다카코만이 아니다. 다른 형사들도 마찬가지다.

내가 리카를 발견했다는 이야기는 현장을 지휘하는 하세가와 1과장에도 전해졌을 것이다. 그러면 리카가 나를 납치해서 어딘가로 데려갔다고 추측하지 않을까?

리카는 전철 안에서 나를 발견해서 납치했다. 그것은 승객들도 보고 있었다. 그렇게 사람들이 많았는데 보지 못했을 리 없다.

갑자기 한 여자가 정신을 잃은 채 쓰러지고, 다른 여자가 그 여자를 데려간다……. 얼마나 기이한 광경이었을까? 누군가는 경찰에 신고했을 것이다. 그리고 경찰은 즉시 수사에 착수해서, 리카가 나를 데리고 어느 역에서 내렸는지 알아냈을 것이다.

지금 도쿄의 모든 경찰이 나를 찾고 있다. 일본의 경찰은 결코 무능하지 않다. 반드시 나를 찾아내고 그와 동시에 리카도 찾아낼 것이다. 그렇다면 내가 할 수 있는 일은 무엇인가. 그때까지 시간을 벌어야 한다. 어떻게든 시간을 끌면서 버텨야 한다.

나는 리카에게 말을 걸기로 마음먹었다. 손발이 묶여 있는 지금, 내가 할 수 있는 일은 그것 말고 아무것도 없다. 말로써 최대한 설득하자. 설득하지는 못해도 최대한 시간을 끌자. 그러면서 누군가가 구하러 와주기를 기다리는 수밖에 없다.

"여기는 어디지? 도쿄야? 아니면 근교야?"

리카는 희미한 미소만 지을 뿐 대답하지 않았다. 상관없다. 대답이 없어도 계속 질문을 쏟아내야 한다.

"여기서 다카오 씨와 살았다고 했지? 얼마나 살았지?"

리카가 혼잣말처럼 중얼거렸다.

"행복했어. 다카오 씨는 지금 네가 앉아 있는 의자를 아주 좋아했지. 항상 거기에 앉아 있었어. 거기 앉아 빙긋이 웃으며 리카의 이야기를 들어줬지. 다정한 사람이었어."

"그래, 당신에게는 다정한 사람이었겠지."

나는 일단 맞장구를 쳤다.

리카가 고개를 끄덕였다.

"그래, 아주 다정했어. 리카가 무슨 말을 해도 웃어줬어. 어떤 행동을 해도 화내지 않았지. 리카는 화내는 사람이 제일 싫어. 왜 사람들은 다른 사람에게 화를 내지?"

나도 모르게 쓴웃음이 나왔다. 너무나 어린애 같지 않은가.

"글쎄, 왜 화를 낼까?"

"너도 화를 내잖아. 형사는 다 똑같아. 모두 화내고 있어."

"나는 화내지 않아. 잠시 내 말을 들어줘. 부탁이야, 나를 여기서 일어나게 해줘. 나를 자유롭게 해줘."

"그 남자도 똑같았어."

리카는 나를 쳐다보지 않고 똑같은 말을 반복했다.

"그 남자도 똑같았어. 무턱대고 화를 냈지. 리카에게 이상하다고, 미

쳤다고 하면서. 아니야. 리카는 미치지 않았어. 리카는 옳아. 지금까지
항상 옳았어."

"그 남자가 누구지?"

어두운 예감이 가슴을 스쳤다. 리카가 얼굴을 들었다.

"게이지라고 했어. 만나자고 하더라고. 리카는 금방 만나자고 하는
사람은 안 믿어. 그런 사람은 이상하거든. 치마만 입으면 다 좋다는 남
자는 사절이야. 리카는 다카오 씨 같은 남자가 좋아. 몸이 목적이 아니
라 리카를 진심으로 좋아해주는 사람. 다카오 씨처럼 다정한 사람이
좋아."

"지금 게이지라고 했지? 당신이 죽인 게이지 씨 말이야?"

"죽였다고? 무슨 말이야? 리카는 사람을 죽이지 않아. 그런 말 하지
마. 무서워."

리카의 입에서 메마른 웃음소리가 흘러나왔다. 그녀의 얼굴에서는
생기를 찾을 수 없었다.

"당신은 다카오의 시신을 산에 버렸어. 그 후에 만남 사이트에 들어
갔지. 거기서 게이지를 만났고."

"다카오 씨, 다카오 씨는 어디 있어? 넌 다카오 씨가 어디 있는지 알
고 있지?"

"내 질문에 대답해. 당신은 게이지를 만났어. 그렇지?"

나는 손발을 움직이면서 물었다. 어떻게든 이 올가미를 풀 수 없을
까? 손이라도 자유롭게 쓸 수 있으면.

"게이지…… 그 녀석, 꼭 찰거머리 같았어. 리카에 대해 잘 알고 있더군. 리카가 좋아할 만한 남자로 교묘하게 위장했지. 하지만 속지 않아. 리카는 그런 거에 안 속아. 리카가 그런 남자에게 걸릴 것 같아?"

"아니, 당신은 걸렸어. 게이지란 남자의 메일을 보고 가슴이 뛰었지. 당신은 혼다 다카오가 죽었다는 걸 알고 있었어. 너무나 잘 알고 있었어. 이 방에는 아무도 없었으니까. 얼마나 외로웠을까? 그 외로움을 달래기 위해 만남 사이트에 들어갔어. 새로운 남자를 찾기 위해. 다음의 다카오를 말이야. 그리고 게이지라는 남자를 만났어. 하지만 게이지는 당신이 생각했던 사람이 아니었어."

"……게이지는 말을 잘했어. 자기 멋대로 메일을 보내 다짜고짜 리카를 좋아한다고 하더라고. 처음에는 안 믿었지. 하지만 그래도 지치지 않고 계속 메일을 보내서 리카도 어느 순간부터 믿어버렸어. 게이지는 말을 번지르르하게 잘했어."

나는 눈을 굴려서 재빨리 좌우를 살펴보았다. 빨리 구하러 와줘. 이런 이야기가 끝없이 이어질 리 없어!

나는 목소리에 힘을 주었다.

"당신은 게이지와 메일을 주고받았어. 처음에는 컴퓨터를 이용해서 하루에 10여 차례 주고받았지. 그게 얼마나 계속되었는지는 몰라. 그러다 어느 순간부터 게이지에게 휴대전화의 메일 주소를 가르쳐줬어. 그런 다음에는 휴대전화 메일을 주고받았지. 하루에 수십 통씩 말이야."

"아니야. 휴대전화 메일 주소는 게이지가 먼저 가르쳐줬어. 게이지는 처음부터 리카에게 휴대전화 메일 주소를 가르쳐줬지. 리카가 계속 컴퓨터 앞에 앉아 있을 수는 없으니까 말이야. 게이지는 다정했어. 처음부터 계속 다정했어."

"그래? 휴대전화 메일 주소는 게이지가 먼저 가르쳐줬군."

"그래."

"어쨌든 당신은 그 메일 주소를 휴대전화에 등록했지. 그리고 어느 시점부터 휴대전화로 메일을 주고받았어. 컴퓨터로도 하루에 10여 통을 보냈으니까 휴대전화로는 훨씬 더 많이 보냈을 거야. 하루에 몇 통이나 보냈지?"

"몰라. 100통쯤 될까?"

100통! 입이 다물어지지 않았다. 그걸 일일이 대응해주려면 오쿠야마가 얼마나 힘들었을까?

"어떤 이야기를 했어?"

"그냥 이런저런 이야기. 아침에 일찍 일어났다든지, 이를 닦았다든지, 그냥 그런 거. 무슨 일이 있으면 그때마다 메일을 보냈어. 게이지도 답장을 보내줬고."

말은 쉽지만 하루에 100통이라면 한 시간에 네 번은 주고받아야 한다. 잠자는 시간이나 출퇴근 시간을 제외하면 한 시간에 적어도 열 통은 주고받아야 하지 않을까?

나는 마음속으로 혀를 내둘렀다. 오쿠야마의 끈질긴 집념에 감탄하지 않을 수 없었다. 리카와 메일을 주고받기 시작하고 나서는 거의 잠도 자지 않았으리라.

더구나 그는 집에서 노는 사람이 아니다. 매일 경시청에 나와 일을 하면서 리카의 메일에 답장을 보냈다. 한 번이라도 어설프게 대응하면 리카가 연락을 끊을 수도 있다. 메일을 쓸 때마다 얼마나 신경을 쓰고 얼마나 머리를 짜냈을까.

그는 안타까울 정도로 성실하게 답장을 보냈다. 애인에게조차 자신이 무엇을 하는지 말하지 않았다. 얼마나 외롭고 고독했을까? 그 이면에는 사건을 혼자 해결하겠다는 공명심이 있었던 것도 부정할 수는 없지만, 어쨌든 그는 모든 것을 한 몸에 떠안았다. 믿기 힘들 만큼 놀라운 정신력이었다.

"당신들은 친해졌어. 메일을 주고받았을 뿐인데, 그것만으로 가슴이 뜨거워지고 두근거렸지. 그리고 메일만으론 부족해서 마침내 서로 전화번호를 교환했어."

그러자 리카가 버럭 화를 내며 소리쳤다.

"리카는 전화번호를 안 가르쳐줬어. 그렇게 가벼운 여자 아니야!"

그녀의 말이 맞는다. 리카는 그에게 자신의 전화번호를 가르쳐주지 않았다. 전화번호를 가르쳐준 사람은 오쿠야마다. 이윽고 리카로부터 그의 휴대전화에 발신번호 표시제한으로 전화가 걸려왔다.

"게이지와 전화로 이야기했지? 어떻게 생각했어?"

"게이지는 리카의 이야기를 잘 들어줬어. 자기에 대해서는 거의 말하지 않고 리카의 이야기에 귀를 기울여줬지. 그거면 충분하다고 했어. 리카의 이야기를 듣고 있으면 행복하다고 말이야."

"혼다 다카오는 말을 할 수 없었는데, 오쿠야마는 말을 할 수 있어서 즐거웠겠지?"

나는 한 발짝 깊이 들어갔다. 혼마 다카오는 말을 할 수 없었다. 아마 최소한의 의사표시를 하는 게 고작이었으리라.

지난 10년간, 리카는 혼마 다카오와 같이 여기서 살았다. 그들 말고는 아무도 없었다. 둘만의 생활이었다. 하지만 대화는 없었다. 리카가 일방적으로 말하는 날들이 이어졌을 뿐이다. 리카는 대답에 굶주려 있었으리라. 그렇다면 게이지라는 얼굴도 모르는 남자와 대화하면서 얼마나 즐거웠을까?

"다카오 씨는…… 원래 말이 없는 사람이니까."

말이 없는 게 아니다. 말을 할 수 없었다. 리카가 그의 혀를 잘라냈기 때문이다. 무엇 때문에 그런 짓을 했을까. 대답은 간단하다. 기분 나쁜 말은 듣고 싶지 않았던 것이다.

혼마 다카오는 두 팔과 두 다리가 잘린 채 이 의자에 묶여 있었다. 눈도 도려내서 앞을 볼 수 없었다. 하지만 뇌는 살아 있었다. 자신이 어떤 상황에 처했는지 리카에게 캐묻고 싶었으리라. 아마 머지않아 의식은 잃었겠지만, 그래도 처음에 감금된 당시에는 몸짓으로 분노를 터뜨릴 수 있었을 것이다.

그리고 지금의 나와 마찬가지로 집으로 돌려보내달라고 호소하고 싶었으리라. 리카 같은 여자는 사랑하지 않는다. 사랑하기는커녕 갈기갈기 찢어죽이고 싶을 만큼 증오하고 있다. 그런 생생한 감정을 표현하고 싶었을 것이다. 하지만 그에게는 혀가 없었다. 말을 할 수가 없었다.

반면에 리카에게 그는 이상적인 애인이었다. 자신도 좋아하고 상대도 좋아해준다. 그런 꿈을 이루어주는 애인이었다. 리카에게는 그게 진실이었으니까.

따라서 그의 본심 같은 것은 알고 싶지 않았다. 리카가 원하는 남자는 손과 발이 있는 사람이 아니었다. 그저 자기 말을 들어주고 자신을 사랑해주는 사람이면 충분했던 것이다.

리카는 자신이 원하는 현실밖에 인정하지 않는다. 현실이 자신의 생각과 다르면 무슨 짓을 해서라도 자신에게 맞추려고 한다. 따라서 혼마의 혀를 자르는 일은 아무것도 아니었다.

하지만 이 세상 모든 일에는 대가가 있다. 그 결과 리카가 아무리 말을 걸어도 혼마로부터 대답이 돌아오지 않게 되었다.

리카는 혼마에게 수많은 이야기를 했으리라. 오늘 무슨 일이 있었는지, 자기가 어디를 다녀왔는지, 어디에서 어떤 물건을 샀는지, 오늘 TV에서 어떤 뉴스를 듣고 자신은 어떻게 생각하는지, 일상생활에서 벌어지는 시시콜콜한 이야기들을 일방적으로 끊임없이 늘어놓았으리라.

혼마가 미소를 지으며 리카의 이야기에 귀를 기울였다는 것은 리카의 착각일 따름이다. 여기에 온 지 얼마 되지 않아 혼마의 정신은 산산 조각이 났을 것이다. 인간으로서의 의식은 어딘가로 날아갔음이 틀림없다.

그럼에도 리카는 끊임없이 말을 했다. 여기는 리카와 혼마의 사랑의 보금자리다. 그런 자리에는 그에 어울리는 대화가 필요하다. 리카는 종달새처럼 재잘재잘 끊임없이 혼마에게 말을 걸었다. 그것만으로 만족했다.

하지만 마음 깊은 곳에서 만족했느냐 하면 그렇지는 않았다. 리카는 대화를 즐기고 싶었다. 흔히 보는 애인들처럼 사소한 이야기를 하면서 같이 웃고 같이 떠들고 싶었다.

리카는 대화에 굶주려 있었다. 말을 걸면 대답이 돌아오는 상황을 그리워했다. 그런 와중에 게이지라는 남자가 나타났다. 부탁도 하지 않았는데 먼저 전화번호를 가르쳐주었다. 하루에 100통씩 메일을 주고받은 끝에 리카는 그 전화번호로 연락을 했다.

그러자 상대가 전화를 받았다. 그는 그녀를 리카라고 부르면서 이런저런 이야기를 했다. 리카도 이런저런 이야기를 했으리라. 지금까지 있었던 일에 대해서, 자기 자신에 대해서, 자신을 둘러싼 상황에 대해서. 혼마에게 보낸 메일이나 오쿠야마에게 보낸 메일을 보면 리카가 얼마나 말이 많은지 알 수 있다.

특히 자기 자신에 대해서 말할 때, 리카는 수다쟁이가 된다. 자신을 이해하게 만들겠다는 마음이 놀라우리만큼 강하고 열정적이다. 남의 이야기는 듣지 않으면서 자기 이야기를 할 때는 똑같은 말을 끊임없이 되풀이한다. 오쿠야마는 리카의 이야기를 잘 들어주었으리라. 자신을 믿게 만들어 유인해내야 했기 때문이다.

"통화는 즐거웠어?"

리카는 순순히 인정했다.

"즐거웠어. 리카는 말하는 게 좋아. 너무너무 좋아."

"그리고 어떻게 했지?"

아아, 제발 누가 와서 나 좀 구해줘! 질문은 이미 바닥을 드러내고 있다. 더 이상 물어볼 게 없다. 대화가 끊어졌을 때, 리카가 무슨 짓을 할지 상상도 할 수 없었다.

"만나기로 했어. 리카는 통화만 해도 좋았지만 게이지가 만나고 싶댔어. 리카를 너무너무 좋아해서 만나고 싶댔어."

"그래서 만났군. 어디서 만났지?"

"기억이 안 나. 게이지가 차로 데리러 와췄어."

"둘이 드라이브를 했어?"

순간 리카의 눈에서 빛이 사라졌다.

"아니, 그 자에겐 그럴 생각이 없었어. 그럴 생각은 처음부터 손톱만큼도 없었지. 그 자는 리카를 경찰서에 데려가려고 했어. 형사였더군. 화를 냈어. 리카에게 화를 냈어. 굉장히, 아주 많이. 리카를 살인자라고 비난했어. 리카가 누구를 죽였다는 거야? 리카는 아무도 죽이지 않았어. 리카는 다카오 씨와 행복하게 살았을 뿐이야. 리카의 행복을 아무도 방해하지 못하게 할 거야. 리카는 다카오 씨를 만나고 싶어. 리카는 다카오 씨 거야. 다카오 씨 말고는 어느 누구도 리카를 가질 수 없어. 게이지를 만난 게 잘못이었어. 다카오 씨 몰래 다른 남자를 만나서 벌받은 거야. 리카가 나빠. 리카가 잘못했어. 다시는 그런 짓을 하지 않아. 이제 다시는……."

입술 사이로 중얼거림이 끊임없이 이어졌다. 스스로도 무슨 말을 하는지 모르지 않을까? 리카의 눈은 더할 수 없이 공허했다.

"당신은 게이지가 형사란 걸 알아차렸어. 그 후에 어떻게 했지? 생각해봐. 당신은 게이지에게 마취 주사를 놓아서 의식을 잃게 만들었을 거야. 그리고 게이지의 차를 운전해 고엔지의 집까지 갔어. 그런 다음에 어떻게 했지?"

리카가 괴이한 소리를 지르며 머리칼을 쥐어뜯었다. 발밑에 머리칼이 한 움큼 떨어졌다.

"무슨 말이야? 리카는 아무것도 기억 안 나."

리카가 나를 쳐다보며 웃었다. 치아가 그대로 드러났다. 지독한 입냄새. 나는 얼굴을 찡그렸다.

"기억이 안 난다고? 당신은 게이지를 죽였어. 그리고 그의 몸을 토막 냈지. 그래놓고 기억이 안 난다고?"

리카가 또 웃었다.

언뜻 보면 천진난만하다고 할 수 있는 웃음이었다.

"게이지가 누구야? 그 사람은 어디 있어?"

"지금 말했잖아. 당신이 만남 사이트에서 만난 남자 말이야."

"그게 무슨 말이야? 만남 사이트는 또 뭐지? 리카는 그런 곳에 간 적이 없어."

제정신이 아니다. 방금 전까지만 해도 만남 사이트에서 오쿠야마를 만났다고 인정했다. 컴퓨터 메일을 주고받다가 휴대전화로 메일로 옮겼으며, 통화를 했다고도 말했다. 그런데 지금은 아무 기억이 안 난다고 한다.

양쪽 모두 진심이다. 조금 전까지 오쿠야마와 메일을 주고받았다고 인정한 것도, 지금 모든 걸 부정하는 것도 전부 진심이다.

리카에게는 정상과 광기의 경계선이 없다. 자기 마음대로 양쪽을 왔다 갔다 할 수 있다. 아무리 사실이라도 자신에게 불리한 건 인정하지 않는다. 그리고 자신에게 유리하도록 현실을 비튼다. 거짓으로 굳어진 일그러진 진실에 대해서만 말하는 것이다.

"이제 됐어? 네 이야기는 끝났지? 그럼 이제 리카의 이야기를 들어줘. 알고 싶은 게 있어."

나는 죽을힘을 다해 이야기를 짜냈다.

"아니, 아직 끝나지 않았어. 게이지 이야기를 해줘. 게이지와 어떤 이야기를 했지? 무엇에 대해서 말했지? 가르쳐줘. 부탁이야."

느닷없이 뺨에 통증이 내달렸다. 리카가 뺨을 때린 것이다. 코피가 나왔다.

"이제 그만해! 리카가 알고 싶은 게 있다잖아! 다카오 씨에 대해서 말이야."

리카가 나를 날카롭게 노려보았다. 잠시 침묵이 이어졌다. 리카의 얼굴이 눈앞으로 다가왔다. 지독한 냄새. 속이 뒤틀렸다. 나는 눈을 꼭 감았다.

리카가 내 입술을 잡았다. 눈을 떴다. 리카가 내 얼굴을 자기 쪽으로 향했다.

"너, 형사지?"

손의 힘이 보통이 아니다. 나는 고개를 끄덕였다. 리카가 내 얼굴에서 손을 뗐다.

"형사라면 알겠네. 다카오 씨는 어디 있지? 말해."

"혼다 다카오의 시신은 헤어진 아내가 데려갔어. 얼마 전에 화장해서 지금은 고다이라 영원이라는 도립 묘지에 안장돼 있지."

"시신?"

"혼다 다카오는 죽었어. 당신도 알고 있잖아. 혼다는 죽었어. 그 시신을 당신이 산에 버렸고."

리카는 머리를 세차게 가로저었다.

"다카오 씨가 죽었다니, 거짓말이야! 그런 건 거짓말이야. 넌 지금 거짓말을 하고 있어."

"거짓말이 아니야. 혼다 다카오는 음식이 목에 걸려 질식사했어. 아마 이 방에서 그랬겠지. 당신은 그걸 알고 있어. 그래서 혼다를, 혼다의 시신을 산에 버리러 갔잖아!"

리카가 다시 내 뺨을 때렸다. 날카로운 소리가 울려 퍼지고 리카가 목이 터져라 소리쳤다.

"거짓말하지 마! 다카오 씨가 죽다니, 그런 일은 있을 수 없어!"

"정말이야. 정말로 혼다 다카오는 죽었어."

"우리는 행복했어. 얼마나 행복했는지 알아? 이 행복은 영원히 계속될 거라고 다카오 씨가 그랬어. 그렇게 말하면서 미소를 지었다고! 다카오 씨는 거짓말하지 않아. 우리는 행복했다고!"

"그럴지도 모르지. 하지만 혼다 다카오는 죽었어. 그건 사실이야."

나는 그렇게 말하고 나서 침을 뱉었다. 침에 피가 섞였다. 입 안에서 쇠 맛이 났다.

"거짓말이야. 다카오 씨는 죽지 않아! 죽을 리 없어. 리카와 영원히 같이 있겠다고 약속했단 말이야!"

"혼다 다카오는 죽었어. 당신이 시신을 버렸잖아! 그래놓고 이제 와서 모른 척할 거야?"

리카가 별안간 괴성을 지르며 미친 듯이 머리카락을 쥐어뜯었다. 온몸에 소름이 돋는 소리가 한동안 방 안 전체를 감쌌다.

"당신은 혼다 다카오의 시신을 버렸어. 여행 가방에 넣어서 산속에 버렸지. 거기까지 차로 가져갔더군. 차는 어디서 났지?"

"알았다!" 리카가 소리를 치며 내 쪽을 쳐다보았다. "경찰이 다카오 씨를 데려갔군."

"천만에. 우리는 그런 일을……."

하지만 리카는 내 말을 가로막더니, 숨도 쉬지 않고 일방적으로 떠들어댔다.

"그래, 경찰이 다카오 씨를 데려갔어. 어디에 숨겼지?"

리카가 침을 튀기며 말을 이었다.

"분명히 전처가 부탁했을 거야. 다카오 씨가 그랬는데, 전처가 아직도 자신을 잊지 못했다고 하더라고. 하기야 다카오 씨가 나쁜 남자지. 전처와 확실히 매듭을 짓지 않은 채 리카에게 왔으니까. 딸 문제를 비롯해 아직 해결하지 않은 문제가 있어서, 그런 얘기를 해야 했을 거야. 하지만 어쩔 수 없잖아. 다카오 씨가 사랑하는 건 리카니까. 사랑하는 사람과 같이 있고 싶은 건 인간의 자연스러운 감정 아니겠어? 그래서 다카오 씨는 리카에게 왔어. 리카를 선택한 거지. 그런데 전처는 아직도 다카오 씨를 잊지 못하고, 경찰에 부탁해 리카에게서 억지로 다카오 씨를 뺏어가려고 했어. 경찰도 문제야. 물론 전처에게 권리가 있을지 모르지만 다카오 씨가 진심으로 사랑하는 사람은 리카야. 리카를 사랑해. 그런 우리 둘을 떼어놓을 수 있을 것 같아? 다카오 씨를 데려가 봤자 소용없어. 우린 절대로 헤어지지 않을 테니까. 왜 그걸 모르는 거지?"

리카의 공허한 눈이 기이하게 빛났다. 그녀의 머릿속에서는 이 이야기가 사실로 굳어져 있으리라.

"경찰은 그런 짓을 하지 않아. 애초에 경찰은 혼다 다카오의 전처로부터 그런 부탁을 받은 적이 없어. 부탁을 받았다 해도 그런 일은 하지 않아. 아니, 할 수 없어."

리카가 웃음을 터뜨렸다.

"변명해도 소용없어. 리카는 알고 있으니까. 물론 겉으론 할 수 없다고 하겠지. 하지만 이번엔 특별해. 경찰이 다카오 씨를 데려가서 어딘가에 숨겨놓았을 거야. 어디다 숨겨놓았지? 형사라면 알고 있지? 다카오 씨는 어디 있어? 어서 말해!"

"혼다 다카오는 지금 묘지에 안장되어 있어. 화장을 해서 매장했지. 거짓말이 아니야."

"묘지? 그게 무슨 말이지?"

"죽었어. 그래서 묘지에 있어."

리카가 귀를 막고 소리쳤다.

"거짓말은 듣고 싶지 않아! 리카는 사실을 알고 싶어! 다카오 씨는 어디 있지? 어서 말해!"

"혼다 다카오는 지금 묘지 안에 있어. 뼛가루가 되어서 말이야. 혼다가 죽었다는 건 당신이 가장 잘 알고 있잖아!"

"사실을 말해줘! 말하지 않으면 말하게 만들겠어!"

리카가 벌떡 일어나더니 방문 밑에 있었던 불투명한 비닐봉투를 가져왔다. 안에서 나온 건 녹이 슨 수술도구였다. 리카가 메스를 들었다.

"형사라고 했지? 그런 것치곤 제법 예쁘장하게 생겼군. 이런 얼굴에 상처를 내고 싶지 않은데 말이야……."

나는 목이 터져라 소리쳤다.

"안 돼! 메스를 버려!"

리카가 메스를 들고 한 걸음 다가왔다.

"네 잘못이야. 그러니까 왜 사실을 말하지 않지? 그럼 이렇게 할 수밖에 없잖아."

나는 리카의 손에서 눈을 떼지 않고 말했다.

"난 지금 사실을 말하고 있어! 혼다 다카오는 정말로 죽었어. 시체로 발견됐다고. 발견되었을 땐 이미 죽었어. 시체를 버린 건 바로 당신이잖아!"

"계속 거짓말을 하면……."

리카가 내 얼굴에 메스를 들이댔다.

"어떻게 할지 나도 몰라."

나는 입을 다물었다. 리카의 얼굴이 가까이 다가왔다.

"부탁이야, 사실을 말해줘. 리카도 이러고 싶지 않아. 리카는 작은 일에도 쉽게 상처 받는 타입이거든. 거짓말은 더 이상 듣고 싶지 않아. 사실을 말해줘. 다카오 씨는 어디 있지? 경찰은 뭘 알고 있지? 어디다 숨겼어?"

"경찰은 아무것도 몰라. 아니, 당신이 혼다 다카오의 시신을 버렸다는 건 알고 있어. 그 시신을 회수해서 부검을 통해 사인을 알아냈지. 그 이후 시신은 헤어진 아내가 데려갔어. 아내는 혼다를 화장해서 묘지에 안장했고. 내가 알고 있는 건 그것뿐이야."

리카가 내 얼굴을 들여다보았다.

"사실을 말하라니까! 다카오 씨는 살아 있어. 리카를 기다리고 있어. 리카가 데리러 가지 않으면 다카오 씨는 어디에도 갈 수 없으니까. 리카는 다카오 씨를 데리러 가야 돼. 경찰은 다카오 씨를 숨기고 있어. 어서 말해. 다카오 씨는 지금 어디 있지?"

"아까부터 계속 말했잖아. 지금 묘지에 안장했다고!"

"솔직히 말하지 않으면 이걸로 눈알을 찌를 거야."

눈을 감으려고 했다. 하지만 눈을 감을 수 없었다. 나는 눈을 크게 뜬 채 메스의 움직임만을 쳐다보았다.

누가 빨리 와서 나 좀 구해줘! 이 여자는 진심이야. 자기가 말한 대로 할 거야. 최악의 사태가 벌어지기 전에 나 좀 구해줘!

오쿠야마의 처참한 모습이 뇌리에 떠올랐다. 죽기 싫다. 그런 식으로 죽고 싶지 않다. 누구라도 좋다. 누가 나 좀 구해줘. 제발, 제발……

메스가 가까이 다가왔다. 오른쪽이다. 오른쪽 눈을 노리고 있다. 메스가 점점 뿌옇게 보였다. 초점이 맞지 않는다. 눈앞이 희미해진다.

부탁이야, 제발 그만둬! 누가, 누가 이 여자를 말려줘!

메스를 든 리카의 손이 가늘게 떨렸다.

이러지 마! 살려줘!

다시 리카의 목소리가 들렸다.

"사실을 말해줘. 말하지 않으면 어떻게 할지 나도 몰라."

나는 다시 소리쳤다.

"이러지 마! 제발 부탁이니까 그만둬! 난 전부 다 말했어. 내가 아는 건 전부 말했다고! 아무리 물어도 더 이상 할 말이 없어!"

리카의 공허한 목소리가 울려 퍼졌다.

"형사라면 알고 있을 거야. 다카오 씨는 어디 있지?"

"묘지에 있다고 했잖……."

그때 오른쪽 눈에 메스가 닿았다. 얼굴을 뒤로 뺐다. 하지만 메스는
집요하게 나를 쫓아왔다. 눈을 감았다. 눈꺼풀에 메스가 닿았다. 다음
순간, 아무런 경고도 없이 눈에 메스가 박혔다.

뜨겁다. 굉장히 뜨겁다. 꼭 불에 달군 쇠막대기 같다. 쇠막대기가 내
눈을 쑤시고 있다. 천천히, 그러면서도 확실히 눈에서 힘이 빠져나갔
다. 미끌미끌한 것이 뺨을 타고 흘러내렸다. 피라는 걸 알 때까지 몇 초
가 걸렸다.

나는 가까스로 눈을 떴다. 눈앞이 새빨갰다. 그때 처음으로 통증을
느꼈다. 아프다.

나는 주위가 떠나가라 고함을 질렀다.

"살려줘!"

메스가 다시 움직였다. 내 오른쪽 눈을 몇 번이나 찔러서 도려냈다.
뜨겁다. 아프다. 아아, 어떻게 이런 일이…… 그만해. 신이시여, 제발
살려주세요.

눈에서 메스가 떨어졌다. 내 오른쪽 눈은 이미 시력을 잃었다. 무슨
일이 일어난 걸까.

눈을 몇 번 깜빡였다. 하지만 시력은 돌아오지 않았다. 오른쪽 눈에

는 이미 아무것도 보이지 않았다.

어떻게 된 거지?

그때 왼쪽 눈이 무엇인가를 포착했다. 리카의 손. 메스. 메스 끝에 동그란 덩어리가 매달려 있었다. 하얀색과 빨간색의 그러데이션. 미끈미끈한 덩어리. 보고 싶지 않다. 보면 무엇인지 인정하게 된다.

하지만 결국 보고야 말았다. 메스 끝에 붙어 있는 건 눈알이었다. 내 오른쪽 눈알…… 믿을 수 없었다. 아아, 어떻게, 어떻게…….

목구멍 안에서 뜨거운 덩어리가 치밀어 올라와서 입으로 흘러넘쳤다. 구토. 샛노란 위액이 입을 박차고 튀어나가 사방으로 흩어졌다.

"말해줘. 다카오 씨는 어디에 있지?"

리카가 다시 메스를 들이댔다. 메스 끝에는 아직 내 눈알이 매달려 있다. 나는 죽을힘을 다해 발버둥 쳤다. 하지만 의자에 묶여 있어서 움직일 수 없었다. 저항할 수 없었다.

"빨리 말해. 리카도 이런 짓은 하고 싶지 않아."

"이미 대답했잖아! 혼다 다카오는 죽었어. 죽었다고!"

"거짓말, 그럴 리 없어. 다카오 씨는 안 죽었어. 살아 있어."

리카가 내 입 안에 왼손을 쑤셔 넣었다. 손가락 끝으로 혀를 찾는다. 상상을 초월한 힘이다. 손끝으로 혀를 잡아서 밖으로 끌어냈다. "살려줘"라고 말했지만 리카는 듣지 않았다.

"왜 자꾸 쓸데없는 말을 하는 거지? 닥쳐, 닥쳐, 닥쳐! 시끄러워! 더 이상 쓸데없는 말을 못 하게 혀를 잘라버리겠어!"

리카가 오른손에 들고 있던 메스를 혀뿌리에 댔다. 그녀의 얼굴에는 눈알을 도려낼 때 튄 피가 묻어 있었다.

리카의 얼굴에 해맑은 웃음이 매달렸다. 순수한 기쁨으로 빛나는 웃음. 갖고 싶었던 장난감을 차지한 어린아이 같은 웃음. 리카가 손에 힘을 주며 입맛을 다셨다.

"마지막으로 물을게. 다카오 씨는 어디 있지? 대답해."

내 입에서 침이 흘러넘쳤다. 이럴 땐 뭐라고 대답해야 할까? 지금은 어떻게 대답해도 소용없다. 리카는 반드시 나를 죽일 것이다.

그렇다, 리카는 나를 죽일 것이다. 그것은 어느 누구도 말릴 수 없다.

나는 토해내듯 소리쳤다.

"몰라. 다카오 씨는 죽었어. 정말이야. 죽었다고!"

"거짓말."

나는 리카를 향해 침을 뱉었다. 침이 리카의 얼굴에 묻었다. 리카는 침을 닦으려고도 하지 않고 나를 향해 손을 내밀었다.

"죽여버리겠어."

"마음대로 해."

모든 걸 체념한 순간, 별안간 문이 열리고 다카코가 나타났다. 리카가 돌아보았다. 다카코의 손에는 이미 권총이 들려 있었다.

"나오미!"

다카코가 소리치며 나를 쳐다보았다. 그 순간 어떻게 된 건지 깨달은 것 같았다.

리카의 입에서 포효가 터져나왔다. 궁지에 몰린 들짐승 같은 소리를 지르며 그대로 다카코를 향해 돌진했다.

하지만 다카코가 한 박자 빨랐다. 귀를 찢는 굉음이 들렸다. 다카코가 총을 쏜 것이다.

리카가 뒤로 날아가서 벽에 부딪혔다. 그러나 즉시 다시 일어섰다. 총을 안 맞은 걸까. 아니, 분명히 맞았다. 빗맞았을 리 없다. 이렇게 가까운 거리에서 다카코가 잘못 쏠 리 없다.

리카의 가슴이 새빨갛게 물들었다. 어디에 맞은 걸까. 리카가 다시 다카코에게 달려들었다. 하지만 다카코는 냉정함을 잃지 않고 다시 총을 쏘았다. 리카가 뒤쪽으로 날아갔다.

나는 숨을 들이마시고 나서 소리쳤다.

"다카코, 조심해!"

"그래, 걱정 마."

다카코가 고개를 끄덕이며 리카에게 한 발짝 다가갔다. 리카는 쓰러진 채 움직이지 않았다. 다카코가 리카를 향해 다시 한 발을 쏘았다. 리카는 꼼짝도 하지 않았다. 이제 숨통이 끊어졌으리라.

마음을 놓은 것도 잠시, 리카가 다시 벌떡 일어나서 오른손을 휘둘렀다.

"다카코!"

다카코의 오른쪽 어깨에 메스가 꽂혔다.

"이 정도는 괜찮아."

다카코는 메스를 뽑아서 바닥에 내동댕이쳤다. 리카가 일어섰다. 상반신은 피로 새빨갛게 물들어 있었다.

리카가 말없이 다카코를 향해 돌진했다. 리카의 움직임은 민첩했지만 다카코가 한수 위였다. 다카코는 리카의 얼굴에 총을 대고 그대로 방아쇠를 당겼다. 귀를 찢는 소리와 함께 리카의 왼쪽 눈에 구멍이 뚫렸다. 리카가 무너지듯 주저앉았다.

다카코가 그 위에 올라타서 리카의 얼굴에 총구를 대고 잇따라 두 발을 쏘았다. 고막이 터질 듯한 소리가 들리고 이윽고 리카는 움직이지 않았다.

그래도 다카코는 일어서지 않고, 총신에 새로운 탄환을 장전했다. 여섯 발. 손은 떨리지 않았다. 그녀는 여섯 발의 총알이 들어간 총구를 리카의 얼굴에 댔다. 그리고 잇따라 방아쇠를 여섯 번 당겼다. 날카로운 소리가 천지를 뒤흔들었다.

다카코가 한 걸음 물러섰다. 리카는 이제 움직이지 않고, 얼굴이 피투성이가 된 채 쓰러져 있다.

다카코가 리카의 목덜미를 만지며 말했다.

"죽었어."

"다카코……."

다카코의 손에서 권총이 떨어졌다. 나를 쳐다보는 눈이 허무해 보였다. 나는 다시 한 번 그녀의 이름을 불렀다.

"다카코……."

그녀가 나에게 손을 내밀었다. 손끝이 파르르 떨렸다.

"나오미, 미안해……."

"여기는 어디야?"

"신오쿠보야."

"신오쿠보?"

그녀는 나의 온몸을 묶고 있는 끈을 자른 다음, 수갑을 벗기면서 설명했다.

"리카의 아지트는 신오쿠보에 있었어. 아마 10년간, 혼마 다카오와 같이 여기서 살았을 거야."

"이렇게 가까운 곳에?"

"도쿄 한복판에 살 줄은 꿈에도 몰랐어. 사람이 없는 외진 곳에 몰래 숨어 있을 줄 알았는데…… 하지만 아니었어. 리카는 신주쿠에 있었어. 도심 한복판에 있었던 거지. 설 수 있겠어?"

나는 다카코에 기대어 간신히 일어섰다.

"이제 곧 하세가와 1과장님이 형사들을 이끌고 오실 거야."

나는 혼잣말처럼 나지막하게 말했다.

"얼마나 화를 내실까?"

"지금 그런 말을 할 때야? 일단 병원부터 가자."

병원. 그 말을 들은 순간, 격렬한 통증이 오른쪽 눈을 습격했다. 나는 손으로 오른쪽 눈을 더듬었다. 그곳에는 커다란 구멍이 휑하니 뚫려 있을 뿐이었다.

"어떻게 된 거야? 여긴 어떻게 알았지?"

"리카가 너를 납치했어. 고엔지 역에서 말이야. 처음엔 그런 사실을 아무도 몰랐어. 나도 마찬가지였고. 너에게 전화가 왔지만 무슨 말을 하는지 몰랐거든. 어쨌든 전화를 받고 돌아봤더니 네가 제자리에 없더라고. 그래서 리카를 발견하고 전철에 올라탔다고 생각했어. 리카는 플랫폼에 내려서지 않았고, 넌 그걸 보고 리카를 따라 전철에 올라탔을 테고."

승객 중 몇 명이 전철 안에서 이상한 일이 있었다고 경찰에 신고했다고 한다.

"그다음은 시간과의 싸움이었어. 그런데 한 시민이 경시청에 전화해, 어떤 여자가 정신을 잃은 여자를 데리고 신오쿠보 역에서 내렸다고 했대. 역에서 어디로 갔는지 몰라서 전전긍긍한 순간, 불현듯 GPS가 생각나더라. 그래서 GPS를 이용해 너의 현재 위치를 파악해서 찾아온 거야."

"왜 더 일찍 오지 않았어?"

"리카는 신오쿠보 역에서 택시를 탔어. 그리고 이 근처에서 내린 뒤, 뭔가 눈치를 챘는지 네 휴대전화를 버렸더라고. GPS가 이 주변에서 멈추는 바람에 구체적인 곳은 알 수 없었어. 즉시 지원이 와서 이 주변을 이 잡듯 샅샅이 뒤졌지. 주택, 점포, 빌라, 아파트, 전부 다 말이야. 그러느라 시간이 걸릴 수밖에 없었어."

"리카는…… 죽었지?"

"리카는 호러 영화에 나오는 좀비가 아니야. 실제로 살아 있는 인간이지. 난 리카의 몸에 전부 열두 발을 박아 넣었어. 머리에만 여섯 발을 쏘았고. 그래도 안 죽었다면 두 손 두 발 다 들어야지 뭐. 그런 사람을 어떻게 이기겠어? 이제 그만 가자."

다카코가 내 팔을 자기 어깨에 둘렀다.

그녀에게 기대면서 나는 문을 향해 걸었다. 순간 어지러워서 쓰러질 뻔했다. 출혈 때문이다. 이제 와서 온몸이 떨리고 오한이 내달린다.

나는 죽을 뻔했다. 리카에 의해 죽임을 당할 뻔했다. 그런데 오른쪽 눈 하나로 끝났으니 어쩌면 운이 좋다고 할 수 있을지도 모른다.

그때 사이렌 소리가 들렸다.

한두 대가 아니다. 고막을 파고드는 수많은 사이렌 소리를 들으며 나는 다카코와 같이 밖으로 나왔다.

내 입에서 중얼거림이 새어나왔다.

"리카는 죽었어. 이제 모든 게 끝난 거야."

"그래."

"오쿠야마 선배는 만족할까?"

"그렇겠지. 이렇게까지 했는데 만족하지 않으면 안 되지."

형사 한 명이 뛰어들다가 내 모습을 보고 숨을 헉하고 들이마셨다. 다카코가 형사를 보고 머리를 흔들었다.

"괜찮아요. 이 안쪽 방입니다."

형사가 무전기를 꺼냈다. 형사를 내버려둔 채 우리는 걸음을 재촉했다.

"다카코, 고마워."

"늦게 와서 미안해."

"괜찮아. 내가 죽은 다음에 온 건 아니니까. 그런데 넌 나를 위해 리카를 쐈어. 문제가 없을까?"

그녀가 입술 끝을 올리며 작게 웃었다.

"문제가 없을 리 있겠어? 경고도 하지 않고 열두 발이나 쐈는데? 더구나 내겐 살의가 있었어. 경시청이 시작된 이후 최대의 불상사가 될 거야."

"그래도 괜찮아?"

그녀는 보일 듯 말 듯 한숨을 쉬었다.

"난 애인을 잃었어. 거기다 친구까지 잃으면 늙어서 외로워 견딜 수 없을 거야. 총을 쏜 건 후회하지 않아. 다시 똑같은 상황에 처한다 해도, 난 잠시도 망설이지 않고 리카를 죽일 거야. 그런 건 괜찮으니까 어서 병원에나 가자."

"응."

나는 고개를 끄덕였다.

멀리서 하세가와 1과장의 모습이 보였다. 나를 보고 뛰어왔다.

"괜찮나?"

그 말을 들으며 나는 의식이 멀어지는 걸 느꼈다. 어쨌든 지쳤다. 지금은 쉬고 싶다.

리카는 죽었다. 다카코가 총을 쏘아 리카를 죽였다. 이것으로 사건은 끝났다. 10년에 걸쳐 수사해온 리카 사건은 대단원의 막을 내린 것이다.

"나오미……."

나를 부르는 다카코의 목소리가 들렸다. 하지만 대답을 할 수 없었다. 순찰차의 사이렌 소리가 더욱 요란스러워졌다.

에필로그

미소

한 달이 지난 어느 토요일 오후, 나는 후추의 병원을 찾았다. 절전 때문인지 병원 복도는 유난히 어두웠다. 지나치는 사람은 없었다. 긴 복도를 걸어서 병실에 도착했다.

가볍게 노크를 하고 문을 열자 하얀 가운을 입은 남자가 서 있었다. 언제나 그렇듯이 사카이였다.

"오셨군요."

사카이가 작게 머리를 숙였다.

내 얼굴을 보고 의아한 표정을 지을 뿐 이유는 묻지 않았다. 오른쪽 눈에 커다란 안대를 하고 있었던 것이다.

"오랜만에 오셨네요."

이번에 병원을 찾은 건 두 달 만이다. 나는 기본적으로 한 달에 한 번 병원을 찾았다. 특별한 일이 없는 한 그 사이클은 변하지 않았다. 사카이는 그걸 알고 있었던 것이다.

"조금 바빴어요."

"그렇군요."

그는 고개를 끄덕이며 한 걸음 옆으로 물러섰다. 침대가 보였다. 남자가 침대 위에 앉아서 공허한 표정으로 허공을 바라보았다. 입술 끝에서 침이 한 줄기 흘러내렸다.

"스가와라 선배님."

나는 그의 이름을 불렀다.

하지만 스가와라는 대답하지 않았다. 나를 쳐다보지도 않는다. 다만 멍하니 앞을 바라볼 뿐이었다.

"특별히 달라진 게 있나요?"

사카이가 어깨를 작게 들썩였다.

"여전합니다. 의식은 있지만 반응은 없어요. 식물인간과는 조금 다르지만 한마디로 말해서 마음이 무너졌다고나 할까요?"

스가와라가 고개를 숙였다. 육체적인 문제는 전혀 없다. 운동 기능도 정상이라고 한다. 짧은 시간이지만 간호사의 부축을 받고 정원을 산책하기도 한다. 밥도 먹고 잠도 자고 대소변도 본다. 다만 아무리 이름을 불러도 대답하지 않는다. 침대 위에 앉아서 물끄러미 뭔가를 바라볼 따름이다.

"몇 번 말씀드렸지만 스가와라 씨가 제정신으로 돌아오는 일은 없

을 겁니다. 스가와라 씨 같은 환자는 그렇게 드물지 않죠. 다른 사례를
보아도 이대로 인생을 마칠 겁니다."

내 시선은 다시 스가와라에게 향했다.

지난 10년간, 계속 병원에 다니며 보았지만 이상하게도 10년 전과
달라진 것처럼 보이지 않았다. 올해 58세가 되었는데 노화의 징후는
보이지 않았다. 시간 개념에서 해방되었기 때문일지도 모르지만 정확
한 건 알 수 없었다.

"스가와라 선배님."

반응은 없었지만 나는 계속 보고를 했다.

"리카가 죽었어요."

스가와라는 움직이지 않았다. 말도 하지 않고 그냥 조용히 앉아 있
었다.

"우리는 리카를 찾아내서 결국 죽였어요. 그렇게 하는 수밖에 없었
죠. 리카는 죽고, 이제 모든 건 끝났어요. 리카 사건은 완전히 막을 내
린 거예요."

그래도 그는 계속 허공만 바라볼 따름이었다. 숨소리도 달라지지 않
았다.

예상한 대로 스가와라는 아무 반응도 보이지 않았다. 그러리라는 건
이미 알고 있었다.

그래도 사실을 전하고 싶었다. 그것은 나의 의무라고 생각했다. 의
무를 마치자 어깨의 힘이 빠졌다. 10년이 얼마나 오랜 세월인지 새삼

느껴졌다.

"죄송해요."

사카이를 향해 고개를 숙였다.

"아닙니다."

그는 머리를 흔들 뿐, 어떻게 된 거냐고 묻지는 않았다. 자신이 캐물을 일은 아니라고 판단한 모양이었다.

"다른 문제는 없나요?"

그러자 그는 다시 머리를 흔들었다.

"얼마 전에 전체적으로 건강검진을 했어요. 스가와라 씨에겐 아무 문제가 없습니다. 너무나 건강해서 탈이죠."

사카이의 뺨에 씁쓸한 웃음이 매달렸다.

"병원식을 드시니까요. 영양 면에서도, 칼로리 면에서 이상적인 식사죠. 건강에 이상이 있을 리 없습니다."

씁쓸한 웃음이 더욱 깊어졌다. 차라리 무서운 병에 걸리는 편이 본인을 위해서 더 좋은 일이 아닐까, 라고 생각한다는 것을 알 수 있었다.

의사로서는 문제가 있는 생각이었지만 무슨 말을 하고 싶은지는 이해할 수 있었다. 스가와라의 앞에 놓여 있는 건 저승사자가 찾아올 때까지의 기나긴 시간이다. 그때까지는 그저 육체가 살아 있을 뿐 인간으로서는 아무런 의미가 없다.

그의 아내는 5년 전에 병으로 세상을 떠났다. 자식은 없다. 양친은 이미 오래전에 눈을 감았다. 많지 않은 친척 중에 도쿄에 사는 사람은 한 명도 없다.

친구가 찾아오는 일도 없었다. 경찰 시절의 동료나 선후배가 있을 테지만 그들도 몇 년 전부터는 발길을 끊었다. 내가 아는 한 정기적으로 찾아오는 사람은 나뿐이다.

"2주 전에 사촌이라는 분이 찾아왔습니다."

사카이가 손뼉을 한 번 치더니 덧붙였다.

"참, 그러고 보니 예전에도 한 번 왔었죠. 부인이 세상을 떠난 후에는 스가와라 씨의 가장 가까운 친척이라고 하더군요."

"무슨 일이 있었나요?"

사카이가 담담하게 말했다.

"병원을 옮기고 싶다고 하더라고요. 그분은 군마에 사는데, 근처 병원으로 옮기고 싶다고요."

나는 그를 똑바로 쳐다보았다. 그는 거북한 표정으로 변명을 늘어놓기 시작했다.

"그게 말이죠, 물론 여기는 완벽하게 돌봐주니까 환자에게는 아주 좋은 병원이죠. 그건 우메모토 씨도 잘 아실 겁니다. 다만 돈이 들죠. 스가와라 씨가 여기에 오신 건 경찰이 소개했기 때문이지만 입원비는 전적으로 본인 부담입니다. 다행히 스가와라 씨에겐 저축해놓은 돈이 어느 정도 있었고요. 그걸로 입원비를 내왔는데, 이제는 슬슬 미래를 생각해야 할 때입니다."

"돈을 안 내면 쫓아내나요?"

사카이가 거북한 표정으로 머리를 긁적였다.

"그런 짓은 하지 않지만요……. 사촌분이 그러더군요. 앞으로 자신이 스가와라 씨를 돌봐야 한다는 건 알고 있다, 그건 어쩔 수 없지만 비싼 병원비까지 부담할 수는 없다, 병원비가 저렴한 곳으로 옮기고 싶다고……."

나는 사카이를 쳐다보다가 스가와라에게로 시선을 옮겼다. 그래도 스가와라와 시선이 마주치는 일은 없다. 코를 훌쩍이는 소리가 들렸다. 그때 한 가지 생각이 떠올랐다. 나는 재빨리 사카이를 쳐다보았다. 왜 지금까지 그런 생각을 못 했을까?

"스가와라 씨는 제가 맡을게요. 그래도 상관없죠?"

사카이가 당황한 표정을 지었다.

"그건…… 당신은 스가와라 씨의 가족이 아니잖습니까? 그게 가능한지 어떤지는……."

"제가 사촌분과 얘기할게요. 그분만 이해해주면 문제가 없는 거죠? 병원으로서는 상관이 없죠?"

"도쿄 도의 복지담당 직원과도 이야기를 해야 됩니다. 가족이나 친척도 아닌 사람이 환자를 떠맡는다는 말은 들어본 적이 없으니까요. 허락을 해줄지 어떨지……."

"필요한 수속은 제가 할게요. 병원에서도 더 이상 치료할 수 없다고 판단했잖아요. 솔직히 말하면 사촌분도 귀찮을 거예요. 제가 맡으면 모든 문제가 해결되잖아요."

사카이가 고개를 살짝 갸웃거렸다.

"그건 그렇지만요. 잠시…… 직원에게 물어보고 올게요. 잠시만 기다리시겠습니까?"

사카이가 병실에서 나갔다.

나는 스가와라를 쳐다보았다. 몸의 깊은 곳에서 웃음이 솟구치는 게 느껴졌다.

스가와라가 의식을 되찾는 일은 영원히 없을 것이다. 아무런 반응도 보이지 않고 그저 숨만 쉬며 살아갈 뿐이다. 좋아, 이제 내가 돌봐주겠다. 밥도 먹여주고 대소변도 받아내겠다. 목욕도 시켜주자. 스가와라를 완전히 내 것으로 만드는 것이다.

남은 인생을 그와 같이 보내자. 이런저런 이야기도 하자. 내가 무슨 이야기를 해도 그는 전부 다 들어줄 것이다. 그러면 충분하다.

사랑한다고 말하자. 그는 내 사랑을 받아들일 것이다. 우리는 얼마든지 사랑할 수 있다. 사랑이란 그런 것이다.

나는 침대로 다가가서 그의 손을 잡았다. 따뜻했다. 그의 뺨에 내 뺨을 대고 비볐다. 그래도 그는 꼼짝도 하지 않고 가만히 앉아 있었다.

"집에 가요. 우리 집으로 가요."

그가 미소를 지었다고 생각한 건 내 착각이었을까. 아니다. 그는 분명히 알았다. 앞으로 행복한 날들이 기다리고 있음을. 내 생각이 틀림없다.

"다다시 씨."

나는 그를 성이 아니라 이름으로 불렀다. 사랑하는 사람끼리는 이름을 부르는 법이니까.

"다다시 씨, 사랑해요."

문 너머에서 발소리가 들렸다. 나는 다다시를 꼭 껴안고 문이 열리기를 기다렸다.

지금까지 내 인생에서 이렇게 행복한 적이 있었던가.

리카가 돌아왔다!
슬픔이 되어, 아픔이 되어……

리카…….

이름만 들어도 등줄기가 서늘해지고 온몸의 털이 곤두서는 그녀.

이름만 들어도 정신이 아득해지고 두 손에 식은땀이 나는 그녀.

이름만 들어도 온몸에 소름이 끼치고 구토증이 치밀어오르는 그녀.

그런 그녀가 돌아왔다.

10년 전, 리카는 만남 사이트에서 알게 된 혼마 다카오를 스토킹한 끝에 그를 납치해서 도주했다. 혼마의 차는 다음 날 한밤중에 폐허가 된 병원에서 발견되었지만, 그 자리에는 혼마의 팔과 다리, 눈, 코, 혀, 귀 등이 남아 있을 뿐이었다. 더구나 모든 기관에는 생체반응이 남아 있었다. 즉 리카는 살아 있는 상태에서 혼마를 토막 낸 뒤, 몸통만을 들고 사라진 것이다.

그리고 10년이 지났다. 경찰은 그동안 모든 인원을 총동원해 리카를 쫓았지만, 리카는 연기처럼 감쪽같이 사라졌다. 그러자 경찰 내부에서도 리카가 이미 죽은 게 아닐까 하는 의견이 고개를 내밀기 시작했다.

그러던 어느 날, 게이마 산에서 여행 가방 안에 들어 있는 시신이 발견되었다. 부검 결과, 시신의 주인은 10년 전에 리카가 데리고 사라졌던 혼마 다카오였다. 더구나 그의 사인은 병사가 아니라 질식사, 목에 음식이 막혀 죽은 것이다. 혼마는 팔도, 다리도, 눈도, 코도, 혀도, 귀도 없는 상태에서 10년을 산 것이다……

전작인《리카》가 상상을 초월한 공포를 안겨주는 호러성이 강했다면 이번 작품인《리턴》은 숨 막히는 긴박감을 안겨주는 서스펜스성이 더 강하다.

이번 작품에는 두 남자와 두 여인이 등장한다.

리카를 잡으려다 오히려 리카에게 당한 오쿠야마.

리카에게 복수하기로 결심한 오쿠야마의 애인인 다카코.

10년 전, 리카 사건으로 인해 마음을 잃어버린 채 병원에 침대에 누워 있는 스가와라.

그런 스가와라를 한없는 연민과 애정으로 돌보며 리카를 잡겠다고 맹세하는 나오미.

사랑하는 사람을 빼앗긴 나오미와 다카코는 일그러진 사랑의 괴물인 리카를 추적하기 시작하는데⋯⋯.

작가인 이가라시 다카히사는 1961년 도쿄에서 태어나 세이케이 대학 문학부를 졸업한 뒤 후쇼샤라는 출판사에 입사해 편집부와 마케팅부를 모두 거친 독특한 경력의 소유자이다. 아마 편집부에서는 독자를 사로잡는 감각적인 문체와 놀라운 흡인력을 익히고, 마케팅부에서는 독자의 심장을 움켜잡을 수 있는 포인트를 배우지 않았을까?

그는 2001년 봄, 첫 장편소설인 《TVJ》로 제18회 산토리 미스터리 대상에서 우수작품상을 수상하고, 그해 가을 《리카》로 제2회 호러 서스펜스 대상을 수상하며 이듬해 소설가로 데뷔했다. 이밖에도 2007년에는 《셜록 홈스와 현자의 돌》로 제30회 일본 셜록 홈스 대상을 수상했다.

전작인 《리카》가 폭발적인 반응을 불러일으키면서, 많은 독자들이 후속편을 애타게 기다렸다. 하지만 이가라시는 결코 서두르지 않고, 그로부터 11년 후에 《리턴》을 내놓았다. 《리카》도 그러했지만 《리턴》도 책을 펼침과 동시에 머릿속에 커다란 화면이 펼쳐진다. 그 화면 안에서 슬퍼하고 분노하고 좌절하고 절망하는 주인공들의 모습이 영화의 한 장면처럼 펼쳐지는 것이다.

이 작품을 보면 누구나 '왜?', '왜?', '왜?'라는 질문을 반복할 수밖에 없다.

리카는 왜 그렇게 혼마 다카오에게 집착했을까?

리카는 왜 혼마 다카오의 팔도 다리도 눈도 귀도 코도 혀도 잘라버렸을까?

리카는 어떻게 말도 못하고 안아줄 수도 없는 혼마 다카오와 10년을 살 수 있었을까?

그 해답은 역시…… 이 작품 안에 있다.

2017년 2월

이선희

RETURN

1판 1쇄 발행 2017년 2월 23일
1판 2쇄 발행 2017년 5월 10일

지은이 이가라시 다카히사
옮긴이 이선희

발행인 양원석
본부장 김순미
편집장 김건희
책임편집 정혜경
디자인 RHK 디자인연구소 현애정, 김미선
해외저작권 황지현
제작 문태일
영업마케팅 최창규, 김용환, 이영인, 정주호, 박민범, 이선미, 이규진, 김보영, 임도진

펴낸 곳 ㈜알에이치코리아
주소 서울시 금천구 가산디지털2로 53, 20층(가산동, 한라시그마밸리)
편집문의 02-6443-8902   **구입문의** 02-6443-8838
홈페이지 http://rhk.co.kr
등록 2004년 1월 15일 제2-3726호

ISBN 978-89-255-6098-4 (03830)